一九八〇年夏，在光明胡同 45 号宅院里大枣树下。

刘绍棠

中国乡土文学作家。一九三六年二月二十九日生于北京通州大运河畔的儒林村。一九四八年参加革命。一九四九年开始发表作品。一九五三年加入中国共产党。一九五四年考入北京大学中文系学习。一九五六年加入中国作家协会，从事专业创作。至一九五七年被划右派时，已出版了《青枝绿叶》《山楂村的歌声》《运河的桨声》《夏天》《中秋节》《瓜棚记》《私访记》等七本书。

一九七九年右派冤案得以改正，重获创作权利。带病顽强拼搏了十八年，为后人留下了五百多万字的乡土作品。即十二部长篇小说：《春草》《狼烟》《地火》《豆棚瓜架雨如丝》《这个年月》《敬柳亭说书》《十步香草》《京门脸子》《野婚》《水边人的哀乐故事》《孤村》《村妇》。二十多部中篇小说：《蒲柳人家》《渔火》《瓜棚柳巷》《花街》《草莽》《荇水荷风》《蒲剑》《鱼菱风景》《小荷才露尖尖角》《绿杨堤》《烟村四五家》《柳伞》《年年柳色》《青藤巷插曲》《黄花闺女池塘》《碧桃》《二度梅》等。两部短篇小说集：《青枝绿叶》《蛾眉》。十一部散文短论集：《乡土与创作》《我与乡土文学》《一个农家子弟的创作道路》《我的创作生涯》《论文讲书》《乡土文学四十年》《蝈笼絮语》《如是我人》《红帽子随笔》《我是刘绍棠》《四类手记》。

《京门脸子》获得北京市优秀长篇小说奖。《敬柳亭说书》获得首届中国大众文学优秀长篇小说奖。《蒲柳人家》获得全国优秀中篇小说奖。《蛾眉》获得全国优秀短篇小说奖。中短篇小说多种被译成英、法、德、俄、日、西班牙、泰国、孟加拉、阿尔巴尼亚等国文字。

上世纪八十年代以来，不遗余力地倡导乡土文学，创作上坚持“中国气派，民族风格，地方特色，乡土题材”。他的全部作品，都是写大运河的乡土乡亲，形成了独具特色的大运河乡土文学体系。

刘绍棠文集

二度梅

刘绍棠／著

北京出版集团公司
北京十月文艺出版社

目录

荇水荷风

1

辛亥年，二月二，京东的北运河畔，小小的鱼菱村西口，龙家泥棚茅舍的小土炕上，呱呱坠地一个黑小子儿，起名叫抬头。

三岁父母双亡，龙抬头拴在爷爷的腰上长大。

早年，龙家在河边原有十亩柳棵子地，河身年年打滚儿，柳棵子地年年坍一块，坍到龙抬头的爷爷手里，只剩下一片三面环水的二亩八分沙洲，这片沙洲也就有了个地名，叫连环套。连环套四外，包围着层层红柳、绿苇、碧草、青麻；爷爷沿连环套打一道曲里拐弯儿的翠堤，开出一块瓜田，又在河上打鱼，一年中八个月住在连环套的窝棚里。

这座窝棚，借四棵河柳当立柱，搭在河柳半腰，上不着天，下不挨地，远看就像一座小龙王庙。一天三顿饭，炊烟袅袅，夏天夜晚，点起艾蒿绳熏蚊子，连环套上弥漫着青烟，也真像小龙王庙前的香火。

七九河开，爷爷怀抱龙抬头来到连环套的窝棚；大雪封河，爷爷身背龙抬头回到鱼菱村西口的泥棚茅舍。

刮小刀子风，飞鞭杆子雨，爷爷也敢光膀子，身上像皴皮的老枣树；爷爷的头上，盘曲着一条枯藤似的小辫儿，小辫子上常常挂着下河粘上的水藻，躺在堤坡大睡钩住的苍耳子。爷爷聋得天下少见，耳朵上挂一串二踢脚爆竹，炒豆子似的连天响，也不眨一眨眼。他常年住在河滩野外，十分冷清寂寞，便自个儿叨叨唠唠："这几年怎么听不见打雷呢？天时不正呀！"龙抬头咯咯笑疼了肚皮。

龙抬头翅膀没有长硬就想飞，瞅空子便四下野跑。爷爷拿一条长长的麻绳，一边拴在龙抬头的腰上，一边拴在自己的腰上；又给龙抬头编一只伞顶的柳圈儿，迎门当头还插上一朵血红的死不了小花，种瓜打鱼都牵扯着他。

爷爷蹲在瓜垄里掐枝剪蔓，龙抬头在后边紧紧伴随。有时憋闷得打盹儿，爷爷也没有发觉，向前挪步，把龙抬头扯了个一溜滚儿，麻绳快要勒断了腰，疼得他哇哇大哭，爷爷也听不见，他只得连滚带爬跟上去。下河捕鱼，葫芦瓢小船在河上拧旋子，龙抬头从船帮上探出身子伸出手，捞浮萍，扯绿藻，戏弄虾米和小鱼儿。爷爷抡圆了撒网，用力过猛，葫芦瓢小船打了个仄歪，龙抬头倒栽葱落了水，喊破了嗓子，爷爷还是听不见，他只得抓紧麻绳，在水中扑腾扑腾狗刨起来。

龙抬头长高了半头，就多一个心眼儿。他不愿再拴在爷爷的身上，却不动声色，更不声张，趁爷爷在瓜垄里一心拿虫子，他两手撑开绳套，拔腿抽身一缩脖儿，从绳套里钻出来；然后，把绳套套在树桩上，神不知鬼不觉，溜之大吉。爷爷一点没有感觉，仍然扯着绳子在瓜垄里挪步。突然，腰间一紧，麻绳扯直，回头看去，才发现龙抬头早已逃之夭夭。爷爷慌忙把绳子从身上解下来，呼天喊地，寻觅龙抬头。

"抬头，抬头呀！"爷爷是个瘦骨伶仃的小个子，却是瓮声瓮气的老虎音，水上回声，震耳欲聋。

龙抬头猫着腰，蹑手蹑脚，像一片浮光掠影，在红柳、绿苇、碧草、青麻丛中穿行；一会儿学苇喳子叫，一会儿学红脖水鸡儿，一会儿打个三起三落的长长口哨，反正爷爷听不见。只要不被爷爷扫见影子，爷爷就抓不着他。

捉迷藏玩够了，肚皮里打鼓，他又偷偷溜回瓜田。爷爷踏破铁靴无觅处，只得返回瓜田去，却只见龙抬头又系上绳套，两片绿叶托着个花脸大面瓜，正在大吃大嚼。

绳子拴不住龙抬头，爷爷还有另一手。

爷爷当年耳不聋，好听说书，是个书迷；中年一场大病聋了耳朵，不能再听书了，却好给别人说书。但是，他没有投过师，不是科班出身，不会起承转合，也不懂卖关子，拴扣子；只知道上场就开门见山，单刀直入，也就清汤白水，平淡无奇，不能引人入胜，没人爱听。冬三月乡下人闲来无事，左邻右舍蹲篱笆根，张家长李家短，三个蛤蟆五只眼，天上一拳地下一脚，不过是逗个哈哈一笑，解一解心宽，败一败心火。爷爷一见聊闲天的人不少，便打算摆个书场，说上两段，也不打钱，只想给别人，也给自己解个闷儿，大家乐一乐。可是，他刚一张嘴："话说……"那些人便捂住耳朵，一哄而散。

满肚子学问卖不出去，只得自家人里找知音了。

于是，日夜两场，爷爷大卖力气，说给龙抬头一人听。

歇晌，龙抬头盘腿坐在柳荫下吃着瓜，爷爷站立在他的面前，嗽了嗽嗓子，便指手画脚说起来。说得高兴，爷爷忽然抓起看瓜防身的红缨柳叶枪，拉起刀枪架，抖丹田大喝一声："呔！来将通名，赵子龙枪下不死无名之鬼！”口干舌燥，嗓子眼儿冒烟，爷爷跑到河边，咕咚咕咚喝下一筒，抹抹嘴，转回身，再来一段。夜晚，搭上梯子，爷儿俩爬进窝棚，躺在清凉清凉的苇帘子上。龙抬头一天跑跑跳跳，早已困乏，倒头便睡，十八只大长脚花蚊子叮在他身上，也不动一动。黑灯瞎火，爷爷也看不见他的动静，只顾自己兴致勃勃，便又开了场。一段又一段，上回书接下回书，“话说……”不止，却不肯且听下回分解。半夜三更，老虎音响出几里远，自己说给自己听，自己也听不见。直到掏空了满肚子学问，爷爷才算尽兴，刚闭一闭眼，天光大亮了。

一年又一年，爷爷那几段书，就像推车轱辘，说了一遍又一遍。龙抬头不但听得耳朵起了茧子，而且背得滚瓜烂熟，再也没有兴趣了。

他又长高了一头，心眼子更多，腿也长了。每天吃过晚饭，扔下碗筷，撒腿就奔莲房村跑。

莲房村有个真正的说书艺人，艺名一台戏。

2

北运河沿岸的村落，一到入伏便挂了锄，直到处暑，开镰割谷，才又大忙。

三伏天气，天和地扣了屉，热得像蒸笼。灼人的南风，吹得高粱叶子打了蔫儿，青纱帐上弥漫着白雾似的热气，野花只能在夜间开放，布谷鸟只能在夜间啼叫。只有山鸽子躲进层层密叶中，咕咕，咕咕！叫得十分沉闷，催人瞌睡。坐在河边绿树浓荫下，一动不敢动，还是通身大汗，满头挂露水珠子。夜晚，泥棚茅舍像焖饭的热锅，不到三更天，进屋躺在炕席上，一会儿就泡在汗水洼子里。吃过晚饭，女人们在柳篱小院里乘凉，柳篱上爬满豆角秧和牵牛花藤萝，插上街门，连大姑娘都敢脱光膀子，只穿一条花兜肚。男人们撂下饭碗，抓一把破芭蕉叶扇，一窝蜂直奔村外小河边的白沙冈，扒光了身子，先跳下河浮几圈，再回到白沙冈上，仰面朝天，四脚八叉，横躺竖卧，直吹得透心凉，满天下露水，才回家睡觉。

在这个歇伏时节，便有游散的说书艺人，走村串场。莲房村的一台戏，每晚绿柳青枝高挑着一盏白纸红字灯笼，手拿一把泥金折扇，到白沙冈上说书。

一台戏并不是一年四季吃开口饭，他春天卖风筝、风车、小枣年糕，从立夏到完秋打短工，冬天卖糖葫芦和豆腐脑儿，只有挂锄之后，秋收之前，说一个月书。

他只说《彭公案》。

《彭公案》这部书，写的是清朝初年，三河县令彭朋，手下有一伙凶恶的鹰犬，到处捉拿京东绿林好汉的故事。其中几位实有其人，而且就是北运河东岸武林中的知名人士。

一台戏是名师之徒，青出于蓝而胜于蓝。教会徒弟，饿死师父；师徒之间立下文书，师父一日不撒手归西，驾返瑶池，一台戏一日不能挂牌卖艺。但是，拳不离手，曲不离口，师父允许他每一年溜一个月的嘴皮子，却又不得跨出运河滩一步。一台戏那一条大河流水的嗓子，旱甜瓜味儿的京东腔调，描摹书中几位主角的音容笑貌，欢蹦乱跳，妙趣横生，富有浓郁的京东地方风味，别具一格。一台生、旦、净、末、丑角色齐全的野台子戏，竟被他叫空了场。而且，不枝不蔓，不瘟不火，全书从头到尾，一个月说完，留下余味无穷，年年想听。

鱼菱村和莲房村只隔一条小河汊子，连一座独木桥也没有。龙抬头会浮水，像一条鲫呱子，一头扎下去，水下过了河，爬上岸，飞跑到白沙冈上听一台戏说书。一直听到夜深人散，才又浮过小河汊子，回连环套；有时走到半路，困得睁不开眼皮，抬不动腿，就倒在路旁伞柳下睡一觉。

这一年，一台戏不在莲房村的白沙冈上说书，却到六里外的渡口摆下书场，龙抬头又追到六里外的渡口，场场必到。一台戏三更收了场，龙抬头又踩着一台戏的脚印，跟在后边走，直到鱼菱村和莲房村交界才分手。有一回，阴沉沉的月黑天，龙抬头睡着了，收场的时候一台戏不忍心叫醒他，就把他背回家去。

一台戏有个女儿叫云姐儿，跟龙抬头同年同月同日生。

云姐儿打开柴门，一见他爹背着个光溜溜的小男孩儿，大吃一惊，问道："爹，您背的是谁家的崽子？"

"给你捡了个小女婿！"一台戏嘻嘻哈哈，拿女儿开心。

"呸！"云姐儿啐道，"我才不要这个拳头大的生瓜蛋子。"

"那就拿他换酒喝！"一台戏把龙抬头背进屋去，放在炕上。

龙抬头就在一台戏家住下来。

白天，他跟云姐儿一人一只柳条篮子，到村外剜野菜，一人一把镰刀，到河边割荆条；野菜剜两篮，荆条割两捆，他们就在小河汊子的高坡上过家家。

"咱们搭房子吧！"云姐儿出主意，"坐北朝南五大间。"

龙抬头折柳枝，刨湿土，云姐儿掐来一捆三棱草；柳枝当四梁八柱，湿土打墙，三棱草铺顶，五间房眨眼之间搭起来。

龙抬头歪着脑瓜儿，看了又看，不大满意，说："四面还得夹起篱笆，安个柴门。"

云姐儿却连连摇头，说："还是砌一座门楼，才显得像个吃得饱、穿得暖的人家。"

"那就在院里再搭个牲口棚！"龙抬头兴冲冲地说，"喂一头大青骡子。"

"骡子吃料牛吃草，还是喂一头老黄牛吧？"云姐儿精打细算会过日子，跟龙抬头商量。

"一头骡子一头牛，小肉头户儿！"龙抬头又想高升一步，"门外东边是羊栏，西边是猪圈。"

"别忘了天井垒鸡窝！"云姐儿喊叫，"还得有一盘碾子一盘磨。"

龙抬头越发锦上添花，说："院里栽果树，院外种一园子菜，菜园里再打一眼井。"

"这个院子谁来住呢？"云姐儿眼望着龙抬头问道。

"东屋住你跟你爹，西屋住我跟我爷。"龙抬头想了想，"两家吃一锅饭，你做饭我烧火。"

一台戏没有整块的地，只有房前屋后见缝插针，严严密密种满了一畦畦黄瓜、茄子、韭菜、豆角、青椒、羊角葱、紫皮蒜……龙抬头也能给一台戏拿一拿虫子，薅一薅草。晚上，就跟着一台戏到六里外的渡口说书。他手拿绿柳青枝高挑的白纸红字灯笼，一溜小跑在前边照亮引路。

“一台戏，你收了个徒弟呀？”听客问道。

“正是！”一台戏假戏真唱，当胸一抱拳，“徒儿龙抬头，乳臭未干，年幼无知，还望三老四少多多关照。”

龙抬头一连几天不回连环套，鱼菱村的金大戟找到一台戏的门上来。

金大戟的老爹，跟龙抬头的爷爷是换过金兰谱的盟兄弟，他也就是龙抬头的爷爷的干儿子。金大戟有一身好武艺，敢跟红了眼的牤牛撞头，外号金钟罩，为人多情重义，侠肝义胆；宁愿土里刨食，半饥半饱，也不愿每日大鱼大肉，到富人门下为奴。两口子租种了几亩地，还包下鱼菱村四外的片片鱼塘，养鱼，栽藕，剪荷叶，掐莲蓬，到市上卖。

“一台戏，我告你拐带人口！”金大戟堵住门口，大喊大叫，“三跪九叩，把我的侄儿龙抬头交出来；惹恼了我，一头撞坍你这两间鸽子笼儿。”

他跟一台戏虽是两村人，两村只一河之隔，他俩是儿时的伙伴。老朋友见面，不笑不骂不亲热。

一台戏从小菜园里直起腰，手搭凉棚，眯着眼睛，慢声慢气，耍笑道：“金钟罩，吃饭给饭钱，住店给店钱，我又给你侄儿当了几天的大脚老妈子，你还得开工钱。”

“一台戏，你敢倒打一耙，我剁下你的三寸不烂之舌下酒！”金大戟吼叫连声，却又扑哧一笑，挤眉弄眼，“我这一双眼睛入木三分，看得出你是想把我的侄子倒插门儿？”

一台戏膝下无儿，正有此心，脸一红笑道：“我真是喜爱龙抬头这个孩子。”

“佛受一炷香，你就跟我开口吧！”金大戟一擂胸脯子，两肋插刀神气，“我当干爹大半个家，赏你这个脸面。”

“也不能断了龙家的香烟。”一台戏低下头沉思，“一子占两门，双肩挑两姓吧！”

“那就择个黄道吉日喝喜酒！”金大戟眉开眼笑，恨不得马上大功告成。

“云姐儿的娘刚死去一年，她正守孝。”一台戏是个严守古风的人，“三年之后，再立婚书；天知地知，你知我知吧！”

两人一言为定，并无三媒六证。不过，从此之后，龙抬头天天到莲房村来，到一台戏家饿了就吃，困了就睡，真好像是住丈人家。

可是，立秋那天，龙抬头自个儿扎了一柳串鲫鱼，掏了一挂毛脚螃蟹，给云姐儿送来，却只见一台戏家关门闭户上了锁，只有一条老狗蹲在柴门外看家。原来，一台戏的师父死了，他带着云姐儿连夜奔丧而去。

爷儿俩像断线的风筝，下落不明。

3

入秋鱼肥，莲蓬结籽，荷叶虽老藕长个儿，金大戟在鱼菱村外搭起窝棚，看守他包下的片片鱼塘。

这些天，龙抬头正住在金大戟家那爬满青藤绿蔓的小屋里，每天晚上坐在小院的葡萄架下，听金大戟谈天说地，讲古论今，不到大芦花公鸡啼叫不进屋。金大戟的老伴金不换大娘，盘腿坐在蒲团上，低眉顺眼一声不吭，听得有趣，忍俊不住偶尔一笑，也赶忙掩住口。

金不换大娘的身世，飞短流长，其说不一，她自己又守口如瓶，连金大戟也不明真相，因而越发带有神秘色彩。鱼菱村的长辈人，只知道有一年龙抬头的爷爷早晨摇船下河打鱼，一网打上来一具赤身裸体的年轻女尸，牛皮绳子捆住双手双脚，脖子上挂一只石锁。爷爷吓得魂飞魄散，面如死灰，可是再扔下河去，又于心不忍。河上大雾弥漫，没人看见，爷爷给她摘下石锁松了绑，慌忙掉转船头，回到连环套，打算在红柳、绿苇、碧草、青麻丛中刨个深坑，将她埋葬。谁知深坑刨出来，弯腰搬动这个女尸，却听她呻吟一声，睁开眼睛，挣挣扎扎坐起来，反把爷爷吓死过去。等到爷爷苏醒过来，只见这个从阴间还阳的女子，腰上扎起一条青草裙子，遮住下体，胸前贴上两片圆圆的麻叶，真像河神爷的女儿。爷爷问她来路，她的眼泪像下小雨，却一言不发。爷爷为人忠厚，心肠又软，也就不愿打破砂锅问到底，逼出一个落难女子的难言之隐。于是，把她带到窝棚去，找出自己的一条破裤子，还有一件刚刚编织的绿蓑衣，叫她穿上。那时候，金大戟二十出头，父母早已亡故，正是孤身一人，爷爷就想当个月下老儿，把这个女子许配给自己的干儿子。金大戟扛锄下地，这块地就在河边，爷爷站在连环套的翠堤上一声呐喊，金大戟一阵风跑来。那个女子过了目，点了头，当晚就拜天地，入洞房。洞房之夜，枕席之间，金大戟也盘问她的真名实姓，来自何方，有何冤情，她仍然不吐一字。金大戟虽是个剽悍粗野的汉子，却不是铁石心肠，也就不再难为她；一阵柔情似水，把她紧紧搂在怀里，大笑道："千里姻缘一线牵，你是我的金不换！"

十八年过去，两口子恩恩爱爱，马勺不碰锅沿，没红过一回脸。只是金不换大娘月月开谎花儿，年年不挂果子，四十几岁了，也不曾生儿育女。

她疼爱龙抬头，就像自个儿身上掉下的肉。

一大早，金大戟到河边耪地，金不换大娘也搬着纺车到地头纺线。伞柳浓荫如盖，金不换大娘摇得纺车嗡嗡响，手中的线绵长、匀细、轻柔，像天上飘下来的茑丝。她最会织夏布，织出的夏布像从天上扯下来的白云。

金不换大娘从年轻就不梳圆头，她梳的是冠髻；冠髻上插着一支烧蓝的簪子，还戴着一朵小小的红绒花。她在蒲团上盘膝而坐，一天不下座也不腰酸腿疼。有人打赌，她必是通州城南水月庵的道姑出身，所以梳道冠和会打坐。她被龙抬头的爷爷从水中打捞上来那一年，通州城南水月庵丢失了一个年轻美貌的小道姑。水月庵的住持是个老鸨子，逼迫这个小道姑接客，小道姑哭喊叫骂，还要撞出山门，到衙门告状，狠毒的老道姑把她投下了河。金不换大娘是不是小道姑？小道姑生不见人，死不见尸，传闻是被梨花圣母搭救升天了，而金不换大娘落地生根在北运河畔的鱼菱村。那个小道姑是个船家渔户的女儿，她的娘家人，在七月十五鬼节，曾到通州城南的大河上烧高香、焚纸钱、放荷灯；而金不换大娘并没有娘家，自她来到鱼菱村以后，谁也没见她下过水。

龙抬头手拿一条红皮水柳枝子，光着屁股追蜻蜓，从金不换大娘面前跑过去。

“儿呀，站一站！”金不换大娘柔声儿唤道。

龙抬头收住了脚，眨巴着乌溜溜的眼睛，叫一声：“大娘！”他摸不着头脑，大娘一年难开几回金口，不知有何吩咐。

“儿呀！”金不换大娘停住纺车，眼里充满慈爱的目光，“日后你娶媳妇抱儿子，骑马坐轿当大官儿，可别忘了大娘呀！不是大娘敢下手，你这条小命就没了。”

龙抬头落地是个假死，运河滩上叫草命生，多亏了金不换大娘妙手回春，才哭出声来；没有被谷草一捆，夹到村外沙冈，活活埋葬。

龙抬头脸皮厚，嘻嘻笑道：“您雇一顶八抬大轿，快把云姐儿搭回来呀！”说罢，又把红皮水柳枝子骑在胯下，围绕着金不换大娘转三遭，又一溜烟飞奔而去。

住在金大戟家，龙抬头最怕金不换大娘的纺车声。他在纺车的嗡嗡声中，不知不觉酣然入梦。

金大戟要走马上任，镇守鱼塘，龙抬头愁眉苦脸地说：“大伯，您一走，我跟大娘一个巴掌拍不响，憋闷死我！”

“干脆咱们爷儿俩出家！”金大戟笑道，“你跟我到鱼塘窝棚去，唱野台子戏。”

“咱们爷儿俩光在一处鱼塘说话儿，那三面的鱼塘不就唱空城计了吗？”龙抬头虽是个黄口小儿，却从爷爷那里趸来不少学问。

“我自有天兵天将！”金大戟也是从爷爷那里趸来的诸葛亮口气。

龙抬头仰望夜空，满天繁星，自言自语：“我怎么就看不见天兵天将呢？”

“你跟大伯先落座中军帐，天兵天将随后就出马。”金大戟把龙抬头扛在肩膀上，到村东鱼塘去。

这座鱼塘像一只葫芦，沿岸都是茂密的柳棵子地，高过人头的蓬蒿；窝棚坐落在一道泥鳅背的土冈上，地高风大，蚊子站不住脚。金大戟和龙抬头，一老一小席地而坐，月亮爬上鱼塘岸边的柳梢，柳枝挂住橙黄的圆月，洒满迷茫的月光。

“大伯，咱们还是到那三面鱼塘看看，只怕有贼偷鱼了！”龙抬头心神不安。

金大戟哈哈大笑，说：“偷鱼的要是个行家，就该从咱们爷儿俩眼皮下把鱼偷走，不到那三面鱼塘去。”

“为什么？”

“明枪容易躲，暗箭最难防呀！”

“不怕一万，就怕万一。”

“那就拜一拜四方。”

爷儿俩起身，从东到南，从南到西，从西到北，从北到东，一路上说说笑笑，大摇大摆转了一圈。

返回村东鱼塘，月色朦胧中，只见窝棚外的歪脖儿树上，一根麻绳挂着个人。

“哎呀，有人上吊！”龙抬头吓得惊叫，抱住金大戟的大腿。

“死不了！”金大戟呵呵笑道，“就是累得慌。”

龙抬头奓着胆子走过去，只见原来是给运河滩大财主董太师跑腿收租的皮天贵，脖子钻进绳套里，两脚踮起脚尖，被一根麻绳吊在了歪脖儿树杈子上，只要松一口气，绳套就勒紧他的脖子。

“抬……抬头……救命吧！”皮天贵眼泪汪汪，“我……我钓鱼……”

“钓鱼怎么吊在了树上？”

“金不换……不问青红皂白……扔过一个绳套……勒住我的脖子，又给吊在了树上。”

金大戟笑得拍手打脚，乐出了眼泪，上气不接下气地说：“儿呀！你原路而回……看一看……你大娘的手艺。”

龙抬头走马灯似的又转回村南鱼塘，只见村南鱼塘的酸枣树上，也吊着个人，那是董太师的一个姘头的儿子，名叫金元宝。转到村西鱼塘，岸边的蓬蒿丛中，一个女人被捆成粽子，嘴里堵着裹脚布，那是皮天贵的老婆。龙抬头又转到村北鱼塘，金不换大娘刚把一个偷鱼的人套上来，听那嘤嘤泣声，是个小姑娘。

金不换大娘叹了口气，一边解开绳套一边说：“你这个小女儿家，十指尖尖一双手，为什么不学扎花绣朵，不学纺线织布，偏要偷偷摸摸，就不怕一辈子洗不净手上的贼腥味儿？”

“是我爹娘……逼我做贼……”那个女孩儿哭哭啼啼。

龙抬头听出来，她是皮天贵的女儿五月。

这时，金大戟像牵羊上市，扯着三条绳子，把皮天贵、金元宝和皮天贵老婆带到村北鱼塘来。

“想不到大娘还有这一手！”龙抬头咯咯笑道。

“你看大伯更有两下子！”金大戟大模大样，“儿呀，你放开皮天贵和金元宝，十步之内，我再把他俩请回来。”

龙抬头忙叫皮天贵和金元宝蹲下身子，亲手从这两个家伙的脖子上把绳套解下来，喊道：“快跑！”

皮天贵和金元宝就像破网而出的狗鱼，撒腿各奔东西。谁想抱头鼠窜八九步，金大戟左右两手抖开两道绳索，就像两道闪电掠过，当当正正套住这两个家伙的脖子，一个咕咚栽倒，一个哎呀鬼叫。

金大戟不慌不忙，把一条绳子扯直，张开另一只手的食指和中指，像一把剪刀，漫不经心地将这条绳子剪成一段又一段，就像剪断一根草茎。

皮天贵和金元宝看直了眼。

“大伯，您是一双铁手！”龙抬头蹦跳着拍巴掌。

“大伯还有两只铁拳！”金大戟挽了挽袖口，“看我一拳打出一眼井。”

说罢，运了运气，闷雷一声吼，一拳捣地，整条胳臂直通通陷入地中；等把胳臂拔出来，地面留下深深的一个窟窿。

皮天贵和金元宝吓得吐出了舌头，却缩不回去。

“大伯，您这一身武艺都给我吧！”龙抬头眼馋得摩拳擦掌。

“儿呀！”金大戟抚摸着龙抬头的脑瓜顶，“大伯的房只有两间，地可没有一垄。这点顶门立户的防身本领，不传授给你，难道还带进棺材？”

龙抬头不再听书，一心习武了。

4

鱼菱村的家家户户，都是大财主董太师的长工佃户，只有皮天贵是董太师的一名小小的爪牙。

这个帮虎吃食的狗腿子，替董太师收租，黑心的大秤虎口的斗，二两荞麦皮要榨出四两油，一年能吃几十石的回扣。他又一本十利，放驴打滚儿的高利贷，两条腿马不停蹄，跑媒拉纤儿，一入冬天开宝局子，足不出户钱进门，所以他在鱼菱村可算是个首富人家。

他家住的是一座半砖半坯的小三合院，四外也不是柳条篱笆，而是一围黄泥矮墙，铜钱花眼的门楼里，满院桃树。阳春三月，桃花开出墙来，几里外照花人眼，一进五月，红桃累累挂挂，压弯了枝杈。

皮天贵的女儿五月，从小挎一只柳篮到河边渡口卖桃儿。她爱穿小红袄儿，双眉之间点个猩红的吉祥痣，又有一张打花梆子的樱桃小口，就落下个五月鲜儿的外号。

五月鲜儿卖桃，常常碰见在河边放牛的龙抬头。龙抬头的爷爷死了，只得到莲房村的金元宝家当牛倌。那时候，五月鲜儿十三岁，龙抬头十岁，两人的个儿一般高矮。夜晚，龙抬头收工吃过饭，仍然去找金大戟练武。他白天放牛，就在河边打拳踢脚，翻筋斗，竖蜻蜓，折断一根柳棒做刀枪，挥舞得上下翻飞，风声呼呼。

有一回，五月鲜儿看见，龙抬头面对一棵一搂粗的铁皮杜梨树，咚咚地撞头，又抬起光脚丫子，连踢了十脚。

“龙抬头，你寻死呀？”五月鲜儿吓得吱喳尖叫。

龙抬头停止撞头收住脚，转过脸儿，龇开两只小虎牙，嬉笑道：“我这是金钟罩、铁布衫的功夫。”

五月鲜儿走到他身边，樱桃小口撇了两撇，从鼻子眼儿里哼了两声，说：“我才不信你树梢上挂唢呐，吹得方圆十里山响，你再撞一个头，我给你两个桃儿，连踢三脚，给你六个桃儿。”

龙抬头看了一眼她的柳条篮子里那岗尖岗尖的红桃，馋得咽下一大汪口水，问道：“你那条舌头可长在人嘴里？”

“姐姐我是金口玉言，吐唾沫落地是钉儿！”五月鲜儿是皮天贵的女儿，家传的光棍口气。

“看着！”龙抬头大喊一声，脚站丁字步，提上一口气，叫起一把劲，便向铁皮杜梨树一头撞去。

“一，二，三……十一，十二，十三……”

五月鲜儿慌忙喊道：“别撞啦！”

“再看我的脚力！”龙抬头快跑几步，向铁皮杜梨树踢去。

五月鲜儿算了算，至少要白给龙抬头四五十个桃子，又心疼舍不得了，说了声“改天给你”挎着篮子仓皇奔逃。

龙抬头不依不饶，追上前去，动手就抢柳篮子。五月鲜儿又抓又咬，龙抬头火冒三丈，夺过柳篮抛上天，篮子摔扁，桃撒一地。五月鲜儿打着滚儿大哭，龙抬头赶牛扬长而去。

五月鲜儿哭回了家，一会儿皮天贵找到河边来，张手就打龙抬头，龙抬头低头就撞，皮天贵跌了个仰面朝天。皮天贵爬起身来，抬腿就踢，龙抬头也抬腿相迎，皮天贵硬碰硬，疼得就像折断了腿，一瘸一拐跑到河防局报案。

河防局下来两名警察，拿刀动枪，将龙抬头抓住，反手捆绑在铁皮杜梨树上，解下腰间的铜环皮带，将龙抬头一顿暴打。直到金大戟提来一串大鲤鱼，才把龙抬头救下来。

冤有头，债有主，龙抬头忍不下这口窝囊气，专跟皮天贵和那两名警察作对。他隐蔽在暗处，一手砖头，一手瓦块，瞅见皮天贵和那两名警察路过，甩手掷去，百发百中，把这三个家伙的脑瓜开了瓢儿，好似狗血喷头，疼痛得像剁尾巴的狗，抱头打转。龙抬头报仇出了气，悄悄离去，无影无踪。

柳荫深处，龙抬头头戴柳圈儿，跨上牛背吹柳笛，怡然自得。

皮天贵家的桃子红熟，白天五月鲜儿骑在黄泥墙上看桃。她一手挽着桃枝遮面，一手拈着拢到胸前的辫梢儿，口中轻声唱小曲，过往行人都站住脚，贪看她几眼。她看似懒懒散散，心不在焉，可是那躲在桃叶里的眼睛，却眼观六路，两只尖尖的耳朵，耳听八方，三丈外掠过一只飞蠓儿，桃叶上爬动一只毛毛虫，都逃不过她的耳目。偷桃的人刚从墙角一露头，草棵子里直起腰，就被她发现，指名道姓骂起来，偷桃的人只有望而却步，掉头逃跑。五月鲜儿看桃，一个也不丢。

龙抬头跟皮天贵结下的是死扣儿，又怨恨五月鲜儿的言而无信，一心想跟这父女俩捣蛋，就夜晚前来偷桃。他身轻如影，登墙上树，就像大闹蟠桃会的孙猴子。他摘下一筐又一篓儿，自个儿吃不了几个，都倒在河边的纤道上，盖上薄薄一层青草。纤夫拉船路过，口干舌燥，饥肠辘辘，忽然发现青草红桃，喜出望外，狼吞虎咽，压了饥，解了渴。龙抬头觉得，这也算劫富济贫，替天行道。

五月鲜儿被龙抬头的这个劫富济贫降伏了，挎着柳条篮子卖桃去，偏偏路过河边，找龙抬头见面。

“抬头兄弟，吃桃呀！”五月鲜儿放下柳条篮子，挑拣了两个红嘴儿绿皮半斤重的大蜜桃，手托着走到龙抬头面前进贡。

龙抬头正眼也不看她，甩了个响鞭，吆喝几头牛：“兵退四十里！”赶进柳棵子地。

“你撞上了恶煞，凶神附了体呀！”五月鲜儿提起柳条篮子追赶。

追进柳棵子地里，龙抬头真也是一副凶神恶煞的脸色，恶狠狠地说："我也把你捆在树上，打个皮肉开花！"

五月鲜儿想逃命，龙抬头抢上一步，绾住她的辫子，扯过一条拴牛麻绳，把她捆绑起来。五月鲜儿吓得想叫，龙抬头抓起一把沙子，要塞进她的嘴里，她才不敢吭声。

龙抬头并不打她，只把这一柳篮子红桃，一个一个喂牛。

五月鲜儿哭了，说："你把好心当成驴肝肺，那两个大蜜桃，是人家给你这个丧门神上供的。"

龙抬头把那两个红嘴儿绿皮大蜜桃剩下来，给五月鲜儿松了绑，分一个给她，说："有福同享。"

"你吃一口，我吃一口。"五月鲜儿哧哧笑，眼睫毛还挂着晶莹的泪珠儿。

龙抬头咬了一大口，憨笑道："真甜！"

"是嘴儿甜，还是心里甜？"五月鲜儿只咬一小口，斜着眼儿问道。

"从脑瓜顶儿一直甜到脚后跟儿！"龙抬头一高兴，连桃核儿都咽进了肚去。

五月鲜儿笑眯着眼儿，说："你要是顺情顺理儿，乖乖的可人疼，我天天给你两个大蜜桃吃。"

不打不成交，两人好起来，吃完了桃，就在河边上玩耍。太阳下山了，晚霞挂下来，龙抬头要赶牛回棚，五月鲜儿也得回家了。

"明天你还得给我送桃来喂牛！"龙抬头忽然又变了脸。

五月鲜儿打了个怔，可是一看龙抬头那可怕的神色，不敢不连连点头。

回到家，皮天贵见她一文钱也没有卖回来，便左右开弓打嘴巴。五月鲜儿却忍住拷打，半句也不吐露真情。

第二天，她挎着柳篮又来给龙抬头送桃，一整篮子的桃又喂了牛，只留下两个大的，你一口我一口分吃了。

晚上，五月鲜儿又逃不脱一顿拳打脚踢。

可是，第三天她还是给龙抬头送桃来。

“别喂牛啦！”龙抬头大笑道，“你该卖钱去了。”

“你可饶了我的命啦！”五月鲜儿松了口气，软绵绵坐在了地上，“再喂一回牛，你就到我的坟头上烧纸吧。”

5

五月鲜儿长大了。

一张人面桃花的瓜子脸，鼻洼上撒几点雀斑，娇艳中更占个俏字儿。穿着红袄绿裤的身子，像红皮水柳枝子一般苗条柔软。最引人注目的是她的嘴角上，有一颗黑豆美人痣。那一双乜乜斜斜、半睁半阖的丹凤眼儿，忽然一挑眼皮，一瞟一瞥，春光明媚，最能撩人。她一天八回面对着菱花镜，搔首弄姿照影子，越看越觉得自个儿像一朵鲜花，可不能插在牛粪上。她从小就看野台子戏，男欢女爱的故事背得滚瓜烂熟；对镜梳妆，常常两眼一阵痴迷，朦胧中只见镜子里有一位小白脸子的如意郎君，向她飞眼儿，引逗她的春心。可是，夜晚枕上入梦，却只梦见花烛之下，天地桌前，她跟龙抬头双双拜堂。

龙抬头也已经长成一个虎背熊腰的小伙子，豹头环眼，紫糖大脸，人前一站，顶天立地。他有两膀子九牛二虎的力气，在金元宝家的几个长工里，是个拉硬弓的角色。金元宝虽是东家，却惧怕他三分。

金元宝的娘，是大财主董太师的姘头，金元宝和他姐姐也就金枝玉叶一般长大。他姐姐长到十八岁，又被董太师纳为小妾，他家就更富贵起来。眼下，良田百亩，二牛一马，一座青堂瓦舍的四合院，已是莲房村的富户。金元宝自幼就生得粉团儿似的好看，长大更是细皮嫩肉，男人女相，穿绸裹缎，一身纨绔子弟习气。可惜，金玉其外，败絮其中，货真价实的一只绣花枕头。金元宝已经二十多岁了，士、农、工、商，全不入门，七十二行，一窍不通。他十六岁就成了亲，可是仍然在外眠花睡柳，胡作非为。

从十三四岁，金元宝就到皮天贵的宝局子推牌九，斗纸牌，打麻将，押大宝，白天黑夜黏在皮天贵家。那一年入秋的夜晚，他和皮天贵一家到金大戟包下的池塘偷鱼，就是为了收局之后，炖鱼喝酒。这两年，他更是踢破皮家门槛子，那是因为他看中了如花似玉的五月鲜儿，想要勾引到手。

这一天，五月鲜儿打扮得花枝招展，到河边买大鲤鱼。金元宝正在一只花船上，左拥右抱两个水妓，饮酒取乐，一眼看见五月鲜儿花蝴蝶似的走来，借着酒兴，跳下船去，拦路调戏。

五月鲜儿虽不是出淤泥而不染的荷花，到底还是个含苞待放的女儿家，金元宝胡言乱语，动手动脚，羞得她粉面通红，心头乱跳，挣脱开金元宝的拉拉扯扯，转身就跑。这是柳棵子地里的一条杂花乱草小路，五月鲜儿人单影只，心慌意乱，没有跑出三五步，就被绊倒地上。金元宝扑奔上去，搂搂抱抱，挟进柳丛。五月鲜儿已经有气无力，哭叫了一声：“龙抬头！……”就被金元宝捂住了嘴。

平地一阵狂风，像是一只猛虎闯进柳棵子地，金元宝回头一看，正是龙抬头，吓得他扔下五月鲜儿，屁滚尿流而逃。

龙抬头在金元宝家从当牛倌到扛长工，眼见他们男盗女娼，早就不想再端这个腌臜饭碗。今天清早，他跟金元宝一言不合，发生口角，金元宝抄起一根顶门杠子要打，龙抬头劈手夺了过来，抬起膝盖，一折两段。金元宝不肯罢休，张牙舞爪，龙抬头看院墙角落有个青石碌碡，便走了过去，弯腰抱起，举过了头，直奔金元宝面前，金元宝鬼叫连天，逃进内院，关门上闩。龙抬头并不破门而入，将青石碌碡望空一抛，又接到手中，扔回院墙角落，打起铺盖算了账，到河边找营生去了。

船行老板看中了他那铁打的体格，雇他拉一趟千里纤。从北运河上的通州，直下苏杭，明天起锚，扬帆上路。

这只大船在河边停泊，龙抬头看见金元宝跳下花船追逐五月鲜儿，也从大船飞身上岸，跟踪而来，这才吓跑了黄鼠狼拉鸡的金元宝。

五月鲜儿扑到龙抬头怀里，紧紧箍住他哭起来，胸脯一起一落，花布衫里像有两只水鸟儿跳跶着。

哭了一会儿，五月鲜儿忽然破涕而笑，踮着脚尖，两手扒住龙抬头的肩膀，嘴贴着他的耳朵小声说：“我得买鱼去，梆打三更你到村西北角的桑树林子里等我。”

凝望着五月鲜儿那飘忽逝去的身影，龙抬头像一根拴马桩子，两眼发直，心里像十五只吊桶打水，七上八下。

村西北角的桑树林子，距离五月鲜儿家不到百步远，来往近便。天一黑，龙抬头就来到桑树林子里，林间还有七股八岔的沙冈，高低起伏。龙抬头躺在沙冈上数星星，一会儿就睡着了。睡梦中，他仿佛在一只摇摇荡荡的小船上，忽然船翻扣了底，惊醒一看，原来是五月鲜儿想搬起他的身子。

“我是一匹石马，你牵不动。”龙抬头揉揉眼睛，坐了起来。

“你比石头人儿多一口气！”五月鲜儿咕嘟着小嘴，“我登梯子爬上墙头，跳下墙来摔断了腿，你背着我走。”

“到哪儿去？”龙抬头把五月鲜儿背起来问道。

五月鲜儿双手搭钩搂住他的脖子，气喘吁吁：“入……洞……房。”

龙抬头掉过半边脸，直眉瞪眼地问道：“谁是咱俩的媒人？”

“抬头看！三媒六证在天上。”

龙抬头抬起头，天边一钩金黄的月牙儿，像一把倒挂的镰刀。

“看不见。”

“有眼无珠，月下老儿就在当头呀！”

龙抬头摇了摇头，闷声闷气地说：“你爹嫌贫爱富，见钱眼开，我穷得腰里没有半个铜板，掉在河里不沉底儿，他怎么肯把你这棵摇钱树许配给我？”

“哼！”五月鲜儿一声冷笑，“咱俩木已成舟，看他敢不顺水推船？”

龙抬头像一匹铁叶青马，五月鲜儿骑在他身上，指东画西，向桑林深处走去。

钻进一簇桑棵子丛中，有一片碎银子似的白沙地。五月鲜儿一松手，从龙抬头身上落下来，东瞧西看，抿嘴儿一笑，目光迷离。

“我还不累，你倒想歇腿？”龙抬头问道。

“掰一大抱高粱叶子来。”五月鲜儿扭摆着腰肢，“铺在白沙地上，我要躺一躺。”

“你想趴露天地？”龙抬头皱了皱眉头，“连环套上有窝棚。”

“我就选中了这间洞房！”五月鲜儿双手捂住脸，“天是屋顶地当炕，这一圈桑棵子是围墙。”

“这可真像野台子扮戏！”龙抬头满脸憨气地笑道。

他到桑树林子外的高粱地里掰来一大抱又宽又长，散发着清香气息的高粱叶子，撒满了桑棵子丛中，就像在白沙地上铺起一床厚厚的褥子。

“等我吹熄了灯！”五月鲜儿鼓起两腮，仰脸长长吹了一口气。

一片浮云，遮住了那挂在天边的金黄月牙儿。……

突然，村头人喊狗叫，桑树林子的沙冈上灯笼火把，皮天贵扯着脖子像叫魂儿：“五月……五月儿！”金元宝更像声声犬吠：“龙抬头，你跑不出我的手心！”

原来，金元宝半夜三更闯到皮家，皮天贵两口子一对软骨头，又贪心爱财，就把金元宝带进五月鲜儿的屋里。灯光一亮，不见五月鲜儿的人影，到院子里寻找，只见梯子搭在墙上，这才一窝蜂追出村来。

“快跑！”五月鲜儿扯下汗湿的水红兜肚，带着高粱叶子气味，挂在龙抬头的脖子上。

“他们不是我的敌手！”龙抬头摆出一副大战长坂坡的架势，“我背上你杀出重围。”

“金簪儿掉在井里，不是你我谁也不嫁！”五月鲜儿推搡着龙抬头，“我只盼你出船回来，带回白花花的大洋叮当响。”

龙抬头一跺脚，跑出桑树林子。河防局的两名警察到大船上搜捕龙抬头，船行老板舍不得这一员虎将，将龙抬头隐匿在船舱底层，没有搜出。不等天明雾散，大船扯帆南下。

6

大运河南北三千里，一去一回要一年。

南下北上，龙抬头又拉纤返回鱼菱村。他一不抽烟，二不喝酒，三不赌钱，四不嫖妓，褡裢里真也存下十几块叮当响的银圆。

船泊河边，龙抬头先到连环套拜见金大戟和金不换大娘。他年幼失父母，爷爷又去世，这老两口子就是他的一层父母。他已经长大成人，也算走南闯北见过了世面。浙江的山茶，江苏的白米，山东的大枣，河北的衡水老酒，沿路带回四样礼品，孝敬二位老人家。

自从爷爷死后，龙抬头又到金元宝家当牛倌，很有几家财主富户瞪圆了乌鸡眼儿，都想吞占连环套。金大戟便挺身而出，搬到连环套来，替龙家顶门立户，守住龙家这二亩八分地的祖产。春天一茬豌豆，夏秋一茬瓜，瓜拉了秧再耠荞麦。这块地的收入，他分文不取，都给龙抬头积攒起来，有朝一日娶媳妇儿。老两口子只靠干爹那一只葫芦瓢小船，打鱼为生。

金大戟扒倒自己那爬满青藤绿蔓的小屋，在连环套上搭起两间泥棚茅舍，仍然爬满青藤绿蔓儿。龙家那吊在半空的窝棚，原封不动。

龙抬头沿着羊肠子小路跑上连环套，穿过一丛丛红柳、绿苇、碧草、青麻，登上曲里拐弯儿的翠堤，只见瓜田里瓜叶大如扇，西瓜大如斗。泥棚茅舍外的冷灶上，还没有散尽午饭的炊烟，金不换大娘又坐到柳荫下摇纺车，一边纺线，一边看瓜。

“大娘！”龙抬头呼喊。

纺车吱扭停住，金不换大娘手搭凉棚张望，忽然挓挲两手，哭叫着：“我的儿呀，你是从天上掉下来的吗？”

龙抬头跑过去，放下礼品，给大娘叩头，又问道：“我大伯呢？”

“他驾船出去，卖瓜又打鱼。”金不换大娘扯起袖子擦泪，“儿呀，这一年不知你是死是活，我跟你大伯日日夜夜牵肠挂肚呀！”

“我一直在南运河上拉纤。”龙抬头笑嘻嘻，“江南买卖兴隆，老板揽下一处处生意，不想北上。”

“你大伯窝着一肚子火，小心揭下你三层皮！”金不换大娘叮咛道，“一会儿你大伯收船回来，你要低头请罪，我再替你求情告饶，咱们娘儿俩吹散这满天云雾。”

“我犯下哪一桩罪过，惹得大伯生气？”龙抬头感到委屈。

“你丢尽了龙家的脸！”一声怒吼，金大戟卖瓜打鱼归来，正在拴船。

“跪下！”金不换大娘悄悄扯了扯龙抬头的衣襟儿。

龙抬头双膝跪倒，叩了三个响头，给大伯请安，却又站起身来，犟嘴问道：“大伯，孩儿一不偷，二不抢，卖力气吃饭，哪一桩败坏了龙家的门风？”

“拈花惹草，闯祸逃跑，你……你还不知罪？”金大戟怒气冲冲，挥着老拳奔过来。

金不换大娘慌忙遮掩龙抬头的身子，伸出胳臂搪住金大戟的拳头。

龙抬头却不服软儿，粗脖子红脸地说："我跟五月鲜儿是月下老儿做媒，两厢情愿私订终身，就像野台子戏里的故事，算不得丢人现眼。"

"呸！"金大戟啐道，"那个水性杨花的贱货，早给金元宝当了二房。"

龙抬头的心口像冷不防被剜了一刀，脸色陡变，后槽牙咬得咯巴响。

金不换大娘慌了手脚，心疼地劝道："儿呀，大丈夫拿得起放得下，皮天贵两口子都是地蛆咬过的癞瓜，五月鲜儿也是那花皮烂瓤子。"

"一身空架子不长主心骨儿，桃红柳绿迷了你的眼！"金大戟沉着脸，呵斥龙抬头，"当年我跟一台戏一言为定，订下他的女儿云姐儿，那才是天生的一对，地造的一双。"

"一台戏父女俩，天涯海角无处寻；男大当婚，也不能一棵树上吊死呀！"金不换大娘替龙抬头叫屈。

"海枯石烂，也不能从咱们这一面变心！"金大戟吵嚷道。

龙抬头从胸膛里呼出一口烫人的热气，压下了心头的火苗子。

金不换大娘又炖了一锅鱼，炒了几个鸡蛋，拌一盆青蒜腌黄瓜，柳荫下吃起接风饭。

金大戟打开一瓶老酒，问龙抬头道："你出外一年，也会喝两口了吧？"

龙抬头本来滴酒不沾唇，只因心中苦恼，便点了点头。金大戟也不知他的酒量大小，给他斟了半大蓝花饭碗。

金不换大娘一边给龙抬头夹菜，一边又劝道：“儿呀，你跟五月鲜儿那一案，已经一阵风吹散了，就别再野鸟满天飞。这些年，燕子衔泥，也给你积存了一点钱粮，冬闲时节盖上三间房子，万一一台戏带着云姐儿叶落归根，你们也有个站脚遮身之地，团团圆圆过日子。”

“瓦盆大的小水洼子，鲤鱼跳不了龙门。”金大戟喝得面红耳赤，眉梢挂上喜色，“穷家难舍，热土难离，只是别跳出北运河二百八十里。”

龙抬头闷声不响，只想一醉解千愁。他连喝了三碗，醉倒两天一夜。

醒来，他拉纤的那只大船已经顺流而下，早过天津卫了。于是，他在那吊在半空的窝棚里住下来，每天挑筐卖瓜。

头一天出去，就像有人扯一条绳子，牵动他的双脚，不知不觉走向莲房村，不知不觉走向一台戏的旧居。

风吹雨打十几年，当年的柳篱小院早已化为废墟，埋没蓬蒿，不见了旧日的风光。他愣愣怔怔站立半晌，也想不起一台戏和云姐儿的身形面影。

卖完了一挑西瓜，他又挑一担甜瓜和面瓜叫卖。太阳下山，挑筐里只剩下几个半生不熟，地蛆咬过的瓜蛋子，便得胜还朝，回连环套去。

也是鬼使神差，他走的是一条抄近的小路，像一道弓弦，穿过村西北角。小路这边是五月鲜儿家，那边是桑树林子，龙抬头只顾低头走路，哪一边也不看一眼。回到连环套，吃过晚饭，月下打拳踢脚，挥刀舞枪，大河两岸浮几个来回，就爬上窝棚，倒头大睡。

“卖瓜的，站住！”

不远处，一个娇声媚气的女人叫他。

龙抬头收住脚，扭过脸一看，暮霭中，五月鲜儿家的后墙里，有个眉开眼笑的女人头脸，手里摇晃一块花手帕。

他的心猛烈一跳，猜出这个女人正是五月鲜儿，一股无名火起，瓮声瓮气地答道："好瓜卖完了，只剩下几个癞瓜！"

"我就爱吃癞瓜，挑过来！"五月鲜儿的口气十分傲慢。

龙抬头吼道："我不卖给你！"

"那我就追到连环套去！"说着，五月鲜儿一蹿上了墙头。

龙抬头只得挑筐大步走过去，气呼呼地说："我这几个癞瓜要卖大价钱！"

"我拿这一座宅院换你的瓜，多大的赚头！"五月鲜儿骑在墙头上，抱着胳臂，斜眉吊眼儿，"你还觉得吃亏，连我这个人也搭上。"

五月鲜儿嫁给金元宝做二房，皮天贵要了一笔不大不小的身价，将他这一座半砖半坯的小三合院，换上瓦顶青砖房；只因五月鲜儿在桑棵子丛中失了身，被金元宝杀了价，黄泥矮墙换不起青砖花墙了。

龙抬头走到墙下，金刚怒目，喝道："一手交钱，一手交货！"

一年不见，五月鲜儿又白又胖，头上梳个花妆楼，荡来荡去的耳环打脸巴子，脸上搽胭脂抹粉，就像唱野台子戏的花旦，身上只穿一抹大红绫子的围胸，两条膀子像两只刚出水的肥白嫩藕。

"别那么咋咋呼呼，我自幼儿被恶狗吓破了胆！"五月鲜儿嬉皮笑脸，"你回来七八天，怎不早来看我？金簪儿掉在井里，是你的就有你的。"

"我还没忘了那句话：'不是你我谁也不嫁！'"龙抬头两眼

冒火。

五月鲜儿垂下眼皮儿，酸溜溜地说：“我从桑树林子给抓回去，牛不喝水强按头，胳臂拗不过大腿，也就破罐破摔了。”

听她这几句话，龙抬头消了气，半挖苦半打趣地说：“你跟金元宝本来是金童配玉女，姻缘早已天注定。”

“狠心贼！”五月鲜儿抬起眼皮，眼泪汪汪，“我跟他同床共枕，像个死尸，心里想的是你。”

“多谢！这几个瓜白送你了。”龙抬头把那几个癞瓜放在墙头，转身要走。

“我还有下回分解！”五月鲜儿抓起一个癞瓜抛出去，打在龙抬头后腰上。

龙抬头只得又站住脚，拧起眉头子说：“咱俩不该不欠，一刀两断。”

“一刀砍个藕断丝连！”五月鲜儿压低嗓子，“我跟金元宝的娘闹翻了车，金元宝怕我气死了老娼妇，拨给我二十亩地，送我回娘家过日子。他喜新厌旧，在我身上不过是三天打鱼，两天晒网，咱俩又能破镜重圆了。”

“住嘴！”龙抬头涨红了脸。

“我自有锦囊妙计！”五月鲜儿的眼里闪烁着邪恶的光，嘴角挂着淫荡的笑，“我雇你扛长工，工钱随你漫天要价；香油白面，推杯换盏，咱俩脸对脸儿坐在一张桌上，吃一个锅里的饭。明面是东伙，暗中是鸳鸯……”

“你……你这个小贱人！”龙抬头又羞又恼，奔上前去，一掌子把她推下了墙。

五月鲜儿扭伤了脚，蹿了几蹿扒不上墙去，探头叫骂：“龙抬头，你这个死爹哭娘的拧丧种！我五月鲜儿光脚不怕穿鞋的，半夜三更到连环套找你勾魂索命！”

龙抬头连夜到一只走北运河水路的大船上，工钱甘愿打对折，当一名篙手。

7

龙抬头在北运河上走大船，当上了大船的篙头，手握一丈八尺的大篙，就像舞弄一枝轻飘飘的绿苇。这只大船上京下卫，通州站脚；北京东便门的上码头，通州东关的二码头，天津卫金刚桥的下码头，沿河二百八十里的十二大渡口，龙抬头的名字，一个雷天下响。小小鱼菱村，只不过像北运河这条粗大青藤上的一粒山虎豆儿，出了个龙抬头，沾他的光，小村享大名。

龙抬头的出众之处，一是胆大包天的勇气，二是两肋插刀的义气，三是宁折不弯的骨气。

北运河十八里一道河卡子，每道河卡子上都有河防局的恶狗把门，更有一支水上侦缉队，在大河上横行霸道。龙抬头却无所畏惧，敢顶敢撞，动口动手，跟这帮子歹徒见过几个回合，打出了个一帆风顺。可是，对一条船上的伙友，谁有个马失前蹄，他都扶持一把；谁有个磨扇压手，他都倾囊相助；谁有个山高水低，他都拼死抢救，亲如一奶同胞。在这条河道上，千帆万船，各色人等，他都不欺老，不压小，不抢上；满面春风，称兄道弟，从不把同行当冤家。船行老板想要他当倒插门女婿，他不肯低这个头，青堂的龙头想收他当掌堂大徒弟，他不肯下这个跪；他的脊梁骨，是一根杉篙，不是一条井绳。

但是，日久天长，龙抬头也沾染上船夫的坏习气：喝酒、赌钱、嫖妓。

这一年的中秋之夜，大船在一个名叫柳巷的渡口泊岸。船上只留下一个守夜的更夫，别的人都四散到酒馆、宝局和花船上寻欢作乐去了。龙抬头喝得酒气冲天，又到宝局子输了个赤条精光，无心再逛花船，便摇摇晃晃，一脚高一脚低，回自己的大船上睡觉。

河边，柳梢挂月，草虫吟唱，河风阵阵吹来，月摇柳影动，虫鸣叫叫停停。龙抬头醉眼蒙眬，只见岸柳拴一只小船，只当是花船上放下来的小划子，便跌跌撞撞走过去。

北运河上的花船，鸨儿王八带着几名小妓卖身，嫖客看中哪个妓女，讲定了价钱，便夜宿在花船放下来的小划子上。小划子隐匿在河湾的背静角落，灯笼明灭，像是鬼火。

拴在岸柳上的这一只小船，篷舱里一灯如豆，有个身穿蓝花土布衫子的姑娘，怀抱一张竹弓子；一边穿针引线，绣花兜肚，一边低头哼唱京东大鼓，悦耳动听。

“呔！”龙抬头走到水边，大喝一声，“船上的……小大姐儿，我来陪你。”

船舱里的姑娘吓得一口气吹熄了灯，颤声答道：“客官，我们……不是花船……”

“你……瞒不过我的眼睛！”龙抬头像驾云似的上了船，“哪个鸡头鱼刺……占了窝儿，叫他……滚下去！”

“瞎了眼的醉鬼！”船舱里的姑娘又气又怕，“看不见我们的船头不挂红灯笼儿？”

龙抬头那一双醉眼连连眨巴了几下，一轮明月倒映水中，微风拂过河面，船头摇曳着水光月影。他的舌头像是挂上一只秤砣，争吵着说：“那不是……灯笼晃动……”

他想闯进舱去，船舱里的姑娘被逼得无路可走，挥起一根擀面杖，照他面门打去。龙抬头虽有一身武艺，却猝不及防，躲闪不及，脚下又醉得打晃，擀面杖正敲中他的额头，扑通落水。

他的水性很好，捆成粽子，也能鱼儿戏水。水中翻了几个筋斗，一锅粥的脑袋瓜子清醒了一点儿。爬上岸来，只觉得浑身绵软，一摊泥似的倒在一棵伞柳下的白沙青草上，扯起了鼾声。

不知睡了多久，龙抬头迷迷糊糊醒来，睁开枯涩的眼睛一看，只见一盏白纸红字的灯笼挂在柳枝上，面前站立一位慈眉善目的老头儿。

“你的酒气把树叶子都熏蔫儿啦！”老头儿指了指头上的柳伞，笑道。

龙抬头满脸醉态，抬手指点那一只拴在岸柳上的小船，愤愤地说：“可恨……那个水妓接了客，不许我进舱……”

“哪一只船？”老头儿摘下灯笼，四下照看。

龙抬头又抬起一只手乱点：“远在……天边，近在……眼前。”

“啊！”老头儿大惊失色，“那是我家的船呀！”

龙抬头也直了眼，嘴里像含着一块热豆腐，咕哝着说：“我……脑昏……眼花……”

老头儿却不跟他追究，三步两步奔上自己的小船。

龙抬头爬起身，僵坐伞柳下，金不换大娘的纺车像在他的脑瓜里嗡嗡响。

船舱里，传出怒骂哭叫声。

“下贱东西！”老头儿怒骂，“我上岸找你师姑，你就在船上招蜂引蝶，趁我不在家，你把谁窝藏在船上？”

“天打五雷轰，我冤枉呀！”船舱里的姑娘委屈地哭叫，“那个瞎了眼的醉鬼上船调戏我，被我一擀面杖打下了水，反倒血口喷人。”

龙抬头打了一连串的寒噤，霍地一跃而起，跑到停泊小船的岸边，向船上喊道：“老人家，是我胡言乱语，该剁我的舌头！”

“你是个采花淫贼！”老头儿破口大骂，“滚，滚，滚！”

江湖上，采花淫贼是个奇耻大辱的罪名，龙抬头羞得像满脸洒狗血，他想到自己酒后无德，船舱里的姑娘蒙受不白之冤，悔恨交加。他猛一转身，跑回连环套，找干爹金大戟出面，带他前来赔罪。

他被扒光了上身，反绑了双手，脖子上套着一条绳索，流星赶月地被金大戟牵来。金大戟手里，提着一条懒驴愁的皮鞭子。爷儿俩脚下生风走得急，猛一抬头，忽然看见，月光中的伞柳上，挂着一个窈窕的身影荡秋千。

“哎呀，那个姑娘上了吊！”龙抬头失声喊叫道。

金大戟三步两步跑到树下，一个旱地拔葱，纵身一跳，两根手指剪断了吊在树杈上的绳子，顺手一抄姑娘的腰肢，轻轻放在地上。

“老哥！”他呼喊那只沉睡的小船，“是我家贼子的罪过，你不该逼得亲生女儿自寻短见。”

小船一阵摇荡，老头儿爬出船舱，栽下岸来，喊了一声："儿呀！"便一动也不能动了。

金大戟解开姑娘脖子上的绳套，姑娘的喉咙里咕噜一响，发出一声微弱的呻吟。

他赶忙双手捧起姑娘，跑过去报喜。满脸堆笑，低声下气叫了声："老哥……"忽然二目圆睁，惊天动地大叫起来，"一台戏！"

一台戏揉了揉昏花的眼睛，看了又看，也又惊又喜地喊道："金钟罩！我……是不是做梦？"

金大戟把姑娘撂在一台戏面前，问道："她可是云姐儿？"

"正是。"一台戏把女儿揽在怀里，掐着人中，"当年那个小黄毛丫头，女大十八变了。"

"贼子，滚过来！"金大戟向龙抬头一声断喝，"跪下请罪。"

顶天立地的汉子一折两断，龙抬头乖乖地双膝跪倒。

"金钟罩，他是你的……"一台戏迷惑地问道。

"贼子龙抬头！"金大戟咬牙切齿，把手中的懒驴愁皮鞭子递给一台戏，"你给我把他打得皮开肉绽，替我管教他。"

一台戏连连摆手，说："知错改过，就别动家法了。"

"我来打！"云姐儿醒转过来，从老爹的怀里挣脱挺立起来。

她从金大戟手中接过鞭子，气恨得咬碎银牙，拼出全身力气，雨点一般抽打龙抬头的脊梁。龙抬头的后背上，横七竖八肿起一道道鞭痕。

"死丫头，住手！"一台戏于心不忍，想要夺过女儿的鞭子。

但是，金大戟的两条胳臂像一道铁箍，搂住一台戏纹丝不动。

云姐儿一口气抽打了龙抬头三十六鞭子，累得抬不起胳臂，这才把鞭子扔在地上，双手蒙脸，放声大哭道：“想不到……多年不见，你……你……变成了个下流坯子！”她带着哭声，跑回船去。

金大戟又狠踢龙抬头一脚，喝道：“还不赶快给你一台戏大伯叩头谢罪！”

龙抬头碰地三声，一台戏忙给他松了绑。

8

一台戏和云姐儿打桨到连环套，父女俩拴船上岸，留下这一叶轻舟，跟龙抬头的爷爷那只葫芦瓢小船做伴。

云姐儿被金不换大娘迎到泥棚茅舍中去，一个和面，一个切菜，做一顿团圆节饭。一台戏和金大戟坐在柳下叙旧，欢声笑语，龙抬头低头陪坐，不敢吭声。

月到中秋分外明，中秋的明月像一盏天灯，连环套上洒满白光，河面像镀上银子，垂柳伫立月色中，两岸静悄悄。

“一台戏，十几年前你急如星火一走，发丧了你师父，怎么像肉包子打狗，一去不回头呢？”金大戟问道。

“唉！”一台戏沉重地叹息一声，“师父下了葬，我就扛着师父的金字牌匾，登场卖艺，身边带着云姐儿，还有没出师的师妹云遮月。我们一天赶三场，每场三大段，三张嘴才能天天喝上三顿稀粥，哪儿有盘缠钱回家看一看呢？”

金大戟又问道：“可是后来云遮月红遍了咱们这一方的四乡八镇，你怎么也不陪她回来？”

“各吃一方，我就更不能来抢她的饭碗了。”一台戏辛酸地一笑，“那一方是我师父久站的地面，我不能丢失师父的码头，扔下师父的听客。”

“你到底还是离开那一方，回到家乡跟师妹舀一锅的饭呀！”

“是云遮月打发人捎信，叫我回来。”

“她难道不怕僧多粥少？”

“云遮月找到了一个情投意合的男人，另有打算，叫云姐儿当她的替身。”

“云姐儿也会唱京东大鼓？”

“她是云遮月的徒弟，得过云遮月的真传，云遮月给她取个艺名叫火烧云。”

“咱们的火烧云哪一天登台呀？”金大戟忙问道，“我来出头，串联方圆左右的乡亲老小，给她站脚助威，帮个人场。”

龙抬头好不容易盼到一个机会，可以立功赎罪，也忙说：“我也能呼喝几十位船家弟兄，扯破了喉给云姐儿喝彩。”

一台戏笑逐颜开，说：“我今晚上才靠码头，还没有找见云遮月；要等云遮月点头认可，我的火烧云才能挂牌。”

“这个云遮月，也真有些日子不见了。”金大戟感到奇怪，“往年五月初五端午节，云遮月从通州下来，一直唱到数九隆冬才回城，今年怎么不常露面儿？”

“前几天她在渡口唱过两场。”龙抬头又插一嘴，“她那个情人是齐心会的会头，眼下云遮月出场就有几条大汉保驾。她唱的都是新段子，听说编词儿的是个大学生。”

“这位齐心会的会头，是哪一路的人物？我的师妹可别跳了火坑呀！”一台戏不放心地问道。

“此人是河网北六村的一只穷虎。”龙抬头眉眼间流露出十分敬佩的神色，“听说他们暗中拉起一支人马，口号是抗日救国，打倒儿皇帝殷汝耕。这位会头有个军师，就是给云遮月编新词儿的那个大学生，风言风语是个共产党。”

卖国的《何梅协定》，划冀东二十二县为非武装中立区，汉奸殷汝耕成立防共自治政府，乡野群雄蜂起。有秘密的抗日武装，有杀人越货的草寇，也有形形色色的会道门，更有各自称霸一方的地主民团和联庄会，殷汝耕的保安总队只能防守二十二座县城。运河滩上的一片河网中，六个小村和锅伙，立起齐心会，是京东抗日救国会的一个堡垒，只因时候不到，还没有扯旗放炮。

“我要找师妹搭个桥，也入齐心会。”一台戏捻着胡子沉思，“这个眼看就要天下大乱的年月，走江湖，跑码头，没有刀枪架子撑腰，寸步难行。”

“我更想跟师姑学唱新段子！”当年的云姐儿，今日的火烧云，从泥棚茅舍里走出来，“《王二姐思夫》呀，《黄爱玉上坟》呀，《潘金莲大闹葡萄架》呀……我唱着口羞。”

龙抬头忍不住偷眼一看，火烧云那轻盈的体态和跑圆场的脚步，好似嫦娥乘着清风下凡来。

火烧云搬着一张小饭桌，到月下摆供。

供桌上，摆放一捆儿毛豆，两杯水酒，两张糖烙饼，还有四样果品：一大嘟噜玫瑰香葡萄，一盘子秋梨，一堆红枣，一只雕花的大青萝卜。嫦娥、吴刚和玉兔都不吃荤腥，毛豆是给玉兔吃的，糖饼、葡萄和秋梨是给嫦娥吃的，水酒是给吴刚喝的，红枣和青萝卜是给吴刚下酒的；运河滩的穷门小户有个俗谚，脆萝卜下酒，越喝越有。这也是千里送鹅毛，礼轻情意重。

火烧云摆上供品以后，向屋里轻声叫道："大娘，您老人家上香吧！"

龙抬头只觉得火烧云的声音像黄鹂在翠柳枝头啼叫。他听过云遮月唱京东大鼓，行云流水，回肠荡气；他猜想，火烧云的歌喉，将是另一番风光。龙抬头不懂得大珠小珠落玉盘的比喻，却敢笃定必是白玉兰香瓜味儿，又脆又甜。

金不换大娘穿一身新浆洗的裤褂，冠髻上插着小红绒花，手拈三支香，满面喜色走出来。供桌上有一只装上白沙的瓦钵，金不换大娘把一支支高香递到火烧云手中，火烧云恭恭敬敬插在瓦钵里；然后，一前一后，双双下拜，口中念出一大套吉利话儿。

"儿呀，你也磕个头！"金不换大娘站起身，点头叫龙抬头，"求上天保佑咱们这三姓人家，团团圆圆，平平安安，也求月下老儿早拴红线，赏你个贤妻孝妇。"

龙抬头心中有愧，低着头走过去，火烧云见他走来，车转身子，不理睬他。他屏声静息，端端正正三跪九叩，赶忙退场。

一台戏挽起金大戟的胳臂，说："金钟罩，咱们老哥儿俩也行个礼吧！"

两人在供桌前拱了拱手，一躬到底，作了个大揖。金大戟一手端起一杯水酒，笑道："一台戏，心到神知，上供人吃。来！咱俩干这一杯。"

两人一饮而尽，分吃了那个雕花大青萝卜，嚼得咯嘣响脆，津津有味。

金不换大娘分给龙抬头和火烧云一人一张糖饼，又把那一大嘟噜葡萄、一盘子秋梨和一堆红枣，给他俩各分一半。她看看火烧云，又看看龙抬头，笑眯眯地说："大娘我一辈子颗粒不收，你俩就是我的一儿一女。只盼不过一二年，再抱上双生大孙子，我可真是个吃树熟儿的大全福人了。"

火烧云抿嘴一乐，把大辫子拢到丰满的胸脯上，手指捻着辫梢儿。

龙抬头见火烧云眼角眉梢生喜，便搭讪着说："大娘，我跟云姐儿同年同月同日生，本来成双成对。"

火烧云粉脸一沉，狠狠地刺了龙抬头一眼，慌慌张张回屋去。

金不换大娘跟火烧云屋里吃饭，金大戟、一台戏和龙抬头院里喝酒。

三杯老酒入肚，金大戟脸红耳热，筷子尖儿点着一台戏的鼻子头儿，问道："想当年咱俩曾有过一言为定，要把抬头跟云姐匹配良缘，不知你还记得不记得？"

"君子一言，驷马难追，老牛拉不回头！"一台戏已有七八分醉意，大河流水的嗓子哗啦啦响，"我的女儿虽不是沉鱼落雁之容，却也是闭月羞花之貌，媒婆子这几年踢破了我家三条门槛子，我都咬定牙关不改口。"

"抬头，还不赶快拜丈人！"金大戟一拍桌子，杯、盘、碟、碗跳三跳，"拜完丈人进屋去，一给你大娘报喜，二给云姐儿顺气，不哄笑了云姐儿我打你的脖儿拐！"

龙抬头匆匆叩三头，扭身奔屋走。

来到屋门口，一脚门里，一脚门外，正听见火烧云如泣如诉，金不换大娘轻声低语。

“大娘，我九岁一走十几年，早忘了他的模样儿，想不起他的长相儿，却记住我们过家家玩儿，他说过的一句话：‘两家吃一锅饭，你做饭我烧火’……谁想久别重逢，他……他……”火烧云掩面而泣，泣不成声。

“儿呀，不是大娘给那个孽障遮羞脸儿，你别只看一时影儿斜，就当他人不正。”金不换大娘婉言相劝，和风细雨，“二百八十里水路，三大码头，十二渡口，谁不夸龙抬头武艺高强，大将军八面威风？又谁不夸他人品出众，一团正气，是个古道热肠的好汉子？多少花枝似的姑娘看中了他，他却一个没看见，心里只有你。”

“别人怎么夸他我没听见，只听见您把他夸得像一朵花！”火烧云破涕而笑，“只要他赶得上云遮月师姑的那个相好，我也就不横挑鼻子竖挑眼了。”

龙抬头抽身退出来，也不回到金大戟和一台戏的饭桌上；踏着中秋之夜的月色，直奔河网北六村投师而去。

9

龙抬头跟河网北六村的齐心会挂了钩，火烧云也见过了云遮月；金大戟开门收徒，鱼菱村有五六个虎头虎脑的小伙子拜在他门下。那位给云遮月的情人当军师的大学生，月黑天常到连环套来，住在龙抬头那吊在半空的窝棚里。一台戏和火烧云父女也不想回莲房村重整旧居，金大戟和龙抬头给他们搭起两间草房栖身。

二亩八分连环套，小小一个三家村。

每天，一台戏和火烧云驾一叶扁舟，出外说书卖唱，爷儿俩换班打桨。北上三十里，南下四十里，十二大渡口只在四处打场子，不出北运河上的通州水界。

火烧云一身大红，红袄的前胸还绣上花花草草；常下连绵的秋雨，秋老虎的天气又早晚凉飕飕，火烧云还要披上一件绿蓑衣。她解开拴在柳桩上的缆绳，双手握住桨，就像跨上了马，两臂用力一摇，又像快马一鞭，小船便擦着水皮儿飞起来。

这时候，龙抬头当篙头的那条大船，也起了锚。大船离岸，要靠龙抬头的三篙，一入水道，大船就交给舵手和纤夫了。龙抬头手握丈八大篙，只等遇上险滩，再一显身手。

他看见火烧云的小船正跑在大船的前面，不远不近，十丈开外。一身大红的火烧云，绿蓑衣被河风吹得像涨满的帆，龙抬头只觉得火烧云像一大朵碧叶红莲，开放在大河的白沙绿水中。小船顺风顺水，一路畅通无阻，几只水鸟儿跟火烧云淘气，时前时后，忽左忽右，追逐小船不放，惹得火烧云兴起，打桨更加一把力气，船行比鸟飞还快；眨眼之间，融入水天一色，影儿也不见了。

几天工夫，龙抬头戒掉了三大恶习，一不酗酒，二不进宝局子，三不上花船了。收了船，吃过晚饭，他就到河网北六村去，半夜才回来。早出晚归，他见不到火烧云的面，只有早晨站在大船船头，远望火烧云的背影。

一台戏和火烧云父女俩，连日生意兴隆，一天能挣出三天的饭钱，就割了二斤肉，打了一葫芦酒，请金大戟、金不换大娘和龙抬头吃一顿酒饭，龙抬头收了船便早早回家。

火烧云掌灶，不许金不换大娘动手。她回家便脱下那一身大红的行头，换上那蓝花土布的褂子，又是村姑打扮。但是，她掂勺炒菜，菜铲儿像敲击着鼓键子，有板有眼，而且鼻孔里哼唱京东大鼓，却又是吃开口饭的卖唱艺人习气。

放下一张方桌，金大戟、一台戏和龙抬头各占一面，金不换大娘和火烧云挤在一侧，满盘子满碗四个菜。

“云姐儿，上酒！”一台戏笑着吆喝。

火烧云怀抱细脖大肚儿的酒葫芦，先敬金大戟一海碗，又给她爹满上。然后，眼皮儿不挑，半扭着脸儿给龙抬头斟酒。

龙抬头叉开五指，罩住碗口，说了一声：“多谢，我戒酒了！”

火烧云打了个怔，陡地变了脸，冷笑道：“你不喝我的酒，就别吃我的饭！”

龙抬头霍地站起身，抬腿就走，一台戏一把没扯住，金大戟和金不换大娘急赤白脸呼喊他，他头也不回地扑到漆黑夜色中去了。

三位老人都被扫了兴，金大戟和金不换大娘骂龙抬头，一台戏数落女儿；火烧云跑进屋里，哭得十分伤心。

却在这时，岸上传来一阵杂乱的脚步声，就像一群翻蹄亮掌的野驴跑进连环套。

“一台戏！”金元宝带领两名董太师的团丁，一个个荷枪实弹，三支洋枪封住屋门口。

三天前，董太师打发人给金元宝传话，近日四肢麻木，正吃舒筋活血的丸散膏丹，点名叫五月鲜儿服侍床侧。金元宝不敢不从命，匆忙来到鱼菱村，花言巧语把五月鲜儿诓上翠盖红窗小轿车，亲自赶车送进董太师府上。董太师十分恩典，封他当了个民团哨官，还交给他两名团丁，监视莲房村和鱼菱村的穷门小户，可有不轨行动？

夜猫子进宅，一台戏只得硬着脑皮问道："金大少爷有何吩咐？"

"云遮月是不是窝藏在你家里？"金元宝吹胡子瞪眼。

一台戏心中大吃一惊，脸上却不动声色，反问道："我那师妹得罪了你？"

"她勾搭上了共产党，京东大鼓里唱出了抗日小调儿！"金元宝满脸凶相，"谁不知道《王二姐思夫》是个粉段子，云遮月的嘴里却唱出了：'高粱叶子青又青，九一八来了日本兵……'董老团总下令捉拿云遮月，装上木笼囚车，押送自治政府蹲大牢。"

"对不住！"一台戏嘲讽地微然一笑，"我那师妹神出鬼没，正像她的名儿，是个云遮月，谁知她躲到哪儿，藏在何处？"

"搜！"金元宝一声令下。

两名团丁闯进屋来，直奔里屋。屋里四壁空空，只有一方土炕，一张苇席，他们揭开炕席看了看，也就退出去。

金元宝还想搜查金大戟的泥棚茅舍，忽听沉沉黑夜鬼哭声："姑爷……姑爷呀！我的女儿……你的媳妇儿，一块门板抬回家啦！"是皮天贵哭天抢地而来。

金元宝带领两名团丁仓皇而去。

"呸！"火烧云追出屋子啐骂，"恶有恶报！"

第二天早晨，她又和老爹划船出去卖艺。慢打桨，懒用力，小船像老牛破车，她时不时地回头看，那条大船的船头上，不见手握丈八大篙的龙抬头。

直到天光大亮，日上三竿，龙抬头才不知从何处回到连环套。他脸色枯黄，眼含悲愁，像得了一场大病。

“你是不是又去赌钱、喝酒、逛花船？”金大戟大吼一声。

“五月鲜儿死了！”龙抬头声音低沉嘶哑，“金元宝甩手不管，我把她埋在桑树林子了。”

“那丫头是怎么死的？”金不换大娘神色惊慌地问道。

“她被金元宝诓进董太师府，锁在深宅大院，老畜生糟践了她，她在后花园投井死了。”

“你怎么知道？”

“我跟火烧云赌气，打算到河网北六村去，半路上正遇见董太师的团丁抬着一块门板，把五月鲜儿的尸首送回皮家，我也跟着去了。”

“这个丫头也还算有几分骨气。”金不换大娘撩起衣襟儿，擦了擦眼角，“只可惜皮家是一口泔水缸，害得她腌臜了清白女儿身。”

五月鲜儿之死，金大戟并不像金不换大娘那么伤感，却焦心地问道：“董太师的民团要抓云遮月，你可知道她平安不平安。”

“云遮月就藏身在北六村，”龙抬头的嘴角掠过一抹轻蔑的笑影，“董太师的民团不敢到北六村去。齐心会的弟兄一条心，躲在坟头、树后、柳棵子地里放冷箭，打黑枪。”

“那个给云遮月编新词儿的共产党呢？”金大戟又低声问道。

“那个共产党上天能驾云，入地能地遁，董太师别想抓到他！”龙抬头那悲愁的目光，迸发出火花，“我昏天黑地眼不明，他拨亮了我心中一盏灯。”

他一夜奔走，心情沉痛，回窝棚里睡大觉去了。

睡得正酣，耳边一个雷，他惊跳而起，一头撞在窝棚的横梁上。眨了眨惺忪睡眼，只见金大戟挓挲着胡髭，满面阴云，手持一口大刀，头上冒火星子。

“快抄家伙！”金大戟喊道，“刚才有人报信，一台戏跟火烧云在渡口撂地摊儿，火烧云还是挂起云遮月亲传弟子的牌号，唱的也还是云遮月的新段子，被金元宝抓到莲房村去了。”

龙抬头抓起爷爷那杆红缨柳叶枪，跳下窝棚，就像狂风大作，飞奔莲房村，金大戟紧追在后面。

浮过小河，爬上白沙冈，便看见土地庙的高高旗杆，寒鸦浮水吊起了一台戏，又听见金元宝猫叫春似的嘶叫：“把火烧云扒个一丝不挂，奶头上坠两个秤砣，吊到老槐树上，皮鞭子蘸凉水，狠狠地打！看她还敢骂阵不骂阵？”

龙抬头全身像着了火，喊叫一声：“大伯，跟我上房！”

爷儿俩跑到土地庙后，柳叶枪撑地，龙抬头飞上土地庙的房脊；金大戟口叼大刀，两手扒住土地庙的后檐，拔起身子也上房去。

金元宝身穿春绸夹袄，双排密扣儿，大背头贼亮，一手端枪，一手提着马鞭子，脸上横三竖四几道血痕，那是被火烧云抓破了脸。他气急败坏，跺着脚吆喝那两个捆绑火烧云的团丁：“按倒她！一个骑她身上，一个扒她裤子……”

一道闪光，一股疾风，龙抬头揭下一片脊瓦投出去，正打中金元宝持枪的手腕子，金元宝一声鬼叫，疼得躺在地上打滚儿。龙抬头猛虎扑食下房来，一手从地上扯起金元宝，扼住他的咽喉，一手拾起金元宝落地的那支枪，枪口闪着阴森森的寒光。

金大戟也手疾眼快，那两个捆绑火烧云的团丁，把两支枪倚在老槐树上，他下房先把这两支枪抢到手。

撕扯火烧云的那两个团丁也真乖觉，连忙将火烧云搀扶起来，双双跪在她的脚下，叩头哀告姑奶奶开恩。火烧云重重地踢了他俩每人一脚，转身扑到金元宝身上，狠狠咬了一口，金元宝杀猪一般痛叫。

“云姐儿，快把你爹放下来！”金大戟命令，“抬头，你再把金元宝吊上旗杆，叫他自个儿配药自个儿吃。”

两个团丁磕头捣蒜，鼻涕眼泪地说：“您老人家只当我俩是个屁，高抬贵手把我们放了吧！”

金大戟笑了笑，挤了挤眼睛说：“一条线拴两只蚂蚱，我把你俩捆在老槐树上，给你们的主子做个伴儿，免得他冷冷清清。”

火烧云跑到旗杆下，解开大绳，用力拽住绳索，一台戏飘飘悠悠落下来，她急忙给老爹松绑。一台戏已经被倒吊了一顿饭工夫，鼻孔淌血，手脚肿胀黑紫，松了绑却站不起来，火烧云把他背在身上。

金大戟喝令那两个团丁搂住老槐树，就像勒篱笆桩子，把他俩捆在树上磨肚皮。

金元宝是个酒色之徒，身子掏空，十分虚弱，被龙抬头老虎钳子似的卡住喉咙，惊吓而又憋闷，早已昏厥。龙抬头一松手，他就瘫软地上，蜷缩着只剩一丝气息。龙抬头将金元宝捆成个元宝形状，下死力在他那细皮嫩肉上勒紧绳子；金元宝疼痛钻心，又叫得像杀猪。龙抬头扒下他的袜子，团了团，掰开嘴，一直捅到他的嗓子眼儿里，然后扯起绳索吊到旗杆上，像一只俗名吊死鬼儿的槐蚕，荡在半空中。

当天就是黄道吉日，连环套也立起齐心会。动口的有一台戏和火烧云，动手的有金大戟和龙抬头。瓜儿连着藤，藤儿连着瓜；鱼菱村和莲房村跟河网北六村连成一片，山雨欲来风满楼了。

一九八一年七月作，九月改。

原载一九八二年第一期《长江》

蒲　剑

1

蒲柳春的爷爷蒲老大，是当年义和团的大师兄，死在皇粮庄头王二皇上手里。

清朝皇室入主北京以后，跑马圈地，多尔衮王爷圈占了天子脚下的运河滩，打发他的一个姓王的奴才当皇粮庄头。从此，运河滩的黎民百姓世世代代为奴，给王爷开出百顷百顷的肥田沃土，栽起大片大片满长着摇钱树的果园，打上满船满船的鲜鱼活虾。多尔衮王爷住在北京王府里，从没有驾临过运河滩，只是姓王的庄头每年两趟进京，送去一驮驮白花花的银两，运去一船船丰盛甘美的土产。

姓王的庄头也盖起高墙大院，像一座拔地而起的恶山，盘踞在运河滩上。

姓王的皇粮庄头传到第八代，就是这个王二皇上，更比他的老祖宗穷凶极恶。他私立公堂，凡拖欠田租的佃户，口出怨言的长工，轻则一顿毒打押入水牢，重则处死，拦腰拴上石头沉下河去，尸骨无收。

这一年，蒲老大领头闹起了义和团，火烧了耶稣教堂。王二皇上带着全家老小，抱着金银细软，田亩文书，钱粮账册，星夜逃往通州。运河滩义和团冲进王家大院，蒲老大砍断四大仓房的铁锁，命令七十二名弟兄，飞马奔告运河滩村村庄庄的穷门小户，前来背粮，三天三夜，四大仓房一扫而空。蒲老大聚起几百名兄弟姐妹，在王家大院盘起十八座土灶，吃起大锅饭，每日演兵习武，枕戈而眠。

八国联军从大沽口登陆，沿运河而上，进逼北京。蒲老大率领他的兄弟姐妹几百人，在运河上砸沉一艘鬼子兵船，将百多颗洋鬼子的头颅悬挂在河边的一棵棵河柳上。

清廷屈膝乞和，王二皇上给八国联军猎枪团和通州的绿营官军带队，腹背夹攻运河滩义和团。运河滩义和团以一当十，杀得八国联军和绿营官兵丢盔弃甲，尸横遍野，但是到底寡不敌众，运河滩义和团死伤过半，蒲老大身中数弹，被王二皇上割下首级，双手捧献给八国联军猎枪团的指挥官，摇尾乞怜，邀功请赏。

蒲老大的儿子蒲天明，当时十八岁，在南北大运河上当船夫。他跟随江浙运货大船，下过扬州，到过苏杭，比起他那生死不离运河滩寸地的老爹，见多识广，心胸开阔，眼光远大。

通州是京东首邑，国都咽喉，南北水陆要冲。大运河蜿蜒迂回，势如游龙，流贯全境，州城东门外便是明清两代的漕运码头，满载丝、绸、鱼、米、珍玩奇物的皇船，千帆百舸远道而来，云集于此。

有一天，运货大船刚刚拢岸，外国教会开办的潞河中学的洋学生便一拥而上，揪住船夫，硬给剪掉后脑勺的辫子。蒲天明这才知道，大清的江山倒了，改了国号叫中华民国。他好生快活，心想这个中华民国是反大清的，王二皇上那个大清皇室的奴才，岂不就成了民国的罪犯吗？

他也顾不得讨取工钱，撒腿就奔家跑。

回到家，将所见所闻禀告老娘，一家人笑了哭，哭了笑，真当是拨开乌云见青天，就要冤申仇报了。于是，杀鸡买酒，到破庙里的私塾房，请内弟郑长庚写状子。

私塾房的教书先生郑长庚，是运河滩的一大奇。他本来没有念过一天书，从小给王家大院当猪倌，可是他好学惊人，常常扒私塾房的后窗口偷听，过耳不忘，白沙当纸，芦管为笔，学会了写字。他一天累得腰酸腿疼，夜里还要借着月光，读半宿书。刻苦自学，不耻下问，二十年间他读完经、史、子、集，历代诗文、词曲、小说。每年一点点工钱，全买了纸、笔、墨、砚、书，到冬天连一件开花棉袄也穿不上。人人说他中了魔怔，管他叫郑书魔，他却任人取笑，全不在意。前年，一位游学的学士，游到运河滩来，将私塾房的冬烘先生难倒，冬烘先生只好赔一桌酒席，请这位学士大吃大嚼。有个好寻开心的人，存心不让那学士吃痛快，把正起猪圈的书魔请了来，诗书礼易，公羊穀梁，左传国语，诸子百家，汉赋乐府，唐诗宋词，论得这位学士张口结舌，溜了席抱头鼠窜而去。冬烘先生丢了脸，无颜再教下去，便把教席让给了郑长庚。于是，他把一床渔网似的棉被从长工棚搬到破庙，开始了教书生涯。

郑长庚不但是蒲天明的内弟，而且他们早在少年时代就在河滩上插三根香蒿，结拜为生死弟兄。如今郑长庚虽然穿上长衫，也并没有觉得一登龙门身价百倍，跟泥腿子的姐夫和盟兄疏远。

蒲天明闯进私塾房，连拉带扯，把郑长庚拉扯到他家的柳篱小院，先用镰刀割下他的弯弯小辫儿，就立逼他写状子。郑长庚不但读书千卷，而且下笔万言，一张状纸挥笔而就。头一状，告王二皇上是投大清卖大明的逆贼子孙；二一状，告王二皇上是勾通八国联军鬼子兵的汉奸；三一状，告王二皇上是鱼肉乡里的恶霸。蒲天明将状子揣进怀里，拔腿又奔县城跑。

击鼓鸣冤，县知事升堂，蒲天明就冷到了心窝。坐堂问案的，原封不动，还是原来的那个知县大人，只不过将那条猪尾巴盘在了脑瓜顶上。县知事一目十行，看完状子，便呵斥他挟私枉告，诽谤乡绅。蒲天明被毒打四十大板，又被五花大绑，押出城外二里才放。他遍体鳞伤，鲜血淋漓，扭过脸来朝城门口一阵乱啐，才明白改了民国国号，其实是换汤不换药，改头不换面，不能指望它为民申冤。

马铃一阵叮叮当当响，一辆翠盖红窗小轿车从城门口疾驰而来，陡地在蒲天明的身边停住。碧纱窗帘一撩，探出了王二皇上那凶煞的面孔，发狂地大笑道："蒲天明！你昏了心，迷了窍，当我没有王爷撑腰，就成了雨后的泥胎一摊糨糊？打开天窗告诉你这个混小子，没有了王爷，我不是倒了靠山，反倒是去了个婆婆。现在而今眼目下，这几百顷黄金地，上万棵摇钱树，成群结队的骡马驴牛，似水流云的猪羊鸡鸭，都改姓了王，县衙门就要给我挂千顷牌。你胆敢再拈我的虎须，我就碎了你，肥我的葡萄架！"说罢，落下窗帘，吆喝一声，翠盖红窗小轿车像车轱辘不沾地，飞也似的奔向运河滩。

熬出了大清国的苦井，又跌进了民国的火坑。漫漫长夜，蒲天明盼天明，何时天明？

2

蒲柳春十岁那年，奶奶身染重病。老人家神志清醒，咽不下最后一口气。蒲天明把柳春娘和蒲柳春打发到院外的小菜园去，只留自己守在床头。

老人家噙着两颗慈心泪，紧紧抓住蒲天明那长满老茧的大手，说："儿呀，娘闭不上眼睛。"

蒲天明泣不成声，说："娘，您老人家寿比南山不老松，再吃两剂药，养息几天，就会好的。"

"我的时辰已到，不必哄我了。"老人家的脸上呈现出痛苦神色，"只是王二皇上老贼还活在世上，九泉之下我怎么有脸去见你爹？"

蒲天明恍然大悟，哭道："娘，父仇未报，是儿的罪过。如今柳春已经长成半大小子，足可以顶门立户，是儿子跟老贼清账的时候了。"

老人家点点头，撒了手，含笑闭上二目。

蒲天明安葬了老娘，夜晚郑长庚陪伴他坐在葫芦架下，两个人心上都像压住一块磨扇，默默无言。小柳春也不睡觉，抱着膝盖，坐在柴门口，凝望满天繁星。葫芦架的密叶中，一只蝈蝈叫叫停停。蒲天明忽然发了狂，摇晃着葫芦架喊叫道："我再也忍不下去啦！"郑长庚抱住他的身子，说："哥！仇，要报；拼，我也豁上。只是咱们人单势孤，必须智取，不能力夺。"小柳春一跃而起，跑了过来，说："还有我！"郑长庚热泪滚滚而下，说："好孩子，楚虽三户，亡秦必楚！"

蒲天明沉睡三天三夜，突然醒来，苍老了十岁。一连七日，只是闷头干活，一声不吭，闲下来就磨洗老爹留下的那口吹毛断发，削铁如泥的宝刀。

这天晚上，蒲天明悄悄出去，柳春娘插上门，早早睡了。半夜时分，院里扑通一声，有人跳进篱笆，小柳春惊醒，一摸身边的支窗棍子，喝道："什么人？"窗外答道："我！"是他爹。柳春娘嘟哝说："黑天半夜，你到哪儿游逛去啦？"蒲天明在窗外小声说："别嚷！"柳春娘听出他的声音奇怪，忙点着灯，下炕给他开门。

门一开，只见蒲天明满脸锅烟，一身血污，她哎呀一声，手里的油灯落了地，哆里哆嗦问道："你……你这是……"蒲天明牙齿咯咯响，说："我把王二皇上砍了！"

原来，蒲天明不声不响，暗暗窥伺王二皇上的动静。今天夜晚，打听到王二皇上过河去接他的外甥殷汝耕，正得下手。殷汝耕是个日本留学生，在北洋政府财政部里当司长，因为贪污巨款，被通缉严拿，从北京潜逃来到通州，躲藏在一座寺院里，捎信给王二皇上，接他到运河滩隐匿存身。王二皇上不敢白天行动，便夜晚前去，又怕走漏风声，只套了一辆小小轿车，带了两名护卫。蒲天明腰藏宝刀，抹一脸黑锅烟，埋伏在半路上的柳棵子地里。三更天，王二皇上一行归来，殷汝耕坐在轿车里，王二皇上骑在高头大马上。蒲天明从柳棵子地里飞跃而出，搂头就给老贼一刀，王二皇上大叫一声，栽下马去。蒲天明又摸黑儿连砍两刀，急忙钻进青纱帐。这时，那两个护卫惊魂方定，乱放了一阵枪，蒲天明早已无影无踪了。他先跑到杜梨树坟地，抱住爹娘的坟头，呜咽着说："爹呀，娘呀！儿子砍死了王二皇上，你们在九泉之下笑一笑吧！"然后，才回家。

但是，王二皇上并没有死。夜色漆黑，蒲天明三刀都没有砍准，一个月后，王二皇上起了炕，左腮从耳根到嘴角，落下一道月牙儿疤。

王二皇上起了炕，蒲天明又趴了炕，仍是昏昏沉睡。柳春娘怕他生出好歹，日夜看守，不敢离开寸步。

又是第三天上，蒲天明醒转，柳春娘慌忙问道："柳春他爹，你好了吗？"

蒲天明恍恍惚惚地说："心口上的大疙瘩，化了。"

"化了就好。"柳春娘眼圈一红，"留得青山在，不怕没柴烧呀！"

蒲天明吧嗒吧嗒抽了一阵烟，猛然说："柳春他娘，我打算出外寻访奇人。"

"干什么？"柳春娘惊问道。

蒲天明两眼直勾勾地说："这个世道偏向王家，凭咱们一家一姓的气力，扳不倒王二皇上。咱守在这巴掌大的天地里，眼路短，心路窄，不请奇人指点，报不了仇。"

柳春娘听他说得有理，只得答应，说："那你就去吧！三山五岳，五湖四海，藏龙卧虎，你都走一走，访一访。"

蒲天明的脾气，话一出口，抬腿就走。他打了一网鱼，捞了二网虾，捉了三只野鸭子，赊来一葫芦酒，便打发小柳春去请郑长庚。

郑长庚已经不当私塾先生了。县政府教育科通令查禁私塾，塾师进城考核，合格的录用为小学教员。教育科的官员一听郑长庚是长工出身，认为有辱斯文，不但取消他的考核权利，而且饬令不许他再"滥竽充数，混迹学界"。他也并不恋栈，脱下长衫，卷起铺盖，搬出破庙，到一家骡马客店当了账房先生。

郑长庚到来，在葫芦架下摆起送行酒宴。

蒲天明抱起酒葫芦，咕咚咚给柳春娘和郑长庚倒满两小碗，又给自个儿倒满一大海碗，说：“谁也不许愁眉苦脸，谁也不许掉半个眼泪疙瘩，得给我讨个吉利，出门见喜。”

小柳春不知愁，说：“爹，带着我吧！跟那个奇人学得呼风唤雨，撒豆成兵。”

蒲天明哈哈大笑道：“儿呀，你的翅膀还软，暂且蹲在窝里吧。”

郑长庚强打欢颜，捧起酒碗，说：“哥，我祝你一帆风顺。”

“兄弟，你这话我爱听。”蒲天明一仰脖儿，咕噜噜喝干了一碗酒。

柳春娘强忍着两泡眼泪，不吃也不喝，蒲天明偷看她一眼，一股伤感袭上心头，心一哆嗦：再不走，过一会儿就抬不动腿了。于是，他抓起梢马子，霍地站起身，说：“我得上路了！”

柳春娘颤声说：“你还没吃口东西呀！”

“不饿。”蒲天明把一只蒲扇大手压在郑长庚肩头，“兄弟，我把他们娘儿俩托付给你了，你得替我担起这副沉担。”

郑长庚咽了两口泪水，说：“我句句刻在心上。”

蒲天明又转过身去，装出一副轻松神气，嬉笑着跟柳春娘说：“别这么难舍难离，我又不是薛平贵投军，一去十八年。”

柳春娘抽泣着说：“我怕……你像那……断线的风筝。”

蒲天明纵声一阵大笑，说：“放心！外边的花儿再香，草儿再绿，也乱不了咱的耳目，迷不了咱的本性。”

他又到杜梨树坟地，叩别了爹娘的坟墓，便背起梢马子，迈开大步向下游走去，头也不回。

亲人们站在河堤上，望着他那高大的身影，在蜿蜒伸向天涯的河边古道上渐渐消失了，只留下茫茫大河上闪耀的水色，青青草滩上浮动的风光。

3

郑长庚搬到蒲家的柳篱小院，一晃八年过去了。蒲柳春也长成一个眉清目秀的小伙子，已经十八岁了。

运河滩的好地，王二皇上一家独占，郑长庚从别的地主手里租到五亩河洼地，恨不得吊在半空种四面，上下左右打粮食。此外，还要砍蒲割苇，编席织篓，摇橹扯网，下河捕鱼，三口人一年三百六十天不敢喘一口气，风霜雨雪不肯歇一歇手脚，也只能过上数着米粒下锅，野菜合汤煮的日子。

白天下地，夜晚读书，蒲柳春跟郑长庚学会了耕、耩、锄、耪，郑长庚更把自己的满腹学问传授给他。学无止境，蒲柳春并不满足，他又爱看闲书，练笔作文。运河滩的老人好讲古，他模仿《聊斋志异》，照葫芦画瓢，把这些口头传说写成一本本环环相扣的故事，连郑长庚都看得入了迷，不禁拍案叫绝。

寸土不闲，田垄种瓜，麦收一完，瓜熟蒂落。郑长庚每天挑着瓜担走村叫卖，蒲柳春就一个人看管这五亩河洼地。

连日大雨，运河涨平了堤岸，水急浪高。蒲柳春头戴一顶破斗笠，正在地里耪荒，抬手想擦一擦满头大汗，忽见一只篷舱小船在漩涡上打转，猛烈地颠簸。船上，一位三十八九岁，身穿半旧夏布长衫，戴一副深度近视眼镜的先生，一位上身穿一件藕荷色元宝小袄，下身穿一条黑绸撒花肥裤的太太，一个鸭蛋脸儿，杏子眼，额前飘洒刘海儿的少女，吓得面如灰土。船尾，老掌舵的淌着黄豆粒大汗珠子，拼命扳舵，忽听咯嘣一声，舵把折断了，小船眼看就要扣底。

蒲柳春叫声："不好！"跑上河堤，飞投下河，助老掌舵的一臂之力，将小船拽到岸边。

那位先生下船上岸，面无人色，给蒲柳春作了个大揖，连连说："谢谢你，救命的小恩人。"

"不敢当。"蒲柳春慌忙拦住那位先生的大礼，"你们快到柳荫下歇一歇，我去摘个瓜，给你们解一解渴，压一压惊。"

那位先生很觉得过意不去，又问道："小恩人，请教你贵姓高名？"

蒲柳春恭恭敬敬地答道："学生姓蒲，叫柳春。"

"你父亲叫什么？"那位上身穿藕荷色元宝小袄的太太，忽然插嘴问道。

"子不言父名……"蒲柳春面带难色。

"是不是叫蒲天明？"那位太太一连声问道，"是不是四十岁上下，大个子，连鬓胡，一笑露出两颗虎牙……？"

"太太，您怎么认得家父？"蒲柳春又惊又喜，"他如今在哪儿？"

"别管我叫太太，我是这位郁寒窗先生的女仆，你就管我叫秋二姑。”这位秋二姑快人快语，“你父亲在我们村邓举人家扛过半年长工，说是要走遍天涯海角，寻访奇人，后来跟着邓举人的公子邓荇渚走了。”

蒲柳春的眼泪扑簌簌淌下来，说：“秋二姑，家父一走八年没回头，我娘跟舅舅想他想断了肠。有劳您到我家走一趟，免得我回去学舌，两位老人家不信。”

秋二姑也不跟郁寒窗商量，只跟那位额前飘洒刘海儿的少女说了声：“琴姑娘，我去替你们爷儿俩登门道谢。”

走在路上，秋二姑告诉蒲柳春，这位郁寒窗先生是接受通州潞河中学的聘请，到潞河中学教书，那位少女名叫郁琴，是郁寒窗的独生女儿，也跟随父亲转学，到潞河中学附设的医科念书。郁寒窗父女都想游览运河上的风光景色，所以才雇船走水路。

柳篱小院里，柳春娘坐在葫芦架下，纳鞋底儿。郑长庚卖瓜刚回来，正向姐姐交钱。

“娘、舅舅！”蒲柳春撇下秋二姑，飞跑着喊道，“我爹有下落啦！”

柳春娘抱着葫芦架的立柱站起来，还没有立直，却又软绵绵瘫坐在地上。郑长庚直挺挺地僵住，手里的几张票子飞花落叶洒在脚下。

秋二姑走进院来，见面就熟，开口就管柳春娘叫大嫂子，好像隔壁人家的老姐妹来串门儿。

蒲柳春给秋二姑搬了个蒲团，请秋二姑在葫芦架的阴凉里坐下，说：“秋二姑，我爹是怎么到的您村里，又怎么离开的？”

秋二姑眯起一双丹凤眼，掐着指头算了算，说：“那是七八年前麦子扬花时节，我们村的大财主邓举人家，从人市上雇来十几个短工，内中就有你家蒲天明大哥。蒲大哥有一身扳倒牛的力气，邓家就把他留下来。他这个人热心肠儿，好心眼儿，穷苦人家房漏，他给抹房；墙倒，他给打墙，水米不扰。他又顶喜欢孩子，不是给他们爬树掏鸟儿，就是带他们下河摸螃蟹，再不就给他们编个鸟笼子、蝈蝈篓儿。转眼又到秋收时节，邓举人的儿子邓荇渚从外边回来，不知怎么跟蒲大哥交上了朋友。一天黑夜，官府的马快班捉拿邓公子，蒲大哥给邓公子保驾，冲出包围走了。”

“这位邓公子是何等人？”郑长庚赶忙问道。

“天下一大怪！”秋二姑咯咯笑道，“他家老爷子给他高攀了一门亲事，是一位督军的千金小姐，保他高官得做，骏马得骑，他却是一不贪荣华，二不图富贵，一口回绝了，气得他家老爷子断了他的花销。他就一面卖苦力，一面上学。”

“这位邓公子，可算出乎其类，拔乎其萃！”郑长庚咬文嚼字地叫好。

秋二姑又眉飞色舞地说道：“他在天津的大学堂里念过一本天书，说这世界上的一草一木，一砖一瓦，一粥一饭，一针一线，都是天下穷苦人两只手造出来的，却给少数富人霸占了，应该物归原主。”

“这是我有生以来，头一遭儿听到的至理名言。”郑长庚惊叹道，“看来我姐夫访到奇人了。”

正在这时，蒲柳春看见那位名叫郁琴的姑娘，从水柳丛中走出来。

郁琴十八九岁，穿的是豆青色纺绸旗袍，白网球鞋，十分秀气。她羞答答、怯生生地走到篱笆外，朝葫芦架下招手，柔声叫道：“秋娘，您出来一下。”

秋二姑忙站起身，笑道：“郁先生打发小姐传唤我来了，后会有期吧！”

蒲柳春一个箭步跳出柴门，直冲冲地说：“小姐，不忙走，院里坐。”

郁琴的脸儿涨成胭脂色，惶恐地说：“谢谢，我找秋娘说几句话。”

秋二姑走出来，问道：“是你爸爸催我上船吗？就走。”

郁琴一摇头，说：“不，我爸爸打发我给这位救命的大哥送一点钱，略表敬意。”

蒲柳春一听，沉下脸说：“小姐，我们虽是穷门小户，可讲究的是重义轻财，别扫我们的脸面。”

郁琴吓得倒退两步，杏子眼睁得老大。

“不许无礼！”郑长庚慌忙走出柴门，满脸堆笑，“小姐，令尊的盛情，我们心领了，这钱我们万万不能收。”

郁琴将一小袋银圆塞到郑长庚手里，转身就跑，像一只惊弓的翠鸟儿。

4

郁寒窗是个穷文人的儿子，父亲长于诗词歌赋，拙于八股文章，因此一生不得意，到老还是个白首童生。幸亏有一位侍郎老爷的公子，对他的才学颇为赏识，聘请他做西宾，教授小侍郎老爷的几位少爷小姐读书，也允许他的儿子郁寒窗就读。老童生怀才不遇，愤世嫉俗，藐视正统，对孔孟之道恨之入骨，便反其道而行之，大讲杂学。小侍郎老爷沉溺酒色，并不过问子女的学问，所以听任老童生随心所欲，为所欲为。郁寒窗的少年时代，便是在寄人篱下的白眼，老父的怨天恨地声和旁门左道的杂学熏陶中度过的。

他跟小侍郎老爷的三小姐，自幼同窗共砚，联句赋诗，耳鬓厮磨，播下情种；人大心大，又在花前月下，海誓山盟，在天愿为比翼鸟，在地愿为连理枝。郁寒窗后来从天津高等师范学堂毕业，便想马上了却这笔相思债，成就青梅竹马的良缘。谁想小侍郎老爷虽然风流自命，放荡不羁，但是门阀观念却非常顽固，竟断然予以拒绝。三小姐是老童生的得意高足，不但把《花间集》之类的诗词背诵得滚瓜烂熟，而且博览了《西厢记》《牡丹亭》《长生殿》《桃花扇》之类的传奇杂曲，以及《红楼梦》之类的小说，于是毅然扮演了崔莺莺的角色。

可是，郁寒窗既不会钻营做官，又不懂生财之道，日子过得很苦，三小姐结婚不久就悔恨交加了。后来，竟抛下正在哺乳的郁琴，跑回北京娘家，但是小侍郎老爷铁石心肠，一顿唾骂，闭门不纳，她只得仍回丈夫这里来。然而，她对丈夫和孩子已经没有一丝情爱，每日满脸寒霜，寻事闹气，动辄不吃不喝，啼哭夜以继日。郁寒窗怕见她的面，更不敢近她的身，于是身心颓废，借酒浇愁，吟诗解忧。

不久，三小姐悒郁身亡，郁寒窗更加意气消沉，心如死灰。

想不到中年偶遇秋二姑，风尘中得一知心人。

秋二姑本名秋月，是个过门七天就死了丈夫的小寡妇儿，人长得像一枝花，可又满身都是刺儿。有个财主秧子，是个吃着碗里盯着锅里的色鬼，早对她垂涎三尺，被她打掉了两颗门牙，还不死心，仍旧追前赶后，嬉皮笑脸，村边河岸，抬手动脚。寡妇门前是非多，她被逼无路，只得投奔在天津开小饭铺的姨母，在灶上帮厨，端汤送饭。那时候，郁寒窗正值三小姐死后不久，又失了业，带着女儿郁琴，靠卖稿子糊口，在秋二姑的姨母那个小饭铺包伙，常常交不上饭钱，厚着脸皮赊欠。秋二姑非常心疼郁琴这个孤女，也很同情郁寒窗的遭遇，经过她的手，饭菜分量十足，而且还常常白搭工夫，给郁家父女缝缝连连。大约一年光景，郁寒窗又时来运转，便结束了在小饭铺的包伙生活，备下丰厚礼品，登门向秋二姑致谢。他手提着粗细衣料和什锦糕点，刚到小饭铺门口，只见秋二姑蓬头乱发从小饭铺里走出来，满面泪痕，神情凄苦。原来，姨母为了独占这一方的生意，逼她给这几条街上的一个地痞头子当姘头，秋二姑死活不肯答应，所以被赶出门。郁寒窗感恩图报，就请她去管家，秋二姑也走投无路，只有跟郁寒窗去。

过去，在锦衣玉食中长大的三小姐，一点不会过日子，不懂过日子。郁寒窗的每月薪水，不够半个月开销，寅吃卯粮，四处借债。自从秋二姑管家，精打细算，量入为出，不但还清了陈年旧账，而且月月小有盈余。郁寒窗吃穿不愁，满面春风，秋二姑和郁琴亲如母女。郁寒窗本来风雅俊逸，光景一好，就有人劝他续弦。一天晚上，有位热心的朋友来访，吵吵嚷嚷要给他说媒。他送客回来，只见郁琴哭成了泪人，忙问道："琴儿，哭什么？"连问了几遍，郁琴才抽抽噎噎地说："我……我只要……秋娘……"他明白了，叹了口气，说："我要……也只要秋娘。"郁寒窗已经跟秋二姑同居数年，他很想举行婚礼，名正言顺。但是，秋二姑认定自己是克夫命，害怕给郁寒窗招来险凶，不肯同意，就这么对外是主仆，关门是夫妻，不明不白。

秋二姑带着郑长庚和蒲柳春，从柳篱小院到河堤来。郑长庚拐了个弯，到河洼地的田垄里摘了岗尖一柳篮子金葫芦香瓜、醉罗汉甜瓜、绿大碗面瓜，将郁寒窗赠送的一小袋银圆，深深地埋藏在瓜下篮底。

郁寒窗一见送瓜来，不好意思地说：“受之有愧，叨扰了！”

郑长庚放下瓜篮，连连拱手，说：“聊表寸心，见笑，见笑。”

郁寒窗喜爱地望着蒲柳春，问郑长庚道：“您这位外甥，言谈举止大有书卷气，想必上过学吧？”

郑长庚苦笑着摇了摇头，说：“一贫如洗，哪里有钱送他上学，不过是我教他粗识文字。”

郁寒窗沉吟了片刻，才说：“天生英才，不可埋没蓬蒿，但不知柳春的学问……”

“柳春，快把你那几本文章拿来，请郁先生过目！”郑长庚喜出望外地喊道。

蒲柳春十分羞怯，不肯去拿。郑长庚发了火，要亲自去取，他才赶忙跑回家，挑选了两本拿来。

蝇头小字写在糊窗户的高粱纸上，粗针麻线装订成册。

郁寒窗刚要打开来看，老掌舵换上舵把，催道：“先生，快上船吧！路上不太平，天黑之前要赶到通州。”

“允许我带走吗？”郁寒窗含笑问道，“我一定在三天之内读完，五日之内回音。”

“承蒙您肯赏光，求之不得哩！”郑长庚连连道谢。

郁寒窗带着秋二姑和郁琴上船，挥手告别，郑长庚深施一礼送行。

孤舟远影，消失在茫茫河上，蒲柳春像做了个梦。

5

通州新城南门外的复兴庄，村民十有八九是基督教徒，教徒中又十有七八在教会的福音农场当雇工。

复兴庄村北是南城的护城河，河岸矗立着高高的白杨树；村东是潞河中学的校园，相隔一道绵延起伏的铁蒺藜网；村南是京通铁路，路南有一大片阴沉沉的黑松林，透过松林的空隙，可以看见大大小小、高高矮矮的十字架，那是基督教徒的坟地；村西是田野和牧场，上百头花斑母牛和一群群的黑白奶羊，在绿野上吃青草。牧场连接着一座果园，果园里有桃、李、梨、杏、樱桃、桑葚、苹果、海棠，还有一架架葡萄。

郁寒窗一家本来被安置在一座教员小楼上，但是楼下住的是一家典型的洋奴，惹人讨厌。秋二姑更腻歪那些满口洋文的男男女女，于是他们便跟一位低一级的教员交换住宅，搬到复兴庄的一座花树葱茏的小院里。

门外，一片清水荷塘，郁琴头戴一顶雪白的大草帽，帽檐上插着一朵殷红的野花，小小的鼻尖一堆汗粒儿，柳荫下亭亭玉立，正在持竿垂钓。

蒲柳春口羞，郑长庚拘礼，都不敢惊动她，屏声静息地站在荷塘十步之外。

鱼线轻轻颤动了一下，鱼儿咬钩了，郁琴猛地抬起鱼竿，钓上了一条两三寸长的草生小鱼，欢笑着又蹦又跳打了个旋转，这才发现身后伫立多时的二位来客。

“啊……”郁琴脸一红，眨了眨水汪汪闪明闪亮的杏子眼，“郑大伯，柳春大哥，我去通知家父，迎接你们。”

郑长庚和蒲柳春划船到通州卖瓜，顺便看望郁寒窗、秋二姑和郁琴。

“慢！”郑长庚摆了摆手，“先请问郁先生是不是空闲？”

“家父一向无事忙。”郁琴笑道，“他正跟他的老友桑榆叔叔高谈阔论。”

“那么我们就不打扰了。”郑长庚连忙说，“琴姑娘替我们向郁先生问好吧！”

“你们不能走！”郁琴急忙劝阻，“桑榆叔叔是一位作家，他阅读了柳春大哥的文章，非常赞赏。”

蒲柳春恭恭敬敬地说：“应该当面向桑先生讨教。”

于是，郁琴把那条草生小鱼放回池塘，收起鱼竿，带他们爷儿俩进院。

小院花红叶绿，田家风味，只有三间北房，外间屋会客。走进院去，花树障目，未见主人，先闻其声。

“一个人读诗，也正如人之一生，可以划分为三个阶段。”郁寒窗侃侃而谈，津津有味，“青年时期，热情奔放，充满海阔天空的幻想，便自然喜爱李白的诗；中年时期，耳闻目睹人间的疾苦，遭遇接二连三的坎坷，便转而理解杜甫了；到了晚年，功名利禄有如过眼烟云，不再有雄心壮志，于是就陶醉王维那遁世之作的田园隐逸诗了。”

“老兄的宏论，恕我直言，小弟不敢苟同！”一个豪放的声音大笑，“我这个人到死也跟王维无缘，因为我上无遮身片瓦，下无立锥之地，比不了王维有个辋川别墅，有钱、有闲，可以弹琴赋诗，闲情逸致。”

“还回关东当你的响马去！”小厨房里，秋二姑插了话，“大秤分银，小秤分金，大碗喝酒，大块吃肉，过你那逍遥自在的日子。”

蒲柳春大吃一惊，低声问郁琴道：“说话的这一位就是桑先生吗？”

郁琴含笑点点头。

“他当过响马？”

郁琴又点点头，可是并不解开这个谜。

“嫂子，你是要把我置于死地而后快呀！”桑榆又跟秋二姑开起玩笑，“我那位老岳父正盼望我自投罗网，好拿我的人头换金票。”

“桑先生的老岳父是什么人？”蒲柳春更被引起了好奇心，又问郁琴。

“原来是个响马头子。”郁琴脸上露出鄙夷神色，“后来受伪满招安，当上警察署署长。”

桑榆祖籍京东，本在天津南开大学国文系念书，成立社团，办杂志，写小说，跟当时卖稿为生的郁寒窗结为文友，他比郁寒窗年轻十岁，所以开口老兄，闭口小弟。九一八事变，他热血沸腾，弃学出关，打算投笔从戎，加入抗日义勇军，却不想途中被一支绿林武装掳去。这支绿林武装的寨主，是个杀人不眨眼的悍匪，他的女儿也是个马背上出生，枪林弹雨中长大的雌虎。桑榆人有人品，文有文才，寨主的女儿便杀死了她那个打算投降伪满的丈夫，强迫桑榆跟她成亲。桑榆为了把这一伙响马引向义勇军，只得委曲求全。然而，寨主见利忘义，又是一副蛇蝎心肠，伪满地方当局赏了他个县警察署长的官衔，他就要把队伍拉出山林，投敌附逆；桑榆出面劝阻，被他五花大绑，想送给伪满地方当局做见面礼。寨主的女儿跟桑榆却是一日夫妻百日恩，把桑榆从黑牢里抢救出来，双双逃下山去。寨主率领他的喽啰拉开天罗地网追赶，他的女儿为保护丈夫，跟亲爹开了火，连中生身之父的几颗子弹，伤重身死。桑榆逃出虎口，来到义勇军，不久义勇军兵败，残部入关，又被国民党军缴械，桑榆只得仍回南开大学。他把这一段充满传奇色彩的经历，写成长篇小说《响马》，名噪津门，他也落了个响马桑榆的外号。今年他大学毕业，受聘到通州文萃斋书铺，创办和主编文艺杂志《乡风》，特向郁寒窗约稿。

“小琴，你在向谁吹嘘敝人？”一声呼喊，从外间屋走出一个赳赳武夫一般的年轻人。

他二十六七岁，身穿大学生暑期军训的制服，剑眉朗目，乱蓬蓬的头，大有怒发冲冠之势，却又满脸天真烂漫的孩子气。

“响马叔叔，蒲柳春前来拜山投师。”郁琴调皮地笑着，一闪身子，蒲柳春正跟桑榆面对面。

桑榆三步两步走上前来，紧紧握住蒲柳春的手，说：“老弟，我拜读了你的大作，比我写得好。”

蒲柳春十分发窘，鞠个躬，叫了一声：“桑先生！”便只有搓手。

“不过，文章憎命达呀！”桑榆故作谈虎色变的神气，“写文章是能引来杀身之祸的。”

“响马，你不要耸人听闻，使后起之秀视文章之道为畏途，望而却步呀！”郁寒窗也走出门口，笑着说。

“我是要试一试蒲老弟的胆量。”桑榆那咄咄逼人的目光，盯住蒲柳春的眼睛，“这条充满艰险的道路，你敢跟我走吗？”

蒲柳春昂起头，傲岸地说：“桑先生走到半路拨马回头，我还要走下去。”

“好！”桑榆热烈欢呼，“正如鲁迅先生所说：‘我自己，是什么也不怕的，所以我不妨大步走去，向着我自己以为可以走去的道路。即使前面是深渊、荆棘、峡谷、火坑，都由我自己负责。’”

蒲柳春非常感动，说：“今后还请桑先生多多指教。”

“我这个人不足为训。”桑榆的目光和脸色都严峻起来，“你我都要记住鲁迅先生的这几句话：‘世上如果还有真要活下去的人们，就先该敢说，敢笑，敢哭，敢骂，敢打，在这可诅咒的地方击退了可诅咒的时代！’”

蒲柳春在郁家逗留半日，听桑榆滔滔不绝地谈天说地，只觉得顿开茅塞，心胸豁然开朗。蒲柳春的那些习作，被桑榆称为小说，将发表在《乡风》的创刊号上。

郁寒窗也给蒲柳春争取到一个工读旁听生的名额，可以在潞河中学听课。

6

潞河中学是一座象牙之塔，周围数里那爬满常春藤的铁蒺藜网，便是与世隔绝的藩篱。

而且，潞河中学还是一块没有中国声音的土地。校方规定，除了回到宿舍，一切公共场合只许讲英语，绝对禁止以中国话进行交谈。刚刚入学的新生，只好当哑巴。

蒲柳春一入学，便感到格格不入。校园内的花草树木，流水空气，都跟运河滩两样。运河滩的老树浓荫下，歇息着默默吸烟的穷苦农民，嬉戏着天真无邪的穷家孩子；这里的花前树下，是满口说阴阳怪气外国话的少爷小姐，叽里咕噜地念书。运河滩的大片草地上，是一群群黑的、白的、花的牛羊，和光着膀子，头戴破草帽的打柴、割草、挖野菜的村人。这里的绿茵草坪上，是油头粉面、搔首弄姿的男女洋学生，三三两两散步，扭扭捏捏，笑声刺耳。运河滩的茫茫大河上，是胀满白帆的大船，撒着渔网的小舟，纤夫唱着低沉的纤歌，渔家唱着粗犷的渔歌；这里的博唐湖上，少爷小姐们荡舟作乐，摇头晃脑地吹着口琴，哆里哆嗦地唱着令人不寒而栗的好莱坞电影流行歌曲。运河滩的空气，弥漫着五谷和泥土的芳香；这里的空气，发散着金钱和脂粉的恶臭。

选举校花，是潞河中学每个新学年的一大盛事。每个校花候选人，浓妆艳抹，卖弄风情，到各个年级的教室里和大操场的看台上，展览姿容。她们每人的选举团，为她们声嘶力竭地演讲宣传，四出奔走拉票；图文并茂的花评，贴满校园的每个角落。这些花评文字，堆砌一切可以搜罗到的华丽辞藻，描写她们的千娇百媚，花容月貌，胸围曲线，一年比一年香艳肉感，一年比一年不堪入目，多是出自那些喜好舞文弄墨的公子哥儿之手。近两年来，高中英文教员西风，在北平基督教团契的杂志上发表文艺作品，颇负盛名，每年都献给当选的校花一首十四行诗。今年的校花选举，呼声最高的是蓟密行政督察专员殷汝耕的女儿殷凤熹，西风竟破格给她写竞选花评，把她比喻作一枝出水芙蓉。殷凤熹更大掏腰包，一张票一块银圆，就像曹锟贿选大总统，投票那天只不过走过场。

蒲柳春是个工读旁听生，没有选举权，也不想观看这出闹剧，便到文萃斋书铺，去找桑榆。

文萃斋书铺开设在鼓楼后街，三间古旧门面，是一个有一百几十年历史的老铺子；经营文房四宝，珍本古籍，名人字画。又有一个小小的石印局，清代承印包销京东城乡私塾的开蒙小书，以及字帖、红模纸和仿影儿，并且印行县试历科墨卷；民国以后，改为零整批发小学教科书，印行尺牍。京东的笔墨小贩，都从这里趸货，行销远村小镇，文萃斋书铺誉满京东。

老掌柜的万盛亨，已经六十三岁。十三岁进书铺学徒时，目不识丁，五十年耳濡目染，不但通晓经、史、子、集，而且对于鉴赏古籍字画也有精湛功夫。他虽是个商贾，却以清高自命，喜欢同读书人交往。他见新文化日渐深入人心，书铺经营正该顺应时势，便到平津两地走动了一趟。两地的商务、中华、开明诸家书局的分店，都请他代销各自印行的多种书刊，利润不低。他眼界大开，不甘守旧，便想自己也印新书，办杂志，于是购买了一套简陋的铅印设备。在开明书店天津分店经理的宴会上，他遇见了以《响马》一书而闻名的桑榆。桑榆大学毕业，正找不到工作，万盛亨便礼聘这位青年作家到他的书铺主持笔政。桑榆本是京东人氏，也想服务桑梓，做一个京东新文化的拓荒者，便不计报酬，爽快地答应下来。

万盛亨一家人，住在文萃斋书铺后院，开个小小的旁门，自成一宅。桑榆的身份地位，都高于柜上的其他伙友，不能跟这些人挤住在前柜；而且，办杂志要有个编辑室，前柜也没有空房，便被招待在万宅的两间小西厢房内。

万宅是个小三合院，幽静雅致。女仆给蒲柳春开了门，只见青砖铺地，一尘不染，两丛美人蕉正开得火红。北房门严户紧，挂着两把铁锁，室内藏有琳琅满目的珍本古籍和名贵字画，这里才是文萃斋书铺的上品库房。北房的钥匙不但带在万盛亨的腰里，而且每日洒扫拂尘，也是他亲自动手，不用女仆或家人。北房的左右耳房里，一边住着万盛亨和他的老伴，一边住的是他们的女儿；东厢房里间住的是女仆，外间是厨房。

蒲柳春走到西厢下，桑榆正扯着嗓子，跟西风谈话："我反对选举校花，因为这也是对女性的玩弄，所以不准备采用你这首诗。"

"我这首诗是对女性的赞美！"西风强词夺理，"你看这些口角噙香的佳句：'轻衫如十里云雾，笼罩着若隐若现的双峰；熏风吹得云开雾散，却只见玉峰上飘忽闪烁着两点红樱……'"

西风三十一二岁，本姓刘，名家礼，自取英文姓名叫查理·刘易斯，笔名西风。他是上海一所教会大学出身，又到香港的一所英文学院串了个门。那时，留学英美叫镀金，留学法德叫镀银，留学日本叫镀铜，而到大英帝国的殖民地打个滚儿，只能算是电镀。所以，他虽然浑身放射毫光，却卖不出金、银、铜的价钱，只能到潞河中学教英语。此人的面部表情，抬手投足，穿着打扮，生活习惯，都已经彻头彻尾地全盘西化；而且，他又天生一条高鼻子，两只黄绿猫儿眼，因而竟能以假乱真，比正品的洋人还更洋气。

"低级趣味！"桑榆打断西风的咏叹。

"我赞美的是殷凤熹小姐！"西风气愤地喊道。

“殷凤熹小姐也不能提高这首诗的价值。”

“她是蓟密行政督察专员殷汝耕的女儿！”

“风马牛不相及。”

“殷专员可以在他管辖的地区，为你们的杂志广开销路。”

“那我不如卖春宫画。”

“你……你是破锣文学派！”西风气急败坏，哐唧一声破门而出，“不发表我的诗作，你这个《乡风》必定短命！”

看西风狂叫而去，蒲柳春才走进屋。桑榆并没有气恼神色，两条腿搭在案头，半躺半坐在藤椅上，怡然自得地吸着大吕宋雪茄。

“桑先生，什么叫破锣文学？”蒲柳春奇怪地问道。

“那是对无产者文学的无耻诬蔑。”桑榆不屑地一笑，“他骂我们是破锣文学，正足以使我们引以为荣；然而，我们却还不配。”

这时，老掌柜万盛亨慌慌张张从前柜来找桑榆。

他面容清癯，一双寿眉，两只含而不露的眸子，满脸和气生财的神态；老于世故，精明强干，却又不形于色。

“桑先生，啊……”万盛亨走进西厢房，一见蒲柳春在座，欲言又止，含笑频频点头。

“柳春，你先到西海子公园去吧！”桑榆挥了挥手，“一会儿我去找你。”

蒲柳春连忙告退。

“桑先生，西风那首咏花诗，我看给他刊登了吧！”万盛亨苦着脸儿，“小不忍则乱大谋，还是圆通一点，圆通一点。”

“我绝不向这个西崽文人让步！”桑榆愤然作色。

“可是，在殷汝耕专员的辖区，只怕要遭到查禁。”万盛亨愁眉锁眼，急得搓手，“整整两千册，砸在手里，我这个小本生意，折赔不起呀！”

“万掌柜，我立军令状！”桑榆一拳捣在书案上，一副响马下山剪径的神气，“我亲自出马，奔走京东四面八方；两千册卖不出去，我自卖自身，包赔亏损！”

“言重了，言重了……”万盛亨见桑榆宁折不弯，十八匹马也拉不回头，无可奈何，只得硬着头皮任他一意孤行，“那就试一试……试一试看。”

7

蒲柳春离开万宅，穿过一条胡同，拐过两道小巷，来到西海子公园。

西海子公园坐落在通州西北角的城墙下，方圆百亩碧水，没有围墙，没有栅栏，四外绿柳垂杨，花木葱茏，绿荫里莺啼燕啭，花丛中彩蝶纷飞；几道弯弯曲径，分割南北三片荷塘，蜻蜓点水，鱼儿在盘盘荷叶下穿梭。游人曲径通幽，观赏村野风景，呼吸花香水汽，弯堤岸柳下并没有绿漆长椅，走累了便倚树席地而坐。西海子公园里也没有亭台楼榭，只有散落几处的茅棚草亭，供游人风雅聚会。

通州县衙门将西海子公园的三片荷塘，包租给三家专卖鲜鱼水菜的杂货铺，养鱼、植莲、产藕。蒲天明走大船的时候，在通州东关码头结拜了一个盟兄弟，光棍一人，卖苦力为生，被一家杂货铺雇来看管荷塘，住在水边窝棚里。蒲柳春住不起潞河中学的宿舍，也不愿挤住在郁寒窗家，就跟这位盟叔做伴，在水边窝棚里借宿。

蒲柳春在弯堤曲径上绕来绕去，阵阵荷风，吹皱碧水，掀动荷叶，十分赏心悦目。忽听西荷塘岸上的柳荫深处，草亭中笑语喧哗，听得出是两男一女。蒲柳春又向前走了几步，不远不近望去，只见那两个男人，一个是西风，一个王二皇上的儿子王庆仕。王庆仕从潞河中学毕业，在他表哥殷汝耕属下的警务处，当一名侦讯科长。那个女子，是过去常到运河滩跑野台子的蹦蹦戏坤角挑帘红。挑帘红常到蒲家的瓜田买瓜吃，蒲柳春爱听她的戏，卖瓜时好多给。年年如此，两人便姐弟相称，挑帘红比蒲柳春大好几岁。

挑帘红在京东几县的城镇乡村，唱得很红，叫得山响。

她七岁被卖到一个跑野台子的蹦蹦戏班里学艺，写的是死契，啃三年板凳头，十岁登台。旧戏班子里，师徒都是文盲，只靠口传心授；艺徒有个荒腔走板，触犯戒规，班主便下令狠打。艺徒趴在板凳上，扒下裤子，掌刑的师叔便抡起杉木板子打屁股，一不许滚，二不许喊；滚下板凳或喊出声来，要重新打起。所以，艺徒挨打的时候，前额顶住板凳，牙咬住板凳头，憋住一口气，一声不吭熬出这顿毒刑。于是，从小坐科，行话叫啃板凳头出身。挑帘红先在京东几县的乡村跑野台子，唱出了小小的名气。后来，进入通州，撂地摊儿卖唱，以色艺双全而名噪京东首邑。通州万寿宫天乐茶园开张，戏园子老板拴班儿，挑帘红挂了头牌，从露天演出走上正式舞台。

虽然名气大了，戏份儿也挣多了，但是挑帘红仍然有名无实，身不由己。她像一棵摇钱树，不但前台卖艺，而且被迫卖身，忍辱屈从，不能自主。班主为了叫座儿，挑帘红不得不常演粉戏，也就落下个荡妇淫娃的恶名。

“红老板，对不起，我要棒打鸳鸯，把王科长拐走了！”西风甜腻腻地跟挑帘红调笑。

“夜戏给我留一个正中的雅座儿！”王庆仕吩咐挑帘红一声，挽着西风的胳臂到警务处去。

西风和王庆仕走远，蒲柳春快步向西荷塘岸走去，跟草亭上凭栏怅望的挑帘红正打个照面。

挑帘红二十四五岁，明眸皓齿，蛾眉樱唇，杨柳细腰，神态也并不轻狂。可惜沦落风尘年深日久，浓妆艳抹，花枝招展，丧失了天生丽质的本色，而显得粗俗和浅薄。

“红姐儿！”蒲柳春奔上草亭，瞪着眼睛，“你怎么跟姓王的这个恶狼鬼混？”

“谁在我身上花钱，我就侍候谁！”挑帘红拉长了脸儿，满面愠色，“王科长要把我的身子整个儿包下来，租一座小院，金屋藏娇。”

“他不是好东西！”蒲柳春发了火。

“好东西谁肯买烂桃吃？”挑帘红冷笑道，“你还是离我远一点儿，免得沾上我的晦气。”说着，就要走。

“等一等！”蒲柳春跳到草亭出口，张开胳臂，像横起一道铁栏杆，“我带你认识一位桑榆先生，长长你的见识。”

“桑榆……”挑帘红脸色一变，“刚才西风来找王庆仕，就是为了合谋暗算这位先生。”

正说着，弯堤曲径上传来桑榆的喊声：“柳春，你在哪里？”

桑榆身穿夏布长衫和纺绸裤子，脚下一双皮便鞋，风度翩翩而又英气勃勃地走来。

“桑先生！”蒲柳春连连招手，“快上草亭，有要事相告。”

挑帘红的脸色一阵惨白，惊疑不定的目光越过蒲柳春的肩头，凝望着穿花过柳而来的桑榆。

蒲柳春刚要开口，给这二人引见，桑榆和挑帘红却同时惊呼起来。桑榆喊的是：“露水珠儿！”挑帘红叫的是：“俞剑耕……公子！”

挑帘红忽然扭头就跑，一边跑一边从花旗袍的腋下纽扣上扯下手帕，捂住了嘴，但是仍然传出呜呜咽咽的哭声。她跑出不远，钻进一片花树丛中，双手蒙脸啜泣。

“桑先生，你们……早就相识？”蒲柳春愕然地问道。

桑榆凄然一笑，说：“生离死别已七年，不想他乡遇故知。”

蒲柳春向他的盟叔借来一只采莲小船，桑榆和挑帘红便驾上这一叶扁舟，划入苇丛，一叙离情。

原来，七八年前，挑帘红的艺名叫露水珠儿，桑榆本名俞剑耕。当时，桑榆还是个高中学生，暑期回乡度假，露水珠儿正在他的家乡跑野台子，桑榆常看露水珠儿的戏，两人台上台下眉目传情，桑间陌上偷偷相会，私订终身。不想，当地的一霸，也看中了露水珠儿，传话给露水珠儿的养父，叫露水珠儿到他家陪酒过夜。这个当地一霸是桑榆的表哥，桑榆挺身而出，不许表哥胡作非为；表兄弟翻了脸，桑榆就动了刀子，将那个当地一霸刺伤。桑榆想把露水珠儿带走，露水珠儿的养父却把她捆住手脚，送到当地一霸的后宅去，到底失了身。官府抓人，桑榆仓皇出逃，从此便不能再回故乡，也就得不到露水珠儿的消息，更不知道露水珠儿已将艺名改为挑帘红。

芦苇丛中，小船定住了桨，挑帘红低头垂泪，桑榆满面悲愤，两人都沉默无言。

一阵风来，扁舟摇荡，桑榆怕挑帘红倾倒落水，慌忙伸出胳臂，想把挑帘红拢入怀里。

“别碰我！”挑帘红急忙躲闪，“我的……身子……脏……”

但是，小船颠簸不定，挑帘红身不由己地投入桑榆怀抱，伤情地哀哭起来。

“当年我没有把你从火坑里救出来，你才落到这步田地。”桑榆沉痛地说，“这几年，我见过了一点世面，也结交了一些三教九流的朋友，一定要带着你比翼齐飞。”

“你的情义，我不配领受。”挑帘红摇摇头，含泪苦笑，“通州城小，虎落平阳被犬欺，你一人难敌西风和王庆仕这两条狗，还是远走高飞吧！”

岸上，有个太监嗓子叫嚷：“柳春老侄，你看见我家红儿了吗？”

挑帘红的身子打了个哆嗦，恐慌地低声说：“我的养家爹，找我来了。”

“这个老东西怎么变了口音？”桑榆奇怪地问道。

“不是原来的那一个了！”挑帘红咬牙切齿，“这七八年，我给卖过三回。落到这个老狗手里，我就像倒栽葱掉进苦水井。”

挑帘红这个养家爹，外号叫鬼推磨，是一条人蛆。他瘦小枯干，面目丑恶，就像医院里福尔马林溶液泡过的一具陈年旧尸，又从玻璃匣子里活过来，令人一见作呕。

蒲柳春正心情沉重，只觉得眼前的花光水色，笼罩着层层阴影。一听鬼推磨那刺耳的声音，又见他那可憎的面目，十分恼火，便粗声大气地嚷道："红姐儿给你卖艺挣钱，你还逼她卖身，天理难容。"

"老侄此言差矣！"鬼推磨涎着脸儿，振振有词，"人无十年俏，花无百日红，红儿眼下青春貌美，被王科长看中，正交一步红运。不趁早大把抓钱，等到人老珠黄，花开败了，还有哪个冤大头肯掏腰包？"

"一本万利，红姐儿给你赚了多少金银？"蒲柳春粗脖子红脸地吵道，"你要不是贪得无厌，早该给她找主儿嫁人了。"

"下九流的戏子，谁肯明媒正娶？"鬼推磨摇头叹气，"跟王科长多姘上几年，也算是红儿命中有福了。"

"滚，滚，滚！"蒲柳春忍无可忍，火冒三丈，大吼起来。

鬼推磨带着一股阴风，落荒而逃。

一会儿，采莲小船划到这边的荷塘，船上只有桑榆一个人。挑帘红已经从芦苇丛中的那一边上岸，匆匆回家去了。

"桑先生，你快救救红姐儿吧！"蒲柳春心焦地说。

"屈子当年赋《离骚》，可怜无有杀人刀！"桑榆从胸膛里呼出一团火气，"舞文弄墨何所用，绿林响马更逍遥。"

蒲柳春惊问道："桑先生，你怎么忽然如此感伤？"

桑榆的脸色，像阴天要下雨，瞪着直勾勾的眼睛问道："你们此地可有水泊梁山，我想入伙。"

"河东七十二连营，有一哨人马，他们是一伙进关的东北难民，当家的叫阮十二和阮十三。"蒲柳春心中一动，"桑先生，您想……"

"鸟投林，鱼入水，七十二连营是我的归宿。"桑榆目光炯炯，脸上扫尽愁云，“通州是露水珠儿的火坑，也给我挖下陷阱，还是重操旧业，当响马去吧！”

“可是，《乡风》杂志岂不半途而废了吗？”蒲柳春沮丧地问道。

“人过留名，雁过留声，我等创刊号出版以后才走。”桑榆喜气洋洋地说，“我向万盛亨掌柜举贤荐能，聘请寒窗兄接替我主编《乡风》，你给他打打下手。”

说罢，他扯着蒲柳春的胳膊走下草亭，乘坐那只采莲小船，在西海子上放歌荡舟。

8

《乡风》创刊号销售了两千册。万盛亨名利双收，在西海子公园南岸的春月酒楼上，叫一桌京东风味的丰盛酒席，宴请桑榆、郁寒窗和蒲柳春。

桑榆那天在西海子公园与挑帘红相遇，百感交集，夜不能寐。他披衣而起，坐在书桌前沉思默想了许久，忽然一阵激情如火如荼，伏案疾书，在秋虫的低吟浅唱声中，一篇小说挥笔而就。

这篇小说发表在《乡风》创刊号上，题目叫《三更三点到三河》。写的是一个跑马卖艺出身的响马，和一个唱野台子戏的女艺人，悲欢离合，缠绵悱恻，刀光剑影，九死一生。将才子佳人小说和武侠小说熔于一炉，令人拍案惊奇。

蒲柳春那两本环环相扣的故事，被桑榆截取几段，又在桑榆和郁寒窗指点下进行改写，连缀成一篇两万字的小说《村姑》。这篇小说描写风土人情，很有地方特色，读来沁人心脾，感人肺腑。

郁寒窗没有创作，翻译了一篇外国小说。

这三篇作品，使《乡风》杂志销售两千册，文萃斋书铺的门面也放光。

酒席摆在春月楼临窗，窗外西海子公园秋色宜人。天高云淡，芦花放白，一只只小船在三池碧水上穿梭来往，打鱼的打鱼，挖藕的挖藕；一篓篓肥鱼和一筐筐嫩藕送到春月楼，做成佳肴美味，端上酒筵。

万盛亨眼角眉梢喜盈盈，亲自捧起酒壶，给桑榆、郁寒窗和蒲柳春一一把盏。

“三位先生，辛苦，辛苦！”万盛亨高擎一只酒盅，含笑点头不止，“敝人幼年失学，胸无点墨，只因酷爱新文化，甘冒倾家荡产之风险，创办《乡风》杂志。幸赖桑榆先生主持笔政，更得郁寒窗先生于百忙中大力扶持，又有蒲柳春先生从旁臂助，这才一鸣惊人。水酒虽薄，人情却厚；我敬三位先生这一杯，干！”

万盛亨海量，一仰脖儿，喝了下去。郁寒窗不善豪饮，抿了一口，蒲柳春更是滴酒不沾唇，只有桑榆连干三盅。

三盅酒入肚，桑榆满面酡红，目光明亮而又狡黠，抬手投足轻狂而又粗犷，依稀可见昔日的响马神采。他也捧起酒盅，给万盛亨、郁寒窗和蒲柳春各斟一盅酒，自己满上一大杯，突然口出惊人之语：“请各位赏光，为我喝下一盅送行酒！”

万盛亨一惊一怔，捏起的酒盅洒在桌面上，目瞪口呆地问道：“桑先生，你……此话怎讲？”

“本人萍踪浪迹，通州歇马，重会老友寒窗兄，结识了蒲柳春小弟，不虚此行；又承蒙万老掌柜委以重任，用人不疑，《乡风》如期出刊，也算不辱君命。”桑榆酒兴大发，口若悬河，“怎奈我意马心猿，野性难驯，通州城像一只鸟笼子，我被束缚了四肢，呼吸不畅；海阔凭鱼跃，天高任鸟飞，我还是恢复自由，扬长而去吧！”

“桑先生，是不是……薪水微薄，你不满意？”万盛亨可怜巴巴地问道，“这个……我愿在年终结账时候，馈赠一笔花红。只是万万不可将《乡风》半途而废，损伤了文萃斋书铺的声誉，也有负读者的厚望。”

“我视金钱如粪土！”桑榆朗朗笑道，“只因我是洋奴西风的眼中钉，警犬王庆仕的肉中刺，我不离开通州，《乡风》寿命不长。”

“不战而逃，有失响马桑榆的本色！”郁寒窗激昂地涨红了脸。

桑榆淡淡一笑，并不起火，说：“通州城里本不是响马用武之地。”

“可是，桑先生走后，谁来主持笔政呢？”万盛亨哭丧着脸。

“临别我要唱一出《徐庶走马荐诸葛》。”桑榆庄严正色，“寒窗兄的文章学问，胜我一筹，主编《乡风》，是难得的人选；柳春小弟才思敏捷，可做寒窗兄的助手。”

“我忙不过来呀！”郁寒窗连连摆手，“受聘潞河中学，我每周要教两班的国文，几天前女子师范又聘请我兼课，讲授古文选读，还跟开明书店签订了译书合同，实在难以分身。”

万盛亨捻着胡须，心中权衡利弊，掂量得失。桑榆是个胆大包天的角色，早晚要给文萃斋书铺惹下塌天大祸，走得好。郁寒窗虽然方正平和，却难免名士脾气，不把自己放在眼里，掌柜的形同傀儡。倒不如蒲柳春少年老成，又是个无名小辈，听话而又省钱。于是，他堆起笑脸，说：“郁先生难以分身，敝人也就不便强人所难。不拘一格用人才，我就聘请后起之秀的蒲柳春先生吧！”

蒲柳春慌了手脚，说：“我才疏学浅，担当不起。”

“有我做你的后盾，你不必怯阵。”郁寒窗面带微笑，给他壮胆，“你只管照着桑先生的葫芦画瓢；遇到难题，我不会袖手旁观。”

“我也不会隔岸观火！”桑榆向他挤了挤眼睛，语意双关。

这一桌酒席，为桑榆壮行，也为蒲柳春鼓气，尽欢而散。桑榆喝得酩酊大醉，蒲柳春下楼叫来一辆人力车，护送他回万宅去。

“柳春，你安顿桑先生休息以后，到舍下来一趟。”郁寒窗叮咛道，“你很多日子不登门，秋二姑和郁琴都很挂念你。”

蒲柳春为人很知自重，他在潞河中学旁听文科课程，又在图书馆看管报刊阅览室，一天忙到晚。星期日休假，又自愿分担桑榆的校对工作，也怕打扰郁家的清静，所以已经有些日子没有登门看望秋二姑，跟郁琴也难得见上一面。

美国教会开办的潞河中学，原名协和学院，是一所大学，分文、理、农、医四科。二十年代，与北京的汇文大学和燕京女子学院合并，在京西海淀建校，便是后来闻名全国的燕京大学。协和学院的通州旧址，改为潞河中学，却又与一般的中学不同，高中仍然分科。学生毕业之后，投考大学，专业课早有基础，升学率很高；不上大学，也算学得一技之长，能有一碗饭吃。郁琴念的是医科，在潞河医院上课，也在潞河医院的平民诊室服务。潞河医院跟潞河中学同属一个董事会，坐落在护城河南岸的绿树浓荫中。

护城河北岸，城墙根下，有一大片丛林荒丘，遍地是燕窝鹊巢似的寒窑小屋，居住着车夫、小贩、苦力、乞丐以及临时搁浅的流民。在这座贫民窟的蓬蒿深处，一间低矮阴暗、四壁生满绿苔的土窑里，最近住上一个给潞河中学住宿生缝洗衣裳的单身女人。

这个女人三十一二岁，名叫榴花姐，怀着六七个月的身孕。她那深沉明亮的黑眼睛，迸放着火辣辣的目光；笑吟吟的两片嘴唇，很会说故事，打比方，有心的人都会从这些故事和比方里，悟出发人深省的道理。贫民窟的女人们，都亲近她，敬重她，围着她团团转。

榴花姐在潞河医院平民诊室挂了号，郁琴正学助产课，便常常到她的土窑去。

“榴花姐，你没有丈夫吗？”

郁琴见她的生活十分寒苦，非常心疼她。同时，也怀疑她是一个被污辱，被损害，最后又被男人遗弃的女子，这在下层社会，是常遇到的。

“你这位女学士，可真是个外行！”榴花姐咯咯笑个不住声，“我没有丈夫，肚子里的孩子从哪儿来？”

郁琴羞红了脸儿，可是又追问道：“那他为什么不来看你呢？”

“他走南闯北，万水千山也惦念着我。”榴花姐的眼神充满笑意，沉浸在甜蜜的柔情中。

郁琴不断地给她买一点补品，她都送给了左邻右舍的孕妇，自己却舍不得吃。

今天，郁琴背靠护城河畔的一棵大树，坐在树下静静地看书，看得入了神，竟没有发觉一条长长的绳索悄悄从树上垂落下来。等她惊叫一声，绳索已经套在了她的腰上，她慌忙抓牢绳索，飘飘然冉冉上升了。

“哈哈哈！”树上，榴花姐大笑。

“吓死我了，你的力气真大！”郁琴被提上高入云天的树顶，心怦怦狂跳，“榴花姐，你拖着个重身子，怎么敢爬上树来淘气？”

“砍柴。”榴花姐手拿一把斧头，满不在乎地骑在树杈上，“愁吃又愁穿，穷人还顾得上什么身子轻重？”

郁琴心里一酸，忙说：“你的产期快到了，搬到我家去住吧！月子里我的秋娘会照应你。”

正在这时，忽见胳臂挎着竹篮的秋二姑，一边向大树下跑来，一边急赤白脸喊道：“郁琴，快……快……下树……下树！”

“这就是我的秋娘。”郁琴在榴花姐的耳边嘁喳，“你管她叫秋二姑，她就疼你像亲侄女儿。”

“秋二姑！……”榴花姐喜出望外地睁大了黑眼睛。

郁琴并没有留心她的目光，手抓着绳索坠下树来，不等秋二姑开口数落她，她抢先封住秋二姑的口，问道：“您挎着竹篮到哪儿去？”

“你爸爸打发我上街买几样风味小吃。”秋二姑喜兴兴地说，“蒲柳春接替响马，主编文萃斋书铺的杂志；你爸爸请他来，咱们全家给他贺喜。”

“我要亲手给他做两个菜！”郁琴欢跳起来。

“蒲柳春这个孩子的人品文才，就像当年邓荇渚的仿影儿！”秋二姑赞不绝口，“也不知道他爹蒲天明是不是还活在人世，要是知道儿子成了龙，也该回家了。”

“看，他来啦！”郁琴雀跃着，指点城门外横跨护城河上的石桥，蒲柳春正急匆匆而来。

榴花姐在树杈上站直身子，手搭凉棚张望；她的目光，更充满喜悦。

9

桑榆从春月酒楼回到万宅，倒头便睡，一觉醒来，天已大黑。他也不想吃饭，便踱出万宅门口，到西海子公园去找蒲柳春，月下散步，谈天说地。

水边窝棚里，并没有蒲柳春的影子，想必是逗留在复兴庄郁寒窗家中。于是，他又安步当车，到复兴庄去，也许半路上巧遇蒲柳春从郁家归来，那就重返西海子公园。

路过春月酒楼，只见西风带着七分醉意，剔着牙，打着饱嗝儿，向门外的四轮高篷马车嬉笑道："庆仕兄，挑帘红是可爱的，蹦蹦戏是刺耳的，还是你一人独享吧！"桑榆的头脑嗡的一声，马车向天乐茶园疾驰而去。

天乐茶园位于万寿宫大街东口，在穿城而过的通惠河畔，是一座直筒子的高棚大屋，摆放着一百张八仙桌子。每张桌子四条长凳，一条长凳上坐两位看客，这是散座。前排另有一溜桌子，挂着红布桌帷，四面四把座椅，便是雅座。想在雅座听戏的人，就得包个整桌，不卖散票。看客可以要一壶茶，什锦糕点，也可以叫一壶酒，几样小菜，一边吃喝，一边听戏。卖吃食的小贩，在座位间川流不息；洒香水的热手巾把儿，往四面八方乱飞。戏园子里烟雾弥漫，乱乱哄哄。

桑榆来到天乐茶园，一百张八仙桌子已经客满，帽儿戏也已经收场，压轴子的正戏开锣了。

“加个雅座！”桑榆大模大样，架子十足，抛给看门找座的茶房一张钞票。

茶房乖乖地答应一声，请桑榆稍候，他一溜小跑进园子安排座位。

头排正中两张雅座，一张桌子坐的是王庆仕和他的两个跟班。

王庆仕西装革履，洋场恶少的打扮；满脸横肉，戴一副墨镜，鼻尖下留一抹人丹小胡子，口衔一支象牙烟嘴儿，抽的是老刀牌香烟。他的面前，摆放着满桌的银圆、汽水、瓜果，戴满了金戒指的双手，有板有眼地拍击桌面。两个跟班，都是凶眉恶眼，剃着青皮光头；敞开双排密扣的拷纱小褂儿，露出一支手枪和两把匕首，下身穿黑绸灯笼裤和抓地虎快靴，一只脚蹬在座椅上看戏。

另一张桌子，只有单身一人。此人也戴一副墨镜，半掩住真面目；虎背熊腰，穿一身纺绸裤褂儿，看不出在哪一行发财。他的面前，摆放着满桌煎、炒、烹、炸、荤、素、冷、热的佳肴，正啃着鸡腿，大碗喝酒。

“爷台，有位看官晚到了一步，想借您一块宝地……”茶房满脸谄笑，向此人点头哈腰，又压低声音，“他正是您向我打听的桑先生。”

此人点了一下头，又递了个眼色。

于是，茶房把桑榆引进戏园子，坐在此人一侧。此人只是埋头大吃大嚼，并没有抬一抬眼皮。

台口，鬼推磨把场。他身穿油渍渍的长袍马褂，戴一顶帽盔儿，活像马戏班里爬竿的猴子。趁锣鼓声低慢下来，鬼推磨站起身，作个大揖，当胸抱拳站定。

“各位看官，这出戏演到此处，马寡妇就要闺房思春了！”鬼推磨摇头晃脑，油腔滑调，“灯盏要亮得添油，坤角儿上劲靠捧场；我替挑帘红向各位看官讨个彩，给这出戏锦上添花。”

王庆仕捏起两块银圆，当啷扔在舞台上。

“雅座正中一桌王科长，赏大洋二元！”鬼推磨向出将入相的上场门喊道。

“慢！”大吃大嚼的这位看官，满手油污从衣兜里抓出一把银圆，天女散花撒向舞台。

“雅座正中二桌……”鬼推磨长揖到地，“爷台，小人该如何称呼您老人家？”

“桑大老爷赏大洋五元！”这位看官高声喊叫。

桑榆大吃一惊，忙拦道：“朋友，你我萍水相逢，素昧平生，很不敢当。”

这位看客呵呵憨笑，低低地说：“桑先生的大名，谁人不知，哪个不晓？今晚上小子得见桑先生，算得上三生有幸。”

“朋友，你贵姓高名？”桑榆问道。

此人却又避而不答。

一阵紧锣密鼓，挑帘红扮演的马寡妇出场。她先向雅座一桌的王庆仕丢个媚眼儿，又向雅座二桌飞眼吊膀子，正跟桑榆的金刚怒目相遇。挑帘红一阵惊慌失色，两腿一软，眼前一黑，荒腔走板乱了台步。

“好——！”

“好——啊！”

台下响起了怪声怪调的喝倒彩声，天乐茶园一团混乱，就像马蜂炸了窝。

桑榆愤怒地一拍桌子，起身离去。

那位看客将半碗酒一饮而尽，又将摆满杯、盘、碗、盏的桌子掀翻在地，横冲直撞，追赶桑榆。

桑榆走出天乐茶园，走下通惠河岸，心情沉重地站立水边。河上，星光月影，两三只挂着风雨桅灯的小划子，兜来转去。

“桑先生！”一只大手，拍在他的肩上。

桑榆回头一看，是那位同桌的看客，摘下了半遮面的墨镜，露出了一张孩子气的娃娃脸。

“你是什么人？”桑榆车转身子问道。

“行不更名，坐不改姓，阮十三。”

“可是七十二连营二当家的阮十三？”

“正是小子。”

“找我何事？”

“把你绑走。”

桑榆曾是绿林中人，并不惊慌，只是苦笑一下，说：“你真是有眼无珠！绑我这个穷书生的票，只给你们的肉票房子添一张嘴吃饭，榨不出分文油水。”

阮十三双膝跪倒，叩了个头，说：“小子奉我家哥哥阮十二的军令，接桑先生的大驾，到七十二连营掌盘子。”

桑榆连忙将他搀扶起来，迷惑地问道：“令兄何以如此看得起我桑某人？”

“桑先生贵人多忘事。”阮十三笑嘻嘻一副憨态，“当年桑先生从你岳父的枪口下逃生，投奔义勇军，是我和十二哥在路上遇见你，把你护送到营地。”

“好兄弟！”桑榆激动得拥抱阮十三，“你们怎么流落到这一方？”

阮十三叹了口气，咬着牙骂道：“我们进关之后，打短工，卖苦力；可恨本地的赃官恶霸，骑在难民脖子上拉屎，逼得我们只有落草为寇。”

“令兄，从哪里知道我在通州？”

“通州城里，有我们的眼线。”

桑榆沉思半晌，说：“挑帘红也是我的患难之交，我要把她带走，你得助我一臂之力。”

“得令！”阮十三向在河上兜来转去的小划子吹了个口哨，又招了招手。

小划子拢到岸边来，跳下几条汉子，桑榆和阮十三带领他们埋伏在天乐茶园四外。

10

天乐茶园散场，挑帘红走出戏园子后门，站在台阶上，等候跟戏园子老板算账的鬼推磨走出来，一同回家。突然，从墙角阴影中，阮十三一跃而出，抖开脱下的纺绸褂子，蒙住了挑帘红的头，老鹰抓兔，挟起就走，神不知鬼不觉地绑架到小划子上。

桑榆也上了船。

鬼头蛤蟆眼的阮十三，是个高明的船夫；小划子走得又平稳又快速，像镜面上掠过一片光影，驶出通惠河头，进入北运河口。

小船划向一片水柳蒲草丛生的浅滩，浅滩上有个人影哑声问道："二当家的，客人接来了吗？"

"一对鸳鸯，双喜临门！"阮十三嬉笑道。

小划子停在浅滩上，桑榆先下了船，阮十三又把挑帘红挟上岸。

揭下蒙头的纺绸褂子，挑帘红四下张望，昏天黑地中不知东南西北，打着哆嗦问道："你们……把我带到哪儿去？"

"带你到一块干干净净的天地！"桑榆一指前方，"从今以后，清清白白做人。"

他们走出几十步远，忽然从柳棵子地里站起几个人，手中长矛大刀，一字排开。

"这是些什么人？"挑帘红又恐惧地吊在了桑榆的胳膊上。

"这是前来保驾的弟兄们。"阮十三向那几个人高声下令，"你们四个人带路，四个人断后！"

浮云掩月，夜色朦胧，这一行人不走大路，抄近从沙冈上走，白沙陷脚，走起来非常费力。挑帘红的皮鞋里灌满了沙子，脚步沉重，踉踉跄跄，气喘吁吁，心中暗暗叫苦。

叭！一声清脆的枪响，黑夜中令人毛骨悚然，头皮发奓。挑帘红尖叫一声，跌坐在沙冈上，又一头钻进柳棵子。

"这是哪儿打枪？"桑榆问阮十三道。

"财主家的民团，一到黑夜就打枪壮胆子。"阮十三笑道，"挑帘红大姐，你的两腿骨酥肉麻，我背着你走吧！”

桑榆从柳棵子里把挑帘红扯出来，又继续上路。

这一支小小的行列，爬过一道道连绵起伏的沙冈，穿过一片片林莽，惊起一群群夜鸟。月亮冲出了云围，洒下幽幽青光，隐约可见前面出现黑黝黝的村影，那是沿河七十二连营中的一个小小村落。

“口令？”坟圈子里，有人喝道。

“旗开得胜！”阮十三答了一句暗语。

他命令那一支小小的护送队伍停下来，各就各位上岗，然后带领桑榆和挑帘红走进村口，迎面一座柳篱小院，泥棚茅舍，灯明火亮。屋里听见他们的脚步声，一个大汉走出来。

“桑先生，可把你盼来了！”大汉一双夜明眼，看得见柴门外的桑榆，三步两步扑奔过来。

“这是我哥哥阮十二。”阮十三闪在一旁，“桑先生，你们二位要商量军机大事，我插不上嘴，失陪了。”

他一个转身，原路而回，到村外查哨。

桑榆跨上一步，高高拱手，说：“小弟桑榆，拜见十二兄！”

“折煞了我！”阮十二慌忙扶住桑榆。

“我又冷，又饿，又困，快进屋去吧！”挑帘红急得跺脚。

他们走进东大屋，一条通炕能睡十几个人，八仙桌上，堆满了苹果、鸭梨、红枣、紫葡萄。阮十二面带歉色，说：“一路走得急，先吃点鲜货败败火，我到灶上吩咐他们准备酒饭。”

桑榆和挑帘红落座，阮十二刚要到灶上去，忽听一阵脚步声，阮十三又跑回来。

“哥，有个人来赎那位土圣人！”阮十三站在院里喊道，“放不放他？”

阮十二坐在屋里答道：“替我说上几句好言顺语，快放郑老师回家团圆。”

“哪一位郑老师，哪一方的土圣人？”桑榆问道。

阮十二那青铜色的四方大脸上，难为情地一笑，说：“咱们这支人马，没有一个人识文断字，能写会算。昨天半夜三更，把运河滩一位教过私塾的郑长庚老先生绑来，想拜他做军师，死说活劝他也不肯入伙。”

“哎呀！”桑榆一拍大腿，失声叫道，“快带我去给郑老师赔礼。”

阮十二打起一盏灯笼，陪同桑榆走出柳篱小院，月光下三弯两拐，来到一座菜窖，菜窖的天窗口，坐着一名哨兵。

哨兵接过阮十二的灯笼，阮十二和桑榆从天窗口沿着梯子下到菜窖。菜窖里白沙铺地，空荡荡没有一棵菜，只有一个被反绑了双手，又被一条黑腿带子勒住眼睛的老头儿，半躺半坐。

“郑大舅，委屈您了！”桑榆连忙给郑长庚摘下眼罩，又解开绑住双手的麻绳。

郑长庚连连眨眼，见是桑榆，惊讶地问道：“桑先生，你也被绑了票？”

“郑老师，小子给您老人家赔罪。”阮十二恭恭敬敬地把郑长庚搀扶起来，“桑先生扔下文房四宝，给我们挂帅来了。”

桑榆大笑道：“我本是绿林响马，这叫游子还家。”

菜窖上又有脚步响，阮十三从天窗口探进头来，说："哥，那个赎票的人是郑老师的姐夫，他要替郑老师入伙，点名跟你见面。"

"我姐夫一走八年……"郑长庚颤抖着双手爬梯子，"快带我去见他。"

桑榆从秋二姑和蒲柳春嘴里，早听过蒲天明背井离乡，寻访奇人，得遇邓荇渚的故事。七年前京东暴动，桑榆的家乡是暴动中心，邓荇渚是暴动的三大首领之一。奉军重重包围，悬赏一万大洋，收买邓荇渚的人头。邓荇渚身负重伤，却被他的卫士背在肩上，突围而出，死里逃生。桑榆熟知邓荇渚的名字，也钦佩他那勇如插翅猛虎的卫士。看蛛丝马迹，他闪过一个念头，也许这位卫士就是蒲天明吧？

"十二、十三！蒲大叔不是等闲之辈，我们一同出迎！"桑榆高喊道。

阮十三一溜烟跑在前面，蒲天明被看押在村外林莽中的一座哨棚里。桑榆、阮十二和郑长庚来到，阮十三早给蒲天明摘下眼罩松了绑。

蒲天明花白了头，满面风霜，两只眼睛却凛若寒星，一身江湖艺人的短打扮，粗犷剽悍而又深沉大度。

"哥呀！"郑长庚扑上去，泪如雨下。

"蒲大叔！"桑榆亲热地叫道，"小侄桑榆，跟柳春小弟虽是文字之交，却情同手足，请您受我一礼。"他双脚立定，鞠了个躬。

"响马桑榆的大名，早就震得我的耳朵嗡嗡响！"蒲天明眉开眼笑，嗓音洪亮，"多谢桑先生指教，柳春那孩子学会了舞文弄墨写文章。"

阮十二和阮十三见桑榆如此尊敬蒲天明，也赶忙自报家门，口称小侄，连声叫："大叔！"

"不敢当！"蒲天明一手扶住阮十二，一手搀起阮十三，"今天晚上我一只脚刚进家门，听说我内弟被接到七十二连营来，顾不得进屋喝口水，一转身赶来拜见二位当家的。"

"请蒲大叔进村，我们当面领教。"桑榆又吩咐阮十三，"你到灶上，备下几杯水酒，为蒲大叔接风，给郑老师压惊。"

"长庚还是赶快回家，免得我老伴牵肠挂肚，提心吊胆。"蒲天明搀起郑长庚的胳臂，"请各位稍候，我送孩子他舅舅一程，叮嘱他几件家务事。"

老哥俩走到河岸，看四下无人，郑长庚才眼泪汪汪地问道："哥，这八年你流落到哪儿，怎么不给家里捎个片言只语？"

"一直跟随邓荇渚，风来雨去，刀刃上过日子，早忘了生死，更忘了家。"

"回家不进家，为什么要跟二阮搭伙？"

"我想把他们引上正路，加入京东人民自卫军。"

"京东人民自卫军是哪一家的队伍？"

"抗日救国的民众武装。"

"打虎亲兄弟，上阵父子兵，我跟柳春也入伙。"

"你们爷儿俩，我自有安排。"蒲天明从腰上解下烟荷包，摘下玉石坠儿，"你过河到通州去，把玉石坠儿交给柳春，叫他拿着这个信物，找到一位榴花姐接头，听榴花姐调遣。"

"榴花姐是个什么人？"

"邓荇渚的贤妻，穷门小户人家的女儿，京东暴动杀出来的神枪手。”

“邓荇渚在哪里？”

“京东地面，城里乡下都有他的脚印。”

“哥，你到底找见了奇人。”

“我找到了共产党。”

天色浓黑起来，黑得像倒扣一口锅，却在这时，忽然一声鸡啼，在黑沉沉的大河上回荡，声闻四方。

沉寂片刻，沿河七十二连营便此起彼伏地鸡鸣不已。

一九八一年十月—十一月

原载一九八二年第一期《昆仑》

草 窝

金窝银窝不如咱家草窝

——北运河乡谚

坐在夕阳柴门外，眼睁睁盯着脚下大河的老头子，乳名狗嫌儿，学名儒林，别名牛蒡，文人里的泥腿子，泥腿子中的文人。河边这个小村，名叫刘家锅伙，是他的生身之地；背后这座柳篱小院，是他家的老宅。他今年六十有五，看河时的一副呆相，像七十出头；扒袄脱裤子下河浮水，又像不到五十。半斤老酒下肚，土炕上躺倒大睡，梦见的不是三岁捉蚂蚱，就是五岁掏鸟蛋；月光下偷瓜，歇晌时摘桃，下雨天打枣儿，更是保留节目。大半辈子，曾有大出风头的过五关斩六将，更有骄兵必败的走麦城，却比不得捉蚂蚱、掏鸟蛋、偷瓜、摘桃、打枣儿记忆深刻，值得怀念，因而一回也不被梦见。

狗嫌儿刚会摇摇摆摆走鸭子步，就不安于室，滚着爬着到门外看大河。眼下狗嫌儿以牛蒡闻名于世，回乡还是改不了童年老习性。他在河边一坐就是两个钟头。大河像一面镜子，照见的不是六十五岁的老头子嘴脸，而是六岁半的村童面目。他小时乡下没有照相馆，也就没能留下一张儿时的照片。然而，大河给他录了音和录了像，留存着他的儿时百态。

狗嫌儿吃百家奶活了命，荷包的奶水喂大了他。活到眼下六十五岁，成了个运河滩装不下的名人，一时半会儿还死不了。

夕阳已经西下，河面只剩一片残光。岸边呆坐多时的牛蒡，看见大河里有一张女人的鬼脸，正是毁容的干娘荷包留在他记忆里的面孔。他一阵心酸难忍，淌下的老泪洒入大河。人老泪多，大河不会干涸。

牛蒡是个男人，但他一辈子想要做到的却是："我吃的是草，挤出的是奶和血。"

似我非我，非我似我。亦真亦幻，亦幻亦真。真真假假，虚虚实实；不可不信，也不可全信。令人半信半疑，也就不算满纸荒唐言。

魔幻，传奇的现实，现实的传奇。

1

牛蒡儿时的大河，河上走船，岸边背纤，船桨在河上划出水路，纤夫在岸边踩出纤道；水面上没有留下桨痕，纤道上刻下足迹。五月的风，六月的雨，风从河筒子绕弯吹下来，催动上行的船又阻碍下行的船，吹乱满河的浮萍四下漂散，萍叶点点恰似过江之鲫。大船上的女人蹲在船尾，弯腰拨开密密层层的萍叶，才能洗菜淘米。船行靠右边走，上行船的女人洗菜淘米脸朝东，下行船的女人洗菜淘米脸朝西。男人站在船头撒尿，女人不回头看不见，不算撒野。

打鱼小船像流水落花铺落河面，上行和下行的大船男呼女唤扯帆而来，打鱼小船又像点水的蜻蜓，惊慌后退，闪开水道。

从河这边踮着脚尖远看河那岸，两抱一搂粗的河柳，细得只像一枝迎风摇摆的三棱草，爬到树上掏鸟蛋的半大小子，小得只像爬在草叶上的蚂蚁。蜻蜓过河三点水，水鸭子过河喘得张大嘴。渡船两岸往返一趟，能做熟一顿贴饼子熬鱼。熬鱼贴饼子的冷灶新抹花秸泥，灶膛里烧的是晒得七八成干的青柴，白茬青皮的柳木锅盖，捂锅的是高粱叶子、蒲苇秆子编成的苫帘，有的更因陋就简，只捂几张荷叶，压几块土坷垃。河水原汁原汤，水里的翠萍绿藻也不剔除，炖出的鱼清香鲜嫩，贴出的饼子金黄香脆。不但渡船在岸上做饭，长途大船之外的客船、货船和打鱼船，也是上岸起火。大河在刘家锅伙内外，三盘六绕九道弯，大小船只三出三进刘家锅伙才能下行上返。船绕刘家锅伙一圈要一个时辰，三出三进至少半晌，入村之前船上女子上岸埋锅造饭，出村之后饭菜两熟。吃饱喝足歇个晌，男人浑身充满了力气，又撑船出发，女人也就随船而行。货船的男人，赤身只拴一条兜裆，打鱼的男人系一条围腰，客船的船夫才穿一条大裤衩子。头上有的戴斗笠，有的套柳圈儿，有的一张荷叶顶头上。船家女子也很粗野，生过孩子的媳妇，都光着膀子；两只奶子暴露，公开展览，不怕万人瞩目。刚过门子的媳妇和没出门子的姑娘，胸前挂一条兜肚，所不同的是未婚的是红布兜肚，绣的是没有开苞的花骨朵儿；已婚的是粉红、豆青、月白布兜肚，绣的是压颤了枝的大花朵，柳下惠路过也偷看。河上行船，漂泊不定，积攒几个钱便想买几亩地，岸上安个家。男人走船，女人种地。刘家锅伙的家家户户，都是水旱两栖人家，所以平日男人少，女人多。

童年旧趣，过眼云烟，牛蒡却历历在目，恍如隔日。他从三岁那年的端午节起，就有了不可磨灭的记忆力。那一年的那一日，味儿身上散发出的香蒿和苇叶气味，便是牛蒡记忆的起点。

端午节前一个多月，牛蒡的娘病故。他爹一年前投奔绿林，一年后死于仇家枪下。牛蒡的爷爷刘二皇叔，每天抱着他到各家讨奶吃，如同小叫花子。常家女人荷包有个儿子跟牛蒡同年出生，一场麻疹没出透，毒入五脏六腑夭亡，荷包哭得死去活来成了半疯，两只奶子胀得疼痛难忍。刘二皇叔不失时机把牛蒡送上门去，牛蒡一见那两只葫芦大奶，欢叫着扑了上去，左吮一口右嘬一口，只想把两只奶头都含在嘴里。昏沉沉中的荷包胀痛减轻，心情也就愉快了许多，双手把牛蒡紧紧搂在怀里，又哭又笑道："儿呀，儿呀！"她只当儿子借身还魂，甘当牛蒡的奶妈。

荷包扣留牛蒡，刘二皇叔正求之不得，情愿每天捕鱼捞虾，给荷包补养身子。荷包一天到晚忙得脚丫子朝天头顶地，顾不上背着抱着哄孩子，就把牛蒡交给她的大女儿啭儿代管。啭儿那年九岁，牛蒡咿呀学语，就管啭儿叫姐姐。这个称呼，不因时空变化而改动，一直叫到啭儿死。

五月初五端午节，家家包粽子，人人吃粽子。每人都到河岸上，手举一支高香，把一只粽子投下河去，舍给河里的溺死鬼。节前三天，刘二皇叔给荷包送来三升黄米，一瓢大红枣。黄米少红枣多，粽子酽甜好吃。包粽子多用隔年苇叶，陈叶包出的粽子不如新叶包出来的香，五月的新叶很难得。阳春三月钻苇锥，长到五月不够二寸宽，没有三寸的苇叶包不住粽子。三寸叶并非没有，只是十分稀少。啭儿整天哄牛蒡玩，有闲工夫到河边钻苇塘，百里挑一选苇叶。

为了节省衣裳，啭儿从立夏就光着后背，只在胸前挂个红兜肚，红兜肚上扎花绣朵，给女孩儿添点彩色。啭儿人小手巧，自幼就会打扮，在兜肚的红花绿叶上，还扎了个黄蝴蝶。她把牛蒡背在后腰，一条不长不短的辫子在牛蒡眼前晃动。辫根上插着一束香蒿，香蒿那醉人的气味直钻牛蒡的鼻孔，留存在他的鼻孔中几十年如一日。到河边苇塘，啭儿把牛蒡安放在柳荫下，挖了个沙坑把牛蒡的半身埋进去，头上的柳圈插满了野花。她进入苇塘选叶子，一顿饭工夫也只挑选了一小把，不够包十个粽子，白白投河喂鬼，心中咒骂馋鬼吃她的粽子得噎嗝儿。见花蝴蝶三三两两在牛蒡头上飞来转去，牛蒡两只小手前遮后挡，却不能把花蝴蝶赶走，又被逗得扑哧一笑。

“长大十有八九是个采花贼！”啭儿轻声骂牛蒡道。

她走到牛蒡面前，蝴蝶一哄而散。

本来，啭儿跟她娘合盖一床被子，已经顾头顾不了脚，多了一个牛蒡就更难遮身蔽体。荷包偏心眼儿，生怕牛蒡挨冻，把牛蒡放在中间，她和女儿一左一右像烙合子，夹在中间的牛蒡胸前背后都像炉烤。荷包还怕牛蒡受委屈，自个儿脱光了上身，搂抱着牛蒡睡，又叫啭儿一丝不挂，紧贴牛蒡身上，这就更苦了啭儿，一夜不知冻醒了几回。前胸热得像三伏，后背冷得像三九。

2

上叩天，下跪地，中拜父母之外只有给干爹和师父石老磨磕头。说话时，刘二皇叔已年过半百，父母早已过世，天不塌地不陷，活着的在他眼里只有石老磨，还不算目中无人。

正月初一拜年，端午节和中秋节请安，拜年行大礼，请安只打个干，刘二皇叔都亲临石老磨膝下，礼数不亏。不过，这二年却都携带着他的孙子狗嫌儿，一是为了叫狗嫌儿知情识礼，二也是为了显摆自己已见隔辈人的福气。

从刘家锅伙动身，走六里路过一道小河，就到了四王子村东口。一路上，狗嫌儿蹦蹦跳跳，走走停停。跑在爷爷前头带路，像一条撒欢儿的小狗。眼看快到四王子村，眼看村东口的老杜梨树，爷爷喝住狗嫌儿，说："给你干奶奶烧香上供。"

狗嫌儿远瞧近看，东张西望，身子拧了三个圈儿，影儿也不见，骨碌着眼珠儿问道："干奶奶住在哪儿？"

"就站在你的面前！"

狗嫌儿站住脚，抬头仰面朝天，只见面前的老杜梨树伸出的四枝八杈，像千手观音抬起胳臂，托住了一大块青天。

"这棵大树，就是我爹的干娘？"狗嫌儿虽然双膝跪倒，仍然半信半疑。

"正是。"刘二皇叔板着面孔，"草民犬子，认大树当娘，门当户对。"

"我爹没人缘儿！"狗嫌儿撇着嘴，"活人都不肯收他当干儿子。"

"不是没人要他，是我怕你爹连累别人。"刘二皇叔摩挲着狗嫌儿的光葫芦头，"爷爷是水命，你爹是火命，父子命相相克。要想化凶为吉，你爹就得木命的干娘火烧木，我怎能损阴丧德坑害人家，就叫他拜了这棵大树。"

"大树不怕克吗？"

“雷击过一回，劈折了两条枝子烧焦了一片叶子，几场大雨又枝繁叶茂了。”

“那么，老杜梨树是我的干奶奶？”

“丁点儿不错。”

“老杜梨树是我干奶奶，也就是您的干媳妇儿，对不对？”

“胡说！叩头。”

爷爷令下如山，狗嫌儿不敢怠慢，在老杜梨树下摆放了香烛纸马、干鲜果品和一杯酒几片枣叶儿茶的井水，然后倒头便拜，三跪九叩。一招一式，有板有眼，酷似野台子戏里与小旦拜花堂的小生。

叩拜之后，狗嫌儿站起身，绕着老杜梨树转了一圈，把漂着几片枣叶儿茶的井水洒在老杜梨树下。一边洒一边说：“干奶奶，我爹死得早，孙子替我爹给您尽孝了。”站在一旁的刘二皇叔，见孙子如此通情达理，忍不住眼眶里噙满泪花。

刘二皇叔弯腰给孙子掸了掸膝头的沙土，牵着他的小手走进四王子村口。

进入村口的车道两旁，站立柴门外的男女老少，一见刘二皇叔进村，这个叫叔，那个叫伯，还有的叫爷爷。年长辈大的老头儿老太太，都管刘二皇叔叫王子。

“侄儿不敢当，不敢当。”刘二皇叔诚惶诚恐，向四面八方连连拱手。

在刘家锅伙，全村上下大小都叫爷爷二皇叔，怎么一到四王子村，二皇叔矬下一辈儿，改叫王子？狗嫌儿心中感到奇怪。

还没等狗嫌儿想出个二五一十，三三见九，眼前一道沙丘拦路。沙丘上有一座村庙，像戴在四王子村头的一顶斗笠。村庙一大二小，正中是正殿，两旁是配殿，半砖半瓦，一点儿也不壮观。

狗嫌儿紧跟爷爷身后，爬上沙丘半腰，才看见村庙之外还有两间泥棚茅屋。

“干爹，干爹！”爷爷忽然变得像个孩子，外出多日回了家。

“是金童呀！”两间泥棚茅舍开了门，一团浓烟中走出一个高、宽、方、厚的大骨架老人。

老人刚剃的头，刚刮的脸，只是满面的皱纹恰似老树皮，两腮的胡髭活像刺猬爬上了脸；一双牛眼，两道扫帚眉，塌鼻梁翻鼻孔，灶门大口。

狗嫌儿心中窃笑。他知道了爷爷小名叫金童儿，忍不住偷看爷爷一眼，爷爷不但一点儿不恼，反而满脸堆笑，下跪叫道：“干爹！”

谁知，石老磨并不领受，怒声喝道：“滚起来！你没拜过祖宗先拜我，折我的寿呀！”

爷爷慌忙爬起，说：“狗嫌儿，你替爷爷给太爷爷磕头。”

狗嫌儿刚要跪倒，石老磨抢上一步，把狗嫌儿抱在怀里，刺猬胡子亲着狗嫌儿小脸，说：“狗嫌儿更得懂尊卑长幼，不能乱了尺寸。眼里没有先人，天理不容。”

“老祖宗在哪儿？”狗嫌儿躲闪着石老磨的胡髭。

石老磨一指正殿，刚要说话，刘二皇叔却急着插嘴，说：“东殿供奉的是老祖宗大汉昭烈帝玄德公，西殿供奉的是四王子刘谌老太爷。”

“金童儿，你还是眼中没有阏氏（胭脂）祖奶奶。”石老磨阴沉着脸，怒形于色却又无可奈何，“反正这是你们鞑子刘和汉家刘的一团乱麻，我这个外姓人不想狗咬刺猬。”

刘二皇叔并不顶嘴，整了整头脸正了正身，大步上前打开昭烈皇帝玄德公的东殿，又打开四王子刘谌太爷的西殿，王昭君的正殿不瞥一眼。他点手叫过狗嫌儿，爷孙二人便给先祖恭行大礼。

狗嫌儿跟老祖宗昭烈帝玄德公刘备十分面熟，常在野台子戏里见到老祖宗。老祖宗一会儿《桃园三结义》，一会儿《三英战吕布》，一会儿《三顾茅庐》，一会儿《三让徐州》，一会儿《甘露寺招亲》，一会儿《白帝城托孤》……落下个枭雄之名，跟奸雄曹操半斤八两。四王子刘谌太爷，只听过一场《哭祖庙》，也就只见过一回面。窝囊废的老子开城降魏，刘谌宁死不屈，他杀死了妻子儿女，自己跑到祖庙哭爷爷。只哭得呼天唤地，两眼滴血，最后拔剑自刎。戏台上一个“僵”尸，摔得狠、稳、帅、脆，翻起三尺高，落地无声响。

见面越多，兴味越少。反倒是不许一睹庐山真面目的昭君奶奶，更引逗狗嫌儿的好奇心。他没有看过野台子戏的《昭君出塞》，只听说多少年前，河东祭神庙会上，有个野台子班唱这出戏，戏刚唱了半出，突然河西汉刘各村几千人，呼喊吆喝着过了河，冲入露天戏园子，拆的拆，砸的砸，扒的扒，哗啦呼隆，戏台塌了架，打了王龙，摔了马童，嘴里塞满马粪。坤角儿扮演的王昭君，被撕碎了裙衩，抓乱了发髻，桃红李白的粉腮上被抹了两把锅灰，反剪了双手，脖子上挂着一双咸臭咸臭的大破鞋，在男男女女唾骂声中，被推推搡搡游街。从此，《昭君出塞》这出戏在运河滩上绝了迹。

种地走船为生，只念过冬仨月私塾的爷爷，却是上知天文、下知地理的半个刘伯温。狗嫌儿向爷爷打听昭君奶奶的故事，爷爷沉下脸来像阴了半边天，喝唬道："小小孩芽儿，不许多嘴多舌！"

直到几年后狗嫌儿上了学念了书，学名刘儒林，也算一小儒，这才知道，昭君和番，汉家引以为耻，河西汉刘不许王昭君偶尔露芳容。爷爷刘二皇叔虽是鞑子刘的血脉，却两眼望天攀高枝儿，咬定自己是三分天下的刘备后裔。又嫌刘阿斗这块窝囊废丢人现眼，也不愿这位蜀汉后帝在四王子村展露傻相。全村刘姓，归化了汉刘，便立四王子刘谌为祖，族长被叫作王子。本是王子的刘二皇叔，却想不沾一点腥膻气，竟搬出了四王子村，在四王子村村南六里处，立起一个刘家锅伙。村中小庙，不但不供祀昭君奶奶，而且连只会自刎、不知御敌的四王子刘谌也排除在外，独尊刘备一人。于是，奶名刘金童、学名刘汉根的爷爷，也荣膺了一个二皇叔的诨号。

叩拜了玄德公和四王子，刘二皇叔转过身，牵着狗嫌儿的小手，端端正正给石老磨叩头。石老磨身居大辈，也不推让客气，大模大样受了大礼。

"回家吧！"石老磨哈腰抱起狗嫌儿，"砘儿跟喜字儿忙了两天，就为了给你们祖孙二人准备可口饭菜。"

狗嫌儿耳朵尖，脑子灵，爱听故事，又有"子进太庙，每事问"的毛病，所以他从小就知道石老磨自幼给刘家看祖庙，忠心不贰，数十年如一日。虽然他姓石不姓刘，却比刘家儿女更孝敬刘氏先人。刘二皇叔爹娘早死，石老磨一手把他拉扯大，直到刘二皇叔长大成亲，他才娶了个后婚女人，带来个儿子改名叫石碾子。石碾子好像受到后爹亲传，也娶了二婚头。带来的儿子改名石砘儿。石碾子两口也死得早，石老磨又养大这个并非骨血的孙子。几个月前，二十二岁的砘儿娶了十八岁的喜字儿；狗嫌儿管石砘儿叫大叔，管喜字儿叫大婶，还给他们滚了床，被大红被子隐藏的核桃、栗子、枣儿、花生硌得浑身生疼，大红被子里还有粉包香草叶，熏得他晕晕乎乎。

一进柴门，石老磨响嗽一声，说："砘儿，砘儿媳妇！你刘家干爹大驾临门，还带来一条小狗子。"

屋门大开，热气如云，云中一个穿红棉袄的小媳妇儿跑上前，甜脆地叫了声："婶的儿，我的儿！"

"砘儿媳妇！"石老磨吆喝，"把狗嫌儿放下！给你刘家干爹拜年。"

这时，砘儿也从屋里走出来，瘦小枯干，缩头拱肩，活像一头噘嘴骡儿，没有一点石老磨的气象。他尖着公鸭嗓儿叫道："干爹，您老人家开门大吉，万事如意！"跪下来磕头捣蒜。

"还他妈槽头兴旺，肥猪满圈哩！"刘二皇叔笑骂道，"一年之后你们小两口不给我抱个龙凤胎，我大耳刮子扇你。"

喜字儿拜干爹，嬉皮笑脸道："干爹，您要干儿媳给您生个双棒儿，儿媳妇得跟您借个宝物。"

"说吧！干爹是土地庙的横批——有求必应。"刘二皇叔开怀大笑。

"我想请狗嫌儿给我暖几天窝。"喜字儿脸皮铜钱厚，"光靠您那不中用的干儿子，我开多少回花也结不了果。"

狗嫌儿眼巴巴只等爷爷点头，谁想爷爷竟冷下脸子一口回绝，说："你过门才几个月，又不是年长日久，还用不着这一招儿。"

大失所望的狗嫌儿一下子蔫头耷脑，没有了正月新春大年初一的节日兴致。

3

狗嫌儿给女人暖窝，出马头一阵却不是喜字儿，而是孙二梆子媳妇。

干娘鬼脸荷包，儿子死后，给干儿子狗嫌儿吃了四年奶，只吃得油尽灯枯，挤不出一滴乳汁。鬼脸荷包要想狗嫌儿不断奶水，只有怀孕，可她又是个寡妇，怀孕岂不出丑？为了干儿子有奶吃，她改嫁到四王子村田家，可算忍辱负重了。瓜儿离不开秧，狗嫌儿离不开娘，他甘当拖油瓶，也到四王子村“侨居”。洞房花烛夜，狗嫌儿碍手碍脚也碍眼，鬼脸荷包叫丈夫给干儿子找个暖窝之家栖身，更为的是换口奶吃。丈夫老大出门去，串不过三家，便找到了主顾。

东邻三舍孙家，有个孙二梆子，在河防局当黑狗子（河警），一年三百六十五天不回家来，有俩臭钱就到花船上嫖妓。二梆子媳妇在家守空房，一天天脸色枯萎，不想吃不想喝，关上门在屋里暗自啜泣。婆婆问她为何以泪洗面，她说不孝有三无后为大，自己一年大过一年，没个儿女谁来养老？婆婆一听三传五令！勒令儿子赶快回家与媳妇同房。梆子媳妇又怕一夜春风，落地种子不发芽，便想找个暖窝的帮工。恰巧荷包丈夫送货上门，二梆子的姐姐住娘家，乳汁充足像奶牛，两下一拍即合，以物易物。

出马之前，干娘把狗嫌儿打扮得像杨柳青年画中的喜娃子。当时还没有入伏，夜风温馨，月色迷茫，狗嫌儿嬉戏玩闹了一整天，困乏早就沉入黑甜乡中，耳边敲锣打鼓放鞭炮，也惊不醒他。二梆子媳妇和大姑子把他背走，他也毫无知觉。

来到孙家，二梆子媳妇的大姑子解开衫子，把肥大乳头塞进狗嫌儿嘴里。他没吃晚饭，腹内空空，沉睡中竟吃空了大姑子两只大奶的乳汁。二梆子媳妇又把狗嫌儿抱回自己屋里，钻进被窝也给他奶吃，他也吃得有滋有味。

不知睡了多久，他被一股恶臭的浊气熏醒，睁眼一看，只见赤条条一丝不挂的一男一女，在炕上滚来滚去，那个满嘴喷着酒气的男子，骑在二梆子媳妇身上，又拧又咬，二梆子媳妇低声哀叫，像恶狗爪下受伤的兔子。

狗嫌儿白天已经跟二梆子媳妇见过面，论乡亲辈分该叫她二婶。二梆子二婶没有几分姿色，一双眯缝眼，开口咯咯笑，闭口哧哧笑，左邻右舍有人缘儿，狗嫌儿也是跟她一见“钟情”。

狗嫌儿不认得此人就是孙二梆子，只当是个恶贼破窗而入，欺辱梆子二婶。他顾不得问个青红皂白，顺手一摸，摸着个扫炕的笤帚疙瘩，照孙二梆子的后脑勺上一个狠敲。狗嫌儿虽然力气很小，发了疯的孙二梆子冷不防被敲得颓然昏倒，从梆子二婶身上翻下来像条死狗。

梆子二婶慌忙坐起，扯过一件破衫子掩住下体，吓唬狗嫌儿道：“你手黑杀了人，杀人得偿命。”

“他这是装死！”狗嫌儿人小胆大又有主意，折断一根笤帚毛儿，捅进孙二梆子的鼻子眼儿。

孙二梆子打了个满嘴喷粪的嚏喷，挺身坐起，手捂住后脑勺的肿包，瞪着两只狗眼儿骂道：“小兔崽子你敢打我！我削你的鼻子剜你的眼。”说着，伸出两只叉开五指的手，就想扑到狗嫌儿身上。

“二梆子，你找死！”窗外，孙二梆子的老娘喝道，“暖窝的童儿是刘二皇叔的孙子，你敢太岁头上动土！”

老娘这一声断喝，吓得孙二梆子赶忙披衣穿裤子，下炕沿穿鞋溜走，却又嘴硬，说：“从今以后，你们把这个崽子供在佛龛里，我没有这个家。”说着，一溜烟不见了。

这时，村中梆打三更，天快亮了。梆子二婶哄睡了狗嫌儿，就得熬猪食，做早饭。狗嫌儿在瞌睡蒙眬中，听那老婆子低声问梆子二婶道：“撒了种吗？”梆子二婶羞答答嗯了一声，婆婆念了声阿弥陀佛。

狗嫌儿一连给梆子二婶暖了七天窝，不想这天大姑子的男人赶一头毛驴，接大姑子回家。釜底抽薪，狗嫌儿断了奶，只有良禽择木而栖了。

分别之夜，狗嫌儿睡在梆子二婶的紫花布棉被里，一手吮吸她那并没乳汁的一只奶，一手抓住另一只奶，恋恋不舍。梆子二婶把他紧紧搂在怀里，说：“狗嫌儿，你命相高贵，给二婶送来了儿子。”

“儿子在哪儿？”

梆子二婶扯过他的一只小手，捂在她的肚皮上。陡地，梆子二婶的肚皮里就像吞了个蛤蟆，跳了三跳想跳出肚皮。

“我这个儿子落生，你要跟他桃园三结义拜把子。”梆子二婶叮嘱狗嫌儿，“有朝一日你也三分天下，我这个儿子不是你的关公，也是你的张飞。”

“要是生个女儿呢？”

“给你当媳妇呀！”

“我不要！”

“你觉得门不当户不对，高攀不了你们刘家？”

“我嫌她太小。”

“多大你才中意？”

“得像喜字儿婶子，不大也不小，不高也不矮，不胖也不瘦。”

“天生的采花淫贼坏子！”梆子二婶手点着狗嫌儿的鼻子尖，“反正我也挂了果儿，你给喜字儿暖窝去吧！”

梆子二婶好像能掐会算，狗嫌儿在她家交了差，梆子二婶牵着他的手完璧归赵。刚出柴门，喜字儿婶子就拦路将他抱走，他便到石家上任去了。

狗嫌儿一见喜字儿婶子就喜上眉梢，他一个猫蹿狗跳，撇下梆子二婶，跳到喜字儿婶子背上。喜字儿婶子身上散发着井水洗过的甜瓜香味，比梆子二婶好看又好闻。

趴在喜字儿婶子背上，两人一问一答说小话。

“狗嫌儿，你在孙家想婶子了吗？”

“想了。”

“怎么想？”

“我要娶媳妇就娶你。”

“撕你的嘴！还跟谁说过？”

“梆子二婶。”

“割你的舌头。”

“梆子二婶的舌头长，先割她的。”

“你给她暖了七天窝，那娘儿们有没有动静？”

“她肚子里有一只蛤蟆蹦了三蹦。”

“这娘儿们怕是早装上窑了吧？”

“什么叫装窑？”

“你这个采花贼坏子！不许打听两口子不能说出口的悄悄话了。”

狗嫌儿不知什么叫装窑，却懂得什么叫采花贼。他看过野台子戏《蒋平水擒花蝴蝶》，花蝴蝶就是采花淫贼，专干奸杀良家女子的罪恶勾当。一想到自己跟花蝴蝶是一路货色，脸上发烧，问道：“我给梆子二婶暖窝，又给你暖窝儿，算不算采花？”

“采花的是你砘儿叔，没有你暖窝的罪过。”

“那我就当翻江鼠。”

“翻江鼠是谁？”

“杀采花贼的蒋平呀！”

“你的小肚囊里，杂货不少。”

“我一笤帚疙瘩，把孙二梆子打跑了。”

“可不许你打砘儿叔呀！”

“是采花贼我就打。”

“采花的有好也有坏，蜜蜂采花为酿蜜，就打不得。”

狗嫌儿在喜字儿背上沉思半晌，说：“我明白了！你是花朵儿，砘儿叔是蜜蜂，你俩想酿一嘟噜蜜。”

“好个一点就透的乖儿子！”喜字儿从背上把狗嫌儿转到怀抱里，鸡啄莲蓬亲个没够。

一直亲到石家柴门口，只见一架葡萄，遮严了大半个院落。葡萄架下，石老磨端坐在蒲墩上，面前一张小桌，桌上一大盆轧饸饹，一大海碗黄瓜、豌豆、鸡蛋卤。

“狗嫌儿，快过来吃！”石老磨笑眯了昏花两眼，亲手给狗嫌儿捞了一碗，舀了两勺卤，鸡蛋多菜叶少。

从喜字儿背上出溜下来，狗嫌儿坐在石老磨身边。看石老磨咬一口辣椒，撕一根大葱蘸酱，端起酒杯刚张开口，狗嫌儿忙从自己碗里夹起一大块鸡蛋，送进石老磨嘴里。

“百事孝当先，真像我的亲生儿子！”喜字儿笑得像串铃响，这时一只老母鸡咯嗒咯嗒叫着下蛋，“来得早不如来得巧，我给你煮鸡蛋吃。”

“我想吃你奶，我要吃你的奶！”狗嫌儿忽然真相毕露，一变而为无赖顽童。

“我的奶，我的奶……”喜字儿羞得火烧云罩脸，“是青杏、毛桃，死面馒头。”

“我不吃青杏，青杏涩舌头；我不吃毛桃，毛桃酸倒牙……”狗嫌儿竟大耍赖皮，在喜字儿身上撞头。

啪！石老磨猛一拍桌子，撸胳臂挽袖口，高声怒喝：“小兔崽子！都是你爷爷宠惯你蹬鼻子上脸，没个板眼尺寸。”

狗嫌儿哇的一声倒地一溜十八滚儿，哭声很高却是有声无泪，干打雷不下雨。

“狗嫌儿，收住泪，别啼哭。”恰在此时，石砘儿回家来，“青杏熟透了红又红，毛桃变成了五月鲜，进屋吃去吧！喜字儿管你够。”

“你亲眼看见……”

“我看桃守杏，是杨二郎的天狗！”石砘向喜字儿挤挤眼，喜字儿剜了他一眼，只得照办。

4

一任三个月，狗嫌儿每天啃嘬喜字儿的青杏毛桃，没有吮吸到一滴乳汁，粗茶淡饭却把他喂得膘肥体壮，像一头活蹦乱跳的儿马蛋子。

多少年后，狗嫌儿活过了一个甲子，回想喜字儿婶子，还是当年的眉眼口齿，增肥减瘦，永不褪色，往事历历在目，恍如隔日，呼吸到她身上那井水湃甜瓜的气味。

喜字儿婶子是砘儿叔的童养媳，老家是大河上梢的人。她八岁那年，运河大涝，天上下雨，地下冒水，村村庄庄都泡在大水汪洋中，像一座座孤岛。大河上梢的财主富户，为了平息河神的震怒，不但祭三牲：整猪、整牛、整羊，而且还要活祭一对活口的童男童女。喜字儿家穷得老鼠都不上门，孩子却生下一大窝，吃不上穿不上，喝水能汲干了半眼井。爹娘狠了狠心，卖了喜字儿当玉女，换回五斗高粱，反正不淹死也得饿死。喜字儿年幼无知，不知利害，高高兴兴穿上新做的红袄绿裤，欢欢喜喜搽上胭脂抹白粉，两眉之间点了个红豆痣，饱吃一顿大白馒头炖肥肉。然后，鼓乐声中，被抱上一顶彩绣顶罩的大花轿，一路鞭炮响得像热锅炒豆，颤颤悠悠走了八里路，花轿落地，挑开轿帘一看，原来是大河高岸，还没等她分出东南西北，两名轿夫一个抱她的腰，一个扯她的腿，像抛一捆麦秸，把她扔到大河上空，只听一声惨叫，喜字儿像一朵花栽下漩涡里。

不知过了多久，醒来睁眼一看，她躺在河边柳荫下的白沙青草上，身边坐着个虎头虎脑的光葫芦头小男孩儿。

“小丫头儿，死里逃生，活过来啦！”小男孩儿嘻嘻一笑，一张大嘴龇出两颗虎牙儿，“你贵姓高名，何方人物，怎么掉下河里？”

“我叫喜字儿，上梢的人，祭河神的玉女。”喜字儿听得懂小男孩儿的野台子戏词儿，“你高名贵姓，家住哪州哪府哪县又哪村，七十二行哪一行发财？”喜字儿也懂这一套。

“我姓叶叫连秧儿，那边四王子村的，给财主家放牛。”连秧儿答道，“春天领下一头三十斤的牛犊儿，秋后长肉三百斤，给我五斗高粱工钱。”

“原来我这条命只够一头牛犊儿的价钱呀！”喜字儿爬了几爬坐起来，背靠河柳喘气，“你是我的救命恩人，我该怎么谢你？”

“把你捞上岸的是我师爷石老磨，不是我。”连秧儿笑嘻嘻摇头，“我下河能浮水，可压不住大河的漩子。”

“你师爷是大磨盘，压得住大河的浪头？”喜字儿问道。

“真叫你猜中了，我师爷就叫石老磨。”

“那他儿子该叫石碾子。”

“又给你猜了个一丝不差。”

“儿子叫碾子，孙子比儿子小，就叫砘子吧！”

“喜字儿，你可真是个能掐会算的小神仙。”

“没有三分仙气，能当河神爷的玉女？”喜字儿反倒吹擂起来。

连秧儿跨前一步，说：“玉女怎能下凡，我还把你扔下河去。”

喜字儿被吓得一声鬼叫，撒腿就跑，口喊：“救命呀，救命！”

“我送你回家，不扔你下河。”连秧儿追赶着说软话。

“我不回家，回家他们还得卖我！”喜字儿头也不回，飞跑不停。

这时，从一块瓜田里闪出个黑瘦男孩儿，给她打了个手势，她一点就透，跟着黑瘦男孩儿刺溜钻进瓜田，趴在瓜垄里。

“喜字儿，喜字儿！”瓜田外，连秧儿大喊大叫。

瓜垄里，黑瘦男孩儿咬着喜字儿的耳朵，说：“别吭声，他找不着。”

喜字儿也咬着黑瘦男孩儿的耳朵，问道：“你是谁？”

“我叫砘儿。”

“你是石老磨师爷的孙子？”

两人正低声嘀咕，突然石老磨一声怒吼：“连秧儿，你这个吃货，连个小丫头儿都看不住。”

“老虎还有打盹儿的时候哩！她就像那花山雀儿，一不留神突地飞走没影了。”

“你这一打盹儿，丢了个媳妇。”

“这话从何说起？”

“我本打算把这个白捡的小丫头给你当童养媳的。”

“是儿不死，是财不散；有缘千里来相会，无缘对面不相逢。”

“好小子，有心胸！休了樊梨花，咱们娶个穆桂英。”

砘儿悄悄扯了一下喜字儿的小红袄，问道：“你饿不饿？”

喜字儿在大河里上下翻腾数十里，肚子里的馒头炖肉早已消化一空。于是，便跟着砘儿回家，吃了两个大菜团子，躺在葡萄架下的蒲席上就睡着了。砘儿专会献殷勤，潘、驴、邓、小、闲只占了小字，手里挥着一把破蒲扇赶苍蝇，也能扇来几丝风。

石老磨一步踏进柴门，见此情景，大骂道：“砘儿，你这个坏小子！原来是你把连秧儿的童养媳拐到自家来。”

砘儿不怕挨爷爷打，却怕爷爷打喜字儿。顾不得男女有别，整个扑到喜字儿身上，怜香惜玉视死如归，真可算得“我虽长得很丑，但是我很温柔”。

石老磨反倒扑哧一声笑了，想不到这个没有拳头大的小崽子，竟知道不顾死活心疼一个小毛丫头儿。

老年间乡俗，大河闹水闪出的土地，漂浮的马、羊、鸡、犬、猪……谁抢到手，捞上岸，就归谁所有。捞上岸的女人，也是如此，喜字儿不能例外。于是，石老磨做主，把喜字儿留给了砘儿，又觉得亏待了连秧儿，过了几年，为连秧儿订上媳妇，才给砘儿和喜字儿圆房。

连秧儿的媳妇是个旗人，自幼不缠足，脚大身子壮。娘家姓赵，排行老二，四王子村的人就管她叫赵二大脚。赵二大脚从过门就觉得连秧儿的心不在她身上，魂儿被狐狸精勾引走了。

这个狐狸精就是喜字儿，喜字儿是她的眼中钉肉中刺。

原来，女儿家一年年长大，心比人长得更快。一过十三知好歹，她见连秧儿生得虎背熊腰，胆大包天，心细手巧，砘儿却瘦小枯干，胆小心窄，缺少男子汉大丈夫气象，便后悔自己当年有眼无珠，错把朱砂当红土。砘儿病弱，连秧儿强壮，石老磨教连秧儿武艺，反倒把孙子撂在一边。男子汉十五岁就算成人，十五岁的连秧儿就能在财主家扛长工，只比领青打头少挣二成。砘儿打更要起夜三遍，连入洞房那天晚上都没有歇班，把新媳妇晾在了炕上。石老磨觉得亏负了喜字儿，抢过砘儿的梆子替他巡夜，喜字儿也没有尝到甜头。砘儿是个骡子男人。吃了三条驴鞭，九条牛鞭，丸散膏丹，什锦偏方，吃了不知多少，仍然毫无分寸长进，不见动静。

连秧儿直等到喜字儿跟砘儿圆房了三年之后，才跟赵二大脚成亲。

赵二大脚家是个屠户，她没有兄弟，只有姐妹，也就丫头当小子使唤。从小就跟着她爹杀猪和劁猪，长大不但没有一点一滴一丝一毫的女儿气，而且张嘴就带脏字儿，抬手就打架斗狠，完全像个不懂尺寸的野小子。出嫁之前，她爹说连秧儿力气大而又有武艺，嘱咐她要出嫁从夫，逆来顺受，不可跟连秧儿逞强顶牛。她却瞪眼冷笑道："不见个高低上下，我给谁服过软儿？"大姐跟她悄悄咬耳朵，说洞房之夜连秧儿跟她动手动脚，她要宽衣解带，百依百顺，她又撇了撇嘴哼道："我阉了他！"

洞房花烛夜本是久旱逢甘雨，小两口理当如鱼得水。赵二大脚狗屁不通，竟然跟新郎官大打出手，可算是倒行逆施。赵二大脚力气虽大，擒猪如抓小鸡，连秧儿却是一以顶十，双手能扳倒两头牤牛。不出三个回合，赵二大脚被打得四脚八叉动不了窝，七天起不了炕。赵二大脚挨了这一顿暴打，好像茅塞顿开，恍然大悟。亲不过父子，近不如夫妻，夫妻应该夫唱妇随，家和日子旺。赵二大脚换了一副眼光看连秧儿，怎么看都没有一处不顺眼。连秧儿却整个相反，在他眼里，赵二大脚的屁股上插一根尾巴，就是一头活驴，怎能不心生恶感？赵二大脚不能静坐常思己过，反倒觉得受了委屈，三天两日大发活驴脾气，连秧儿的恶感也就冰冻三尺。

忽然一日，赵二大脚发觉，连秧儿偷看喜字儿的目光，就像野台子戏里吕布戏貂蝉。火上浇油，翻倒醋缸，赵二大脚横冲直撞来到喜字儿家门外，大吵大闹滚车道沟子。

砘儿忍无可忍，跳出门外挥拳就打。赵二大脚藏头裹脑躲过这一拳，哈腰一抄砘儿的脚腕子，擒猪一般放倒地上，还踏上了一只脚。冤有头债有主，赵二大脚点名吆喝喜字儿出来受死。喜字儿自知不是她的对手，躲在屋里哆嗦成一团，呜呜啼哭。

赵二大脚正叫骂得十分得意，忽然连秧儿将她拦腰一抱，像把一袋谷子扛在肩头，一边走一边打，扛回家已经打个半死。赵二大脚的泼妇骂街，把本无邪念的连秧儿和喜字儿结成了对儿。

狗嫌儿暖窝，一天半夜醒来撒尿，看见连秧儿躺在喜字儿身边。街上，响着砘儿的梆声，哪，哪，哪！……

5

喜字儿坐了胎，赵二大脚着了急，她翻倒这缸醋，是因为不想在生儿养女上屈居喜字儿之下。于是，她跟丈夫连秧儿吵闹，也想叫狗嫌儿给她暖窝。连秧儿心中有鬼，怕狗嫌儿人小心眼少，一不留神走了嘴，泄露天机，便会惹来一场鸡吵鹅斗，不肯答应。

狗嫌儿功成身退，就要离开喜字儿家，回到干娘鬼脸荷包身边。临别前夕，喜字儿给他蒸馒头包饺子。吃饱喝足，回屋插门，上炕吹灯，喜字儿把狗嫌儿搂在怀里说体己话。

“狗嫌儿，婶儿真舍不得放你走。”喜字儿把奶头送进狗嫌儿嘴里。

狗嫌儿吱吱咂咂嘬个没够，不得不喘口气才说：“我也舍不得离开你，你的奶比我干娘的奶香。”

“那就给我当儿子吧！”

“忠臣不事二主，好马不配双鞍。”

“还烈女不嫁二夫哩！”

“你就不是忠臣、好马、烈女。”

“胡说！”

“你有了砘儿叔，还要连秧儿叔，脚踩两只船。”

“你红口白牙说瞎话，给我脑瓜顶上扣屎盆子，身上泼泔水。”

喜字儿正说得嘴硬，忽然后窗像被一阵夜风吹开，连秧儿就像一片月光飘进来，燕子抄食，蜻蜓点水，落地无声跳上炕，躺在喜字儿和狗嫌儿身边，他们才发觉。

“你怎么还来？”喜字儿沉下脸。

“我想来就来，愿走就走。”连秧儿却喜眉笑眼。

“你有自个儿的老婆，我这儿没有你的容身之地。”

“过河拆桥！”

“谁？”

“念完经打和尚。”

“谁？”

“酒足饭饱骂厨子。”

“谁？”

“狗嫌儿，你说是谁？”

“喜字儿婶。”

“撒谎瞒不了当方人。”连秧儿起身下炕，“狗嫌儿，跟连秧儿叔蹿房越脊回家，吃你二大脚婶子的奶去。”

“她的奶有我喜字婶儿的香吗？”

“你喜字儿婶是两颗桃，二大脚婶子是大面瓜。”

喜字儿气冲头顶，随手抓起笤帚疙瘩，向连秧儿身上砍去，快似流星急如弹子，却没有想到连秧儿闪身一躲，顺手牵羊把狗嫌儿抻出被窝，踹开屋门逃走。狗嫌儿鬼叫连天，就像被饿狗叼走。

路上，撞见正在打更的砘儿，砘儿问道：“你怎么从我家绑票？”

连秧儿一点也不慌张，说：“我是请狗嫌儿给二大脚暖窝。”

“难道喜字儿挂上了驹儿？”

“你是她男人，反倒问我。”

“自从她有了狗嫌儿借蛋孵鸡，就不许我黑夜回家睡觉。”

“回家去吧！喜字儿敞开大门等你。”

砘儿把梆子夹到胳肢窝里，说：“从今晚我熬出了头，不当孤魂野鬼了。”说罢，哼着小曲回家去。

等砘儿走远，狗嫌儿在连秧儿背上咬牙切齿地说：“连秧儿叔，你占喜字儿婶的炕头，我告给老磨太爷，把你大卸八块，扔下河里喂鱼虾。”

“狗嫌儿，你这是拎着猪头拜错了庙门。”连秧儿嬉笑道，“没有老磨太爷的大令，我怎敢采喜字儿这朵花？”

“我告给砘儿叔。”

“他是睁一只眼闭一只眼，装聋作哑顺水人情。”连秧儿话里有话，有恃无恐。

“那……我告给谁？”狗嫌儿反倒向被告人请教。

“就是别跟你二大脚婶子说。”

“原来你也怕媳妇？”

“怕得骨酥肉麻，丢魂丧胆，就像拉了秧的黄瓜上了架的烟。”

“难道她是三头六臂，你打不过她？”

“她是酸枣树全身长满葛针。”

“我不到你家去了，谁愿意跟刺猬睡一个被窝儿？”

连秧儿却加快了脚步，一路飞奔到他家柴门外。一道篱笆墙内，月光中是一片菜园，菜园地头有一眼土井，土井上是葫芦架，葫芦架下的阴影中哗啦哗啦水声。听见街上有人急走，小孩儿哭叫，阴影中闪出一个赤身露体、滚淌水珠儿的女人。

“连秧儿我的儿子，你把送子金童给老娘抢来啦！”赤身露体的女人咧嘴大笑着，张开双臂要把狗嫌儿搂进怀里。

“我不跟刺猬睡觉！”狗嫌儿吓得挣扎躲闪。

赵二大脚挺着胸脯走上前来，说：“孩儿呀你摸摸，二婶这头上脚下，油光水滑像不像一身细瓷儿？”

狗嫌儿胆怯地伸出一根手指，轻轻碰了一下，滑腻腻的不比喜字儿的皮肉硌手，只是比喜字儿黑了点儿。荞麦面虽黑不牙碜，包大馅饺子更好吃。

“大脚婶，我愿跟你一个被窝儿里睡！”狗嫌儿一百八十度大转弯，高兴地喊道。

“好小子，算你有眼力！”赵二大脚从连秧儿身上抢过狗嫌儿，连连亲他的脸蛋儿，“不像你连秧儿叔，家里有肉不吃，偏爱到外边啃骨头。”

“闭嘴！”连秧儿怒喝道。

狗嫌儿多嘴多舌，说：“我也是吃别人家的饭香。”

此话逗得连秧儿扑哧一笑，气全消了。

赵二大脚却不肯罢休，沉着脸说：“这个坏毛病得改，不能狗改不了吃屎。”

连秧儿听出赵二大脚话中恶意，本想破口大骂，又怕吓着狗嫌儿，咽下几大口吐沫压下火气，鼻子里连哼几声。

狗嫌儿却有奶便是娘，含着赵二大脚的奶头吱吱咂咂嘬起来，痒得赵二大脚咯咯发笑，快步如飞把狗嫌儿抱回家。连秧儿却像下汤锅的驴，一步迈不了三步，耷拉着脑袋跟在后面。

连秧儿身强力壮，日子本该比石家好过，只因他是路见不平拔刀相助的脾气，粗犷刚直，宁折不弯，财主怵他，船主怕他，不到万不得已，都不愿雇他。空有一身气力，竟挣不出糠菜半年粮。无路可走，他便在河边做起背河生意，把过河的人背过来送过去。顺手也打两网鱼，掏一窝螃蟹，捡半筲蛤蜊。只要能骗一骗嘴，填鼓了肚子，天上不吃风筝，地上不吃板凳，除此以外全敢一饱口福。赵二大脚比他更邪乎，剜野菜，吃观音土，还能吃五毒。一条菜花蛇，抓过来撸下皮，剁下蛇头破了肚，扔在锅里放几粒盐花，开了锅捞上就吃。肥圆的刺猬，糊满了花秸泥，放到柴火堆里活烧，烧熟了掰泥壳也掉光了刺，露出香嫩可口的蒜瓣儿肉，十全大补，不留恶味。

狗嫌儿被赵二大脚抱进泥棚茅舍，就觉得气味难闻，虽不是令人作呕，也呛得他头昏脑涨胸口堵得慌。

一到瓜季，狗嫌儿吃瓜不吃饭，以瓜当饭吃。喜字儿给他做得的接风饺子送行面，他没有吃上几口，就又捧起鬼脸青甜瓜嚼起来。瓜饱还比不了饭饱，一趟小水就走了半空。从喜字儿家到叶家，狗嫌儿一路上的小水已经走了两趟，腹内空空如也，一声一声喊饿。叶连秧儿和赵二大脚刚喝了两碗稀粥，家里连一口猫食都没有，怎能招待贵客？狗嫌儿见叶家吃没的吃喝没的喝，扯开嗓子哭闹起来。

“饿死鬼投胎，小小的孩伢子就是个酒囊饭袋！”赵二大脚的脾气占全了刁、冷、躁、热，叶连秧儿骂她是一张狗脸，眨眼就翻脸，翻脸就咬人。

狗嫌儿狠咬赵二大脚奶头一口，疼得赵二大脚哎哟一声鬼叫，狗嫌儿趁势从赵二大脚怀里出溜下来，撒腿就跑。

“狗脸娘儿们！”连秧儿粗脖子红脸大骂，“你得罪了送子金童，这辈子种瓜得不了瓜，点豆也得不了豆，连一捧蒺藜狗子也长不出来。”

“你是死人，还不快追呀！”赵二大脚急得哭出了声。

连秧儿长着一双飞毛腿也追不上狗嫌儿，狗嫌儿跑出不远，刚一拐弯，半路上杀出个程咬金，抱起狗嫌儿就走，稀里糊涂来到一家炕头上，招待他的虽不是鸡鸭鱼肉，满汉全席，却都是顺口好咽的吃食。此间乐，不思蜀，狗嫌儿竟忘记了干娘，颇有乃祖阿斗遗风。

一家又一家暖窝，串炕头十七户，也该狗嫌儿出风头露脸，凡是被他暖窝的女人，都生的是男孩儿，喜字儿的儿子叫虎头。只有赵二大脚失之交臂，生下个丫头叫鱼刺儿，还有他干娘鬼脸荷包也是“弄瓦”。为了叫干儿子吃上接奶，鬼脸荷包竟亲手闷死了女儿。

6

干娘鬼脸荷包，虽然在刘家锅伙是个脚不正鞋又歪的女子，但是，走多少斜道都不能出村，一出村就是胳臂肘儿往外拐，本村乡亲一人一口吐沫，也能淹死人。干娘鬼脸荷包不敢回头刘家锅伙，怀了孕挺着大肚子，也不敢跟干儿子狗嫌儿照个面。找狗嫌儿暖窝的不是婶子，就是嫂子，都是年轻媳妇。串炕头子暖窝走俏，喜新厌旧也就怪不得狗嫌儿把干娘忘在了脖子后头。

十月怀胎，一朝分娩，干娘鬼脸荷包生下个女儿，是个横生倒养的难产，坐、立、蹲、滚三天两夜，小丫头儿双脚抢先蹬出血门，被干爹老大三把扯下来。血门夹住了小丫头儿的脑壳，头型圆不圆，方不方，扁不扁，长不长，短不短，脸上也皱皱巴巴，难看得吓人。

干爹老大一见是个女孩儿，又是个丑八怪，满脸怒气哼道："都怪你放着河水不洗船，把狗嫌儿借给外姓人暖窝，肥水流进他人田。"

干娘觉得窝心委屈，哭、吵、叫、骂，说："你怕多这个小丫头儿，一张嘴吃饭，我掐死她免得你得气臌。"

干爹只当她下不了手，说："虎毒不食子，难道你比母老虎还心毒手狠？"

干娘正在气头上，偏在这时，小丫头哭闹烦人，哭声像夜猫子夜啼，干娘一怒之下，伸手捂住她的嘴巴，咕喽一声憋死。

儿是娘身上掉下的肉，丑八怪也母子连心，干娘哎哟一声惨叫昏迷不醒。

月儿弯弯照村头，几家欢乐几家愁，东邻三舍响起震耳欲聋的鞭声，原来是梆子二婶生下个儿子，取名狗拴儿，表明是狗嫌儿暖窝带来的产品，而且拴住不放。从他家开了头，不少同出一辙的男孩儿，有的叫狗锁儿，有的叫狗套儿，还有个叫狗蛋儿。

干娘被孙家的鞭竹声吵醒，骂干爹道："死人！还不赶快把狗嫌儿夺回来。"

令出即行，干爹老大像一头烧焦了尾巴的老牛，哇哇叫，冲出门去，沿街串户搜寻狗嫌儿的下落。此时的狗嫌儿正在村外的一户人家，被尊为贵客光临，女主人正杀鸡烙饼，干爹老大横冲直撞而入，扛起狗嫌儿就跑。

跑回家去，放在干娘面前，狗嫌儿忽然孝心萌发，扑到干娘怀里放声大哭起来。干娘也感情激动，娘儿俩抱头痛哭。

干娘心疼狗嫌儿哭个不住声，扯开打补丁的布衫，掏出奶子塞进狗嫌儿的嘴，哭声虽被堵住，奶水却噎得狗嫌儿两眼翻白。这一夜，久别重逢的娘儿俩拉不断扯不断，好像儿子剪不断连接在娘身上的脐带。一连三天不许干爹老大靠前。到第四天，刘二皇叔从天而降，要把狗嫌儿接走，送到学堂念书。

讨回狗嫌儿，好比剜四王子村人的心头肉。没生儿子的想留下也暖窝生儿子，生了儿子的也想多留他两年，等自家的儿子出过天花疹子，保住了命根再走。刘二皇叔光临四王子村，只进石老磨看管刘家祠堂的泥棚茅舍。他尊称这三间祠堂为家庙。眼下家庙还有十来亩地，石老磨代耕。春种秋收，石老磨留下一年嚼裹儿，所剩都交给家庙，供每年清明节刘家子孙扫墓使用，六十多年没有多拿过一颗一粒粮食。刘二皇叔深知亏负了老人，四时八节都要敬送厚礼。

打发石砘儿到全村每个角落寻找狗嫌儿，石老磨陪同刘二皇叔坐在家庙外的老树浓荫下说闲话。

石老磨吧嗒着老旱烟袋，说："狗嫌儿才多大？筋骨还嫩，十年寒窗就像十年大牢，孩儿家怎么受得了？我看还是等过二年长高了一头，念个一年半载的书，就教他习武，那才是不改你们刘家的门风。"

刘二皇叔一听便不入耳，说变脸就变脸，说："义和团为什么打不过八国联军？你拳打南山虎，脚踢北海龙，火枪一扳机子，吧咕一声四脚八叉撂倒。古往今来都是笔杆子管着枪杆子，我只想叫狗嫌儿读遍四书五经，不想叫他十八般武艺样样皆通。"

酒逢知己千杯少，话不投机半句多，爷儿俩一个南辕，一个北辙，也就无话可说，只有板着面孔沉着脸，一言不发枯坐。

正在这时，石砘儿踉踉跄跄而回，说是全村绕三圈，也没找见狗嫌儿。

满肚子窝火的石老磨正得着出气筒子，大吼大叫道："掘地三尺，你也得给我把狗嫌儿找到。"

石砘儿吓得扭头就跑，跟头流星。

"回来！"刘二皇叔喝住石砘儿，起身就走，"我知道他在哪儿，堵窝掏螃蟹。"

石老磨怕狗嫌儿挨打，石砘儿想看刘二皇叔是不是也是神机妙算刘伯温，都紧随他的身后。

"村里有几块瓜田？"刘二皇叔忽然问呼哧气喘的石砘儿。

石砘儿掐着指头算道："不是七块，就是八块，出不了十块。"

"难道狗嫌儿躲在瓜田里？"石老磨问道。

“这小子一进夏景天，光爱吃瓜不吃饽饽，从早到晚躲在瓜垄里，肉皮晒成地皮色，找也找不到。”刘二皇叔说起孙子的顽皮淘气，却是引以为自豪的口吻。

“咱们不如兵分三路。”石老磨眼珠一转，给石砘儿使了个眼色，“你回家叫喜字儿也去找！”

石砘儿尖嘴猴腮，相貌低人一等，心眼儿却只多不少。他一见爷爷的眼色便知道，爷爷是叫他给喜字儿通风报信，把狗嫌儿严严实实藏匿起来，掘地三丈找不着踪影。

“免了你吧！”刘二皇叔冷笑着向石砘儿挥了挥手，又对石老磨说，“干爹，也不劳您大驾了。”

“那你到哪儿去找狗嫌儿？”石老磨奇怪。

“这条小小的漏网之鱼，早给抓住了。”刘二皇叔又令人猜不中摸不透地一笑，“孙猴子怎跳得出如来佛的手心？”

“我更蒙在鼓里了。”

“干爹，我前来生擒活捉狗嫌儿，还带来一名副将，没有进村。”

“这个副将是谁？”

“狗嫌儿的媳妇啭儿。”

“啭儿又是谁？”

“鬼脸荷包的女儿，不愿随娘改嫁更名换姓，我就把她收留在家，当狗嫌儿的童养媳。”

“怎么不陪你进村？”

“不愿见她的亲娘鬼脸荷包。”

“砘儿，你出村接驾，小丫头儿敢不赏我这个老头子的脸。”

“您赏光折她的寿，我自有锦囊妙计，三言两语她就得跟我来。”石砘儿摇头晃脑就要走。

“慢！”刘二皇叔怕其中有诈，“你那锦囊里的妙计是个馊主意吧？我听一听才能放你走。”

“您可知狗嫌儿在四王子村招了驸马？”

“狗胆包天！谁家的丫头？”

“叶连秧儿跟赵二大脚生的女儿刺儿，才几个月，刚会爬。”

刘二皇叔收住脚，皱起眉头犯了难。这个叶连秧十二岁拜在他的门下习武，石老磨是中保人，十八岁满了师，比亲儿子还孝顺。赵二大脚也不是外人，刘二皇叔当年走船吃水上饭时，常在有名的水旱码头河西务泊船歇脚，曾认赵二大脚的姥姥当干娘。赵二大脚的姥姥家住河西务镇，靠扫过往大船的余粮剩米为生。

“这桩亲事，谁保的媒？”刘二皇叔眉头拧成疙瘩问道。

石砘儿头上冒了汗，吭吭哧哧答道：“都怪您那……该打三百皮鞭的……侄媳妇喜字儿，想讨二大脚的欢喜，当了个河边吃青草的多嘴驴。”

“她也是好心美意，不知者不怪罪。”刘二皇叔笑了起来，“缺三媒少六证，更没有父母之命，女人家扯长舌头算不得数。”

正在这时，只见蛑儿手牵狗嫌儿，从沙丘下跌跌撞撞爬上来，连连呼喊：“救命呀，救命呀！母老虎疯了，要活吃了我们。”

“谁是母老虎？”刘二皇叔问道。

石老磨和石砘儿不言自明，都说：“反了她！”石砘儿年轻脚快，抢在前面打头阵。

母老虎赵二大脚已经追到沙丘下，胸前挂着两只大葫芦奶子，怀里抱着她那出生几个月的刺儿，凶相十足，火气逼人。

“站住！”石砘儿横眉立目，“你多走半步，小心砸断你的双腿。”

“你这个软胎子，少给老娘立规矩！”赵二大脚蹦高叫骂，“还是管一管你家的烂桃，别偷老娘的汉子。”

“二大脚，我活剥了你当鼓皮！”一声大吼，叶连秧儿追赶而来。

赵二大脚上天无路，入地无门，免不了要吃一顿老拳，走投无路贼人起飞智，她抬头看见刘二皇叔的身影，慌忙爬上沙丘躲在刘二皇叔身旁。

火冒三丈七窍生烟的叶连秧儿也看见了师父，双膝跪倒赶快叩头。

刘二皇叔却一眼看上了赵二大脚怀里的刺儿，瞧了又瞧，看了又看，越瞧越看越喜爱。那小丫头儿也不怕人，跟刘二皇叔四目对视咯咯笑个不停，逗得一张铁脸的刘二皇叔也呵呵笑起来，说：“丫头儿，咱祖孙二人是天生的缘分，爷爷收你当干孙女，高攀了，哈哈！”

赵二大脚也赶忙跪倒磕头如捣蒜，叶连秧儿只有顺水推船锦上添花，哪里还敢捅一指头？

原来，赵二大脚没有生下儿子，后悔当初自己慢待了狗嫌儿，立竿见影遭了现世报。于是，她摇身一变换了个人，千方百计把狗嫌儿拢到身边，奉若神明小祖宗，留一只奶子的乳汁，充分供应狗嫌儿享用。干娘鬼脸荷包已显衰老，奶水稀薄，淡而无味。赵二大脚刚生头胎，乳汁稠而香，香而甜，令人爱不释口。

不光供应奶水，而且还有鸡蛋。几只母鸡产蛋都装进篓里，攒够了十个给狗嫌儿吃，叶连秧儿只能望蛋解馋，不许染指。瓜田开园，赵二大脚更向狗嫌儿门户开放。

狗嫌儿那三招两式，瞒不过啭儿的眼睛。她来到四王子村，走了三处瓜田，就在赵二大脚的瓜田里将狗嫌儿从瓜垄密叶下掏出来。

狗嫌儿要离开四王子村，被他暖过窝的女人都恋恋不舍。一户出一个菜，在家庙门前树荫下给狗嫌儿摆送行宴。虎头的娘喜字儿抱着虎头，狗拴儿娘抱着狗拴儿，狗套儿娘抱着狗套儿，狗锁儿娘抱着狗锁儿，狗蛋儿娘抱着狗蛋儿……都来给狗嫌儿众星捧月。

从告别四王子村那一天起，狗嫌儿就变成了文墨书生。在乡下念完小学，又到县城念中学，在县城念完中学，又进京念了大学。后来还当上作家出了名。虎头、刺儿、狗拴儿、狗套儿、狗锁儿、狗蛋儿……最多念到小学，也就一辈子脸朝黄土背朝天。好风凭借力，送我上青云。无风难起浪，是龙只能盘着，是虎也得趴着。

谁说往事如烟？六十年过去，回忆儿时狗嫌儿（儒林·牛蒡）仍然恍如隔日，一个个儿时伙伴，如闻其声，如见其人。

牛蒡（儒林·狗嫌儿）在文化人堆里如坐针毡，背如芒刺，他更喜欢以梗着牛脖子的村夫自命。他虽没有达到“吃的是草，挤出的是奶和血”的境界，但一生都心向往之。鲁迅先生还说过，东家牵去犁两沟田，西家牵去转几遭磨，他都乐于从命。牛蒡自问，他也有这个劳动态度。而且，他还想以晚年病弱之躯，少吃草而多多犁田转磨。

牛蒡者，农家子弟，土命人，劳苦大众牛马也。

一九九七年二月五日

原载一九九七年第二期大众文学双月刊《驼铃》

含羞草

有草名含羞，
人岂能无耻？
鲁连不帝秦，
田横刎颈死。

——引自陈毅同志的《冬夜杂咏》

1

火车爬行到萝州，已经是穷途末路，再也不能往前爬了。

女萝江铁桥上，横断着几棵新砍倒的老龙腰河柳；一辆装有高音喇叭的广播车，哇哇狂叫着；黄昏暮色中，一伙红了眼睛的家伙，向桥头运送着装满沙石的稻草袋子，堵死火车的进路；更有几个亡命徒，光着膀子，在铁轨上横躺竖卧，明知道火车不会从他们身上碾过去，所以一个个都面无惧色，悠悠然吸着牡丹牌过滤嘴香烟。

火车像泄了气的精疲力竭的旅人，无可奈何地长叹一声停住了。进退两难的长途旅客，在车厢里呼叫着，吵嚷着，哭喊着，一团混乱。

这时，从第七节车厢的扶梯上，悄悄跳下一个人，手里拎着一只旅行提包，匆匆向江边走去。

江上没有船影，暮霭更浓，水声幽咽。他钻进江边柳棵子地，上行二里，避开桥上暴徒的视野，脱下汗衫、长裤和凉鞋，塞进提包，顶在头上，走下江去。蹬过一片水草丛生的浅滩，水渐齐胸，他便轻轻晃动身子，踩水而行。眼下正是雨季，江面宽广，水深流急，但是他却像一叶浮萍，毫不费力地过了江。

上了岸，穿上衣服和鞋子，又拎着那只旅行提包，向市内走去。

花园之城的萝州，已被连年武斗糟蹋得不成样子。建国路大街，平坦坦的柏油路面被破坏得坑坑洼洼，扔满砖头、瓦砾、石块、西瓜皮、酒瓶子……到处堆放垃圾；路边那香气四溢的花树，被砍伤的砍伤，折断的折断，所剩无几；而沿街的电线杆子就更凄惨，没有一只灯泡幸存，被打碎的打碎，偷走的偷走，整条大街，一片漆黑。

黑暗中，他深一脚浅一脚，在坎坷不平的建国路上行走。走了几个来回，才找到十三号卞宅。

卞宅的主人卞长亨，是他亡父的老战友，“文化大革命”前是个副局长，也靠边站了一些日子；后来好像时来运转，反而升了一级。卞长亨的女儿柳莺，在一支比专业还专业的业余宣传队里，唱样板戏出了名，又被选拔到中央五七艺术大学深造了两年。柳莺在北京上学的那两年里，跟他见过几回面；去年七、八、九月间，他发表了两篇科学论文，又跟随一个科学考察团出过一回国，于是柳莺一封接一封地写信给他，字里行间洋溢着倾心爱慕之情。卞长亨也给他写过两封信，以父辈的身份，促成此事。但是，他总觉得这位姑娘有点水性，而自己却改不了乡村孩子出身的土性；水土不服，他一直拿不定主意。今天，他已经是一个遣返原籍的罪人，到卞家来，当然不是为了向柳莺求婚，也不是为了向卞长亨求助；而是只想借宿一夜，休息一下，明天天亮就起身赶路。不过，内心深处，多少也想从他们父女身上，得到一点慰勉。

他定了定神，才走上前去敲门。

“谁呀？”院里，一个甜脆的女声问，必是柳莺。

“我！”他答道。

“你是谁？”

“谷旸。”

“啊！”

柳莺低低叫了一声。显然一阵心慌意乱，沉了一会儿，才走来开门。

门开了，借着影壁上的灯光，谷旸只见这位艳如桃李的姑娘，比在中央五七艺术大学深造时更为美貌。丰满的苹果脸儿，柳眉弯弯，凤眼明媚，一条秀美得好似象牙雕刻的鼻子，洁白如玉的牙齿，微微咬着薄薄的樱红小口。她身穿梅花百褶长裙，更描画出她那婀娜多姿的腰肢，脚下半高跟白凉鞋，越发显得亭亭玉立，一花独放。

“柳莺小妹！”谷旸向她点点头。

“你……”柳莺上下打量了谷旸一眼，目光落在谷旸那皱巴巴的汗衫上，不禁皱了一下眉头，“听说……你在清明节到天安门广场送花圈，还朗诵了……诗，给抓去坐牢了，怎么突然回到萝州来？”

谷旸苦笑了一下，说：“坐了三个多月的牢，监狱发生人满之患，才把我放出来，交原单位继续审查。我们研究院决定开除我的公职，遣返原籍，监督劳动。今晚我想在你家借宿一夜，明天清早就走，回我的鹊桥村。”

“这个……”柳莺面露难色，“我是……可以的，不过我父亲目前的身份……”

“卞叔叔也出了问题？”谷旸意外一惊。

“不，他刚刚调任‘三合一’办公室副主任。”

"'三合一'，化纤工业部门？"

"不！工人民兵、公安局、武装部联合办公室。"

"莺儿，你在跟谁说话？"北屋里，一个男人大声问。

"宣传队里的一个人！"柳莺慌张地答道。

谷旸看出来，卞宅的门他是进不去了，正想抽身离去，一阵踢踏踢踏的脚步声，卞长亨穿着短裤，身披绸衫，趿着拖鞋，摇着泥金小扇儿走了出来。

他是个五十多岁的人，精瘦的身子骨儿，水蛇腰，秃头顶，刀条子脸，两只滴溜溜转的眼。

"卞叔叔！"谷旸只得站住，打招呼。

"我不认识你！"卞长亨的泥金小扇儿拍着麻秸细腿，"你这个新生反革命分子，放着锦绣前程你不走，甘心为别人殉葬。你毁了自己还不算，又来祸害我家柳莺吗？"

谷旸七窍生烟，说："我把你当成可信赖的长辈，才来你家投宿。你可以不收留我，却用不着这些闲言碎语！"

"我是本市追查天安门反革命事件的'三合一'负责人！"卞长亨逼近谷旸，眼里燃着绿色的磷光，"岂有收留你这个天安门反革命事件的逃犯之理？"

"我不是反革命，也不是逃犯！"谷旸目光炯炯，轻蔑地冷笑，"如果你对我很感兴趣，欢迎你继续追查。"说罢，拎起旅行提包，掉头大步而去。

"我警告你！"卞长亨扯着嗓子喊叫，"你胆敢乱说乱动，我们'三合一'有权力……"

“但是，社会发展的必然规律，并不服从权力的意志！”谷旸转过身，眼睛在黑暗中迸发着火花，“毛主席早就说过，段祺瑞搞的‘三一八’惨案，结果把自己打倒了，想一想历史的惩罚吧！”

他走出很远，柳莺忽然从后面追赶而来，连连叫着：“谷旸，谷旸！”

谷旸站住，等柳莺跑到面前，冷冷问道：“还要向我提出什么警告吗？”

“我想……”柳莺不敢抬头，垂下的眼睛盯着半高跟白凉鞋的鞋尖，“把我们的关系，结束吧！”

谷旸淡淡一笑：“我们本来就不曾开始！”

他连夜离开萝州，回他的落生和长大的鹊桥村。

2

鹊桥村坐落在女萝江东岸，绿树浓荫，百户人家。

鹊桥村不但西临女萝江，而且村北一条牛郎河，村南一条织女河，村东还有半条投梭河。牛郎河和织女河是女萝江的支流，而投梭河又是织女河的分支，弯弯曲曲向牛郎河流去，流到半路途中，蒲柳芦苇丛生，水干河断了，所以只算半条河。等到进入雨季，大河水涨小河满，投梭河才将牛郎、织女两条河连接一起。于是，鹊桥村便四面环水，但是也不能完全闭关自守，与外界一刀两断，就在投梭河上搭起一座小桥，出入往来。也许是特殊的风土人情吧，小桥必须在夏历七月初七太阳落山之前搭成，七月初八清早才许通行。说是七月初七之夕，织女从河西岸，牛郎从河东岸，走到桥上相会。正是出于这个神话，这座小桥便象征着神话中喜鹊飞架天河的鹊桥，小村也因此而得名。

投梭河畔，鹊桥桥头，有一棵老榆树，粗有三围，高耸入云，浓荫蔽日，枝干峥嵘，气象森严。它饱经风霜，年代久远，就连村中最年高的老人，也说不清它的根源历史；只听前人讲古，当年闯王进京，率领几百亲兵，路过此地，大雨滂沱，人马都到这棵大榆树下避雨，雨过天晴，人不湿衣，马不湿鞍，闯王亲口封它为擎天侯。那么，这棵老榆树有多么古老，也就可想而知了。老榆树上，又是野鸟的世外桃源；那盘曲错杂、四面伸张的枝枝杈杈，搭满大大小小、累累坠坠的鸟窠。鹊桥自古相沿下来的风习，任何人不得捕捉栖息在老榆树上的鸟雀，所以它们胆子大，不怕人，叫得响亮，叫得动听。

这时，高树云端，站立着一个手持柳叶枪的姑娘。她的名字叫合欢，是鹊桥党支部书记、被人尊称老营长的俞擎天的女儿。

合欢自幼无拘无束地长大。她最爱爬树登高，春天摘杨芽儿，捋榆钱儿，爬上树梢，就像一只上下翻飞的黄鹂。她很能浮水，跟着爹爹驾船打鱼，跳下水去扯网，就像一只出没碧波的小鱼鹰子。

女大十八变。这几年，合欢大起来，母亲又去世了，没有谁管束她，却收敛了儿时的顽皮，一举一动变得庄重了。然而，别看她平时和颜悦色，一笑俩酒窝儿，说话轻声细语，从不粗声大气，待人有大有小，十分知情懂理，可要是惹恼了她，那就捅了马蜂窝。有几个淘气的小伙子，壮了壮胆儿，想跟她打牙斗嘴，但是一见她秀眉一皱，黑白分明的豆荚眼冷冷一瞥，就吓得他们马上咬住舌头，慌忙溜之大吉。

萝州连年武斗，工厂停工，铁路中断，田野荒芜。去年中央九号文件传达以后，形势好转，工厂烟囱冒了烟，铁路畅通无阻，农村夺得了一个五谷丰登的秋收。但是，自从去年年底，尤其是周总理逝世以后，城里又大乱特乱，铁路又断绝交通，农村又人心浮动起来。前几天，萝州市内发生武斗，百货商场被洗劫一空，不少抢劫犯逃匿农村青纱帐中，所以鹊桥民兵连加强了戒备。合欢是民兵连副连长，上午值勤。

忽然，她发现青纱帐中的黄泥大路上，一个趔趔趄趄的行人，拖着长长的身影，奔鹊桥而来。

这个人，好古怪。他，城里人打扮，却头戴一顶乡村牧童的柳圈，手拎一只沉重的旅行提包，冒着毒热的阳光，踏着滚烫的土路，汗流浃背，满面灰尘。他踉踉跄跄，好像田野上吓唬鸟雀的谷草人，被风吹得摇摇晃晃。

合欢眯着豆荚眼，越看越觉得来人十分可疑。她哧溜下树，提着柳叶枪飞奔前去，厉声喝道："站住！"

那人只觉得眼前闪过一道寒光，忙站住脚，舐了舐干裂的嘴唇，沙哑地说："同志，我是……"

"你是干什么的？"合欢的柳叶枪直指那人胸口。

"合欢，不许动手！"一个头戴斗笠，身穿土布小褂儿，右边袖子空荡荡，左肩背着一支步枪的老人，哗啦啦从玉米地里闯出来，"小旸，我的孩子！"

合欢连忙收回柳叶枪。谷旸定睛一看，正是十一年不见的俞擎天大伯。大伯虽然年近古稀，但是腰杆不弯，苍劲有力，就像桥头那棵擎天的老榆树。老人敞露襟怀，前胸有好几块闪闪发光的枪痕伤疤，站在大路上，威风凛凛，不减当年的英雄风貌。

还是一九六五年，外祖母去世，谷旸从大学回乡奔丧，跟擎天大伯住了几天。一别十一年，人事沧桑，谷旸百感交集，叫了一声："大伯！"投到老人怀里，哭了起来。

"孩子，别哭！"擎天大伯左臂紧搂着谷旸，老泪也禁不住洒在谷旸头上，"你的冤屈，大伯都知道。五月里，来了两个外调的干部，硬要我写一份材料，说你从小'白专'，是棵黑苗；我说：'谷旸是党栽培起来的人才，你们伤天害理，必遭恶报！'"

"旸哥，刚才冒犯了！"合欢又羞愧又心酸。

"怎么能怪你呢？"谷旸含泪笑道，"十一年前你十一岁，十一年后我也不敢认你了。"

擎天大伯挥去满脸热泪，说："合欢，你下岗吧！带着你旸哥回家，点火做饭，安排住处。"

说罢，哧溜溜！他只用一只手，眨眼就攀上高耸入云的擎天大树。

3

小路曲曲弯弯，弯弯曲曲，沿织女河畔，通向树木葱茏的村西南角。路很窄，草棵很密，只能望见一片青天，漏下一线阳光。柳丛里，小河边，开放着一簇簇红的、白的、蓝的、紫的、金黄的、淡青色的小花，沉静而清香。合欢拎着谷旸的提包前边走，谷旸后面紧紧跟随。他们的脚步声，惊动草棵里的蚂蚱和树丛里的鸟儿，蹦的蹦，飞的飞。

一只花翎小鸟儿，飞而不远，谷旸童心萌动，追赶上去；追到水边，花翎小鸟儿飞入天上云间。清澄碧透的织女河，倒映着蓝天白云和层层树影，微风拂过水面，吹动点点浮萍。水平如镜，照见谷旸的蓬头垢面，他忙蹲下身去，连头带脸清洗起来。

合欢等得着急，呼叫着："旸哥，旸哥！"

"来啦！"谷旸满脸水珠儿，喜兴兴从小河边跑回来。

合欢一见他那洋溢着孩子气的笑脸儿，不知怎么忽然一阵害羞，一溜碎步跑起来。谷旸紧赶也赶不上，只能不远不近，若即若离地望见绿杨垂柳中那飘忽的身影。

谷旸走出这条白沙柳巷，便看见一道高高沙冈上，一片桑枣榆槐掩映着一座荆条篱笆小院落；他的脚下一挫，眼前一阵朦胧，好像堕入了梦境。十一年来，他在大学，在研究院，在铁窗牢房，有多少回梦见这个小院落，梦见这个小院落里的亲人，梦见这个小院落的鸡、狗、猪、羊、花、木、鸟、虫……只是梦中情景，模糊不清。现在，小院落清清楚楚呈现在眼前，泪水却又模糊了眼睛。

合欢家跟他家一篱之隔，新盖的三间红砖小房，院里有一架葡萄，篱笆上爬满豆角秧。合欢居住的西屋窗外，有一株紫丁香。阳春三月，开满一嘟噜一嘟噜的丁香花，香气装满了屋子，充满了小院，还飘散到街坊四邻去。

合欢将谷旸的提包放在堂屋，就到院外抱柴火，洗手和面，在冷灶上点火做饭。

谷旸插不上手，便问："我干点儿什么好呢？"

"屋里一躺，等着吃饭。"

谷旸站立不动，说："我不能四体不勤，饭来张口呀！"

合欢四下看了看，说："你就挑两趟水，浇浇篱笆根的豆角。"

谷旸高兴地挑起水筲，走了出去。不远处，有一眼土井，井边种着转角莲和毛子姜，绿荫生凉；井口圆，井水清，水面距离井口不到三尺。谷旸还记得家乡的打水方式，用扁担的铁钩挂住水筲的横梁儿，垂下井去，用力摆动一下，便提上满满漂漂一筲水，放在井台，又打上一筲，挑在肩上，挑回合欢家去。他挑了一趟又一趟，脚踏家乡的土地，肩挑家乡的井水，他觉得土也亲，水也亲。

饭熟了，玉米面掺和榆皮面轧成的饸饹，鸡蛋、青豆、草蘑和黄瓜片打卤，这是女萝江农民平日最美味的饭食。合欢在紫丁香树的阴凉下放好一张小桌，搬来一个蒲团，摆上一副碗筷。卤只有一碗，饸饹只有一小盆，那是专供谷旸一人享用的。

“快吃吧，再耽搁就糟了！”合欢笑着说，“不陪你，我去给你收拾屋子。”说着，跑进一篱之隔的谷旸家。

吃过饭，谷旸回家去。外祖母去世后这十一年，他家一直是擎天大伯代管，三间茅屋抹得平平整整，巴掌小院扫得干干净净；外祖母留下的几棵桃树，也照料得茂盛繁荣，枝头挂满肥大的红桃。走进屋去，窄窄小炕，铺上了合欢手织的雪白新席；谷旸托运的行李还没有到，合欢抱来自己的蓝花被子。

谷旸站立屋门口，往事烟云，浮现眼前。他，就是在这座小炕上呱呱坠地；两岁时，地主还乡团将母亲抓走，尸骨无回；四岁时，在解放萝州的战役中，父亲血染城头，遗体运回故土，一块青砖刻上父母的名字，合葬在投梭河畔的高台上；此后，他跟外祖母相依为命，在这个小院茅屋度过了童年和少年。外祖母去世时，他已经长成二十岁的共产党员大学生，从北京赶到鹊桥，擎天大伯告诉他，七十八岁的外祖母思想先进，遗嘱将她火化，不办丧事。眼前，外祖母的骨灰盒就安放在靠墙的条案上，上面覆盖着他上小学时戴的少先队员红领巾。老人家的一幅放大照片，放在墙上的玻璃镜框里。谷旸凝望着外祖母那饱经风霜而慈爱安详的遗容，庄严肃立，热血在周身奔流。

合欢悄悄站在他身后，轻声说："旸哥，别难过，老人家没有了，还有我们。乡亲们知道你为悼念周总理遭了罪，没有不心疼的。清明节，咱们鹊桥也在总理的遗像前献了花圈，还给你家大叔大婶的坟上送了花圈。要不是跟北京隔山离水，咱们全村老小也都到天安门广场去。"

谷旸转过身来，感动地说："回到家乡，见到大伯和你，我那冻僵了的心才又暖和过来。昨晚我在萝州下车，到卞长亨家投宿，他不但不收留我，还骂我是新生反革命分子，威胁要把我再抓起来。我从来没见过这样的冷酷无情啊！"

"你真是昏了心，迷了眼，怎么去投奔他呢？"合欢恼火地数落他，"卞长亨是有名的轴承脖子弹簧腰，脑袋上插着风向标；为了做官、保官、升官，他把自个儿的良心一片一片喂狗了，把过去的战友一个一个出卖了。萝州上下，男女老少，没有不点着名儿骂他的。"

"真是疾风知劲草，患难识人心呀！"谷旸慨叹地说。

"所以我爹常跟我说，'文化大革命'好！"合欢的豆荚眼，闪闪发光，"别看不少好人受了冤屈，有些坏人爬上了高枝儿，可是它也照出了是人是鬼，分出了谁忠谁奸。过去是画虎画皮难画骨，知人知面不知心，如今可是都知道谁是什么变的了。"

篱墙外有人喊她，跟她家借饸饹床子，合欢忙答应一声，跑了出去。

余音袅袅，在谷旸耳边回荡。

4

谷旸和合欢已经吃过晚饭，在紫丁香树下乘凉，擎天大伯才背着枪从田野上回来。

老人在一九三八年参加八路军萝江支队，一九四五年已是营长，谷旸的父亲在他的营里当连长，卞长亨是副指导员。在大反攻的一场激战中，擎天大伯身负重伤，截掉右臂，伤愈出院，复员回村，连任了二十一年党支部书记。二十一年仍然枪不离肩，左手打枪也百发百中。

“饿了吧？”合欢迎上前去，从老爹的肩上摘下枪来。

谷旸忙打洗脸水。老人嘴角漾起一个欣慰的微笑，说：“有合欢哩！你坐着。”

擎天大伯洗过脸，脚蹬冷灶，风卷残云一般喝了两碗粥，吃了半个玉米饼子，用清水漱了口，也搬个蒲团坐下。合欢递给老人一把芭蕉扇。

“来，咱们三个共产党员，思想上见见面！”老人说。

谷旸难为情地说：“大伯，我已经被开除……”

“党章哪一条规定，悼念周总理要开除党籍？”擎天大伯勃然大怒，“不按党章办事，无效！”

合欢咬牙切齿地说：“我恨不得把那些亏心的东西，用禾叉叉出党去！”

三人谈了一阵，擎天大伯把芭蕉扇丢给合欢，背上枪又去巡逻了。

合欢拿着一条艾蒿绳，到谷旸屋里点燃起来熏蚊子，催谷旸早早休息。

今晚天气闷热得令人窒息，沉重的阴云压得人难以呼吸；鸡不进窝，飞上墙头，惊惊乍乍；狗不卧地，出来进去，汪汪吠叫。没有一丝风，空气里有一股奇怪的气味，天地间像泼了墨似的浓黑。

谷旸感到心神不安，睡不着觉，索性起床，点亮灯，搬了一张小桌放在炕上，打开旅行提包，拿出一份没有写完的研究报告，在灯下仔细推敲。心渐渐静下来，完全沉浸到科学研究的迷人的境界中。

“小旸，怎么还不睡呀？”擎天大伯提着风雨马灯走进来，笑问道。

谷旸忙请大伯坐在炕沿上，回答说：“不困，躺下睡不着更难受。”

擎天大伯拿起那份研究报告看了看，问道：“这么一大厚本子，都是你的学问吗？”

“本来是一位老科学家的研究题目，几年前老科学家被他们迫害死了，我在这位前辈打下的基础上，继续进行研究。”

擎天大伯沉默了。过了一会儿又问道：“讲的是什么学问呢？”

“关于数力学的一个基础理论问题。”

擎天大伯在长满老茧的大手上掂了掂，轻轻地问道：“对四个现代化，很有用处吧？”

“有些用处，”谷旸眼角潮湿了，“总理生前十分重视基础理论的研究。”

“那就要把一腔子血全倒上去，才对得起总理啊！”老人把那份研究报告小心地放在炕桌上，大手按在谷旸肩头，“你一不要忧虑吃，二不要忧虑穿，我跟合欢爷儿俩，还养得起你。”说完，又提起风雨马灯，放轻了脚步走出去。

谷旸热泪盈眶，心情激动，一直工作到凌晨，才感到疲乏无力，把研究报告放进旅行提包里，吹熄了灯，躺倒就睡着了。

睡梦中，一声巨响，震撼得他昏头涨脑跳起来。

“地震！”街上，擎天大伯高声呼喊，“快从屋里出来！”

天边好像一片大火强光，田野好像刮起呼呼狂风，地下好像滚动着隆隆雷鸣；茅屋先是上下颤抖，而后又是左右猛烈地晃动。谷旸觉得头晕恶心，抓起旅行提包，跳下炕去，跌倒在起伏波动的地面上。茅屋的墙壁在破裂，房檩在断折，沙沙落土，吱吱作响。谷旸爬起身，在黑暗中摸索到外祖母的骨灰盒，抱在怀里，冲到堂屋，堂屋喷溅着从地底里迸发而出的泥沙。

“小旸！”

擎天大伯扑了进来，拦腰抱住他，扔出门外。

呼隆隆，哗啦啦！茅屋坍塌了。

5

三间茅屋化为一片废墟，谷旸只砸伤了双腿，擎天大伯伤重身亡。

合欢和大队长贺牵牛大叔，在那几棵桃树中间，支起一间瓜房似的防震棚，将谷旸安置进去。擎天大伯的遗体火化了，贺牵牛取回了骨灰盒，召开了追悼会，全村老小一片哭声。但是合欢没有掉泪，眼下是什么节骨眼儿上，还不是放声痛哭的时候啊！

两天来，大队医生给谷旸打针换药，谷旸退了烧，清醒过来。但是，一见擎天大伯的骨灰盒，哭得昏厥过去，病情又重了。

天热得像下火，合欢怕谷旸的伤口发炎，不敢离开他的身边，手拿一把芭蕉扇，不停地给他扇凉。合欢从头到脚都被汗水湿透了，像是刚从水里捞上来的。

满脸松针一般胡须的牵牛大叔，大步流星走来，远远地向合欢招手，合欢连忙走出柴门。

“从萝州来了一辆小吉普。”牵牛大叔小声说，“车上有两个家伙，说是奉了‘三合一’办公室的命令，接小旸到萝州去。我看那两个家伙不是好东西，命令民兵把他们拦在街头。咱爷儿俩商量一下，该怎么对付？”

合欢皱着眉头想了想，说：“放一个进来，我盘查盘查他。”

一会儿，牵牛大叔带来一个鼻梁上架着镀镍大墨镜，口鼻上罩着防毒口罩的家伙走来。

“谷旸在哪里？”这个家伙摘下墨镜，扯下口罩，露出一张螃蟹脸。

合欢的豆荚眼冷冷一瞥，问道：“你是什么人？”

“‘三合一’的外勤人员！”螃蟹脸手叉着腰，一抬下巴颏儿，“把谷旸交给我带走。”

“公函！”合欢沉着脸说。

“我们是保密单位，不亮牌子。”

“没有公函，我们不接待！”合欢挥手一指原路，下了逐客令。

“你好大胆子，好大口气！”螃蟹脸咆哮起来，“还没有谁敢跟我们‘三合一’如此傲慢无礼。”

牵牛大叔那鼓槌一样的手指，不轻不重地捅了他一下：“你打开天窗说亮话吧！”

“为维护地震后的革命秩序，防止阶级敌人破坏捣乱。”螃蟹脸挺了挺身子，摇头晃脑打着官腔儿，“必须对新生反革命分子谷旸采取治安措施。”

合欢气得脸发白，指着防震棚说：“他给砸得只剩下一口气，双腿受了重伤，站不能站，走不能走，怎么去破坏？到哪儿去捣乱？”

“他还没有砸成哑巴，还能散布反动言论！”

“你凭什么断定他要散布反动言论！”

“他早就在萝州作了案！”螃蟹脸满嘴飞溅着唾沫星子，“大前天，他在我们卞副主任面前，公然把中央首长比作段祺瑞，反动透顶。”

“原来是卞长亨派你来抓人！”合欢高声叫起来，“还有一个骂你们中央首长是狗男女的老‘反革命’，不想一块儿抓走吗？”

“正要一网打尽！”

“只是这位老‘反革命’为了抢救新生‘反革命’，牺牲了自己，只留下一盒骨灰。”

“那就抓走骨灰盒！”

“你不配！叫卞长亨亲自来！”合欢像一团愤怒的火焰，“你回去告诉他，他的老上级俞擎天，生前骂他是叛徒，是败类，是狗贼！我，俞擎天的女儿，还要啐他的脸。叫他来满门抄斩吧！”

“我先抓走你这个新生女‘反革命’！”螃蟹脸挽了挽袖子，就要动手。

“瞎了狗眼的奴下奴！”牵牛大叔大吼一声，一把拧过螃蟹脸的胳臂，“你滚回去问一问你那个上司，还记得不记得贺牵牛？四一年姓卞的在伪军里当小队副，是我活捉了他；要不是谷旸他爹慈悲心肠，我早要了他的小命儿，也免得他后来混入党内，今天疯狗一样咬人。”

螃蟹脸被铁钳大手拧得呻吟连声，刚才那副张牙舞爪的神气，影儿也不见了。

牵牛大叔把他押送出村。螃蟹脸钻进吉普车，司机发动了马达，车轮转动，他从车窗里伸出脖子，向牵牛大叔号叫着：“姓贺的，我饶不了你这个二号老反革命！”

牵牛大叔两手弯成个喇叭筒，喊道：“欢迎你小子陪着卞长亨一块儿来！”

6

合欢家那红砖小房，地基深固，只震裂了房山一角，没有危险。中秋节一过，天气凉了，谷旸搬进了合欢家的西屋，合欢每天都给他烧热炕。合欢住到东屋去，又请来牵牛大婶，带着一个五岁的小孙子，跟她做伴。

谷旸得到合欢那体贴入微的护理，伤势迅速好转，虽然还不能下炕行走，却已经能够坐起来，趴在合欢给他放在面前的炕桌上看书和写字。

这正是中国人民最痛苦的日子。毛主席逝世一个多月了，白花还开在人们的胸前，黑纱还戴在人们的臂上，谷旸一直沉浸在巨大的悲痛和不安中。中国将向何处去？他感到忧心，心上笼罩着沉沉愁雾。

今晚心里更乱，他扔下了笔，靠在被垛上，闭上眼睛，一动不动地沉思。

三秋大忙，天大黑合欢才收工回来。一进家，就直奔西屋，见谷旸无声无息，一边点灯，一边问道："不舒服吗？写累了吧？"

灯亮了，谷旸睁开眼睛，直勾勾望着合欢。劳苦和悲伤，折磨得合欢十分憔悴，头发像被烈日烤枯的蓬草，面容黄瘦，而且出现了血亏的锈斑，目光满含着哀愁。谷旸心里一酸，说："合欢，我累赘了你，你为我受了多少罪！"

合欢咬了咬嘴唇，豆荚眼里噙满泪花，说："什么罪都我一人受，不让你受。"

谷旸的心一阵剧痛，他不愿在一个比自己年纪小的女性面前大哭起来，用力将满腔泪水咽下去。

合欢把灯放在炕桌上，掂了一下桌上的纸页，问道："今天才写了这么几张？"

"写不下去！"谷旸神情沮丧地说。

"你……你真……真是不要强，不争气！"合欢火了起来，"我爹嘱咐你一不要忧虑吃，二不要忧虑穿，把一腔子血全倒上去，才对得起总理，你……你忘了吗？"

谷旸感到羞愧，忙说："我写，我写。"

合欢到外屋做饭，听谷旸桌上一片沙沙笔走声。饭熟了，合欢轻着脚步端进来，换了柔和的口气，说："歇歇手儿，吃完饭再写。"

谷旸喝着粥，夹着咸菜，却不肯吃那两个煮鸡蛋。合欢以为他是赌气，扑哧一笑，动手在桌角磕碎了蛋壳。

"不，我不吃！"谷旸按住合欢的手，"这两个多月，我吃了几十斤鸡蛋，满面红光，你却面黄肌瘦，该你补养了。"

"吃了吧！"合欢把剥了壳的鸡蛋，送到谷旸嘴边，"快写完了吗？"

"就差一个结束语了，"谷旸说，"加把劲儿，今夜晚就能写完。"

"那就在今夜晚写完！"合欢沉了沉，"我陪你。"

谷旸忽然发觉合欢的眼角眉梢挂着忧愁，问道："你怎么啦？"

"我不能不告诉你了，"合欢低沉地说，"这一个来月，'三合一'几次三番催逼公社党委把你交出去，都靠牵牛大叔的铁肩膀，扛住了压力。刚才公社又打来电话，把牵牛大叔叫去；他临走叮咛我，把你写得的那些字纸都收藏好，以防万一。"

谷旸撂下碗筷，说："今夜晚一定写完！"

时间的紧迫，战斗的激情，亲人的推动，催促谷旸手不停地挥写起来。

合欢坐在炕沿上，给谷旸绱一双棉鞋。本来，眼下农忙，谷旸又下不了炕，她把这双鞋搁下了；想等到过了忙季，谷旸能走动了，再绱出来，给他穿上。现在，不能等了，也要在今夜晚赶出来。

秋夜，窗外的紫丁香树簌簌幽响，秋风从葡萄架上撕下一片一片的落叶；一只蛐蛐儿，从窗根下跳进屋来，藏在灶边，低吟浅唱。

春困秋乏，家家都睡了，全村只有这一处灯光。

合欢绱完最后一针，抬起头，谷旸也正放下笔。

“绱完了？”谷旸含笑问道。

“你呢？”合欢把新鞋扔到谷旸面前去。

“也完了。”谷旸拿起一大摞纸页，给合欢看。

沙冈下，柳巷里，突然传来紧急的奔跑声。

“不好，抓你来了！”合欢赶忙收拾桌上那些散乱的纸页，谷旸从旅行提包里掏出已经写好的稿本，交给她。

合欢转了几个磨儿，一口气吹熄了灯，连谷旸也看不见她收藏在哪里。

“合……合欢呀！”是牵牛大叔冲进院子，“大……大喜……”扑通！跌倒了。

合欢跑出去，牵牛大叔坐在地上，吸溜吸溜哭着。

“大叔，出了什么事儿？”

“咱们的党中央……十月六日下令，把王、张、江、姚四个狗男女，抓起来啦！”

女萝江畔，牛郎河和织女河两岸，村村庄庄响起炒豆似的爆竹声。一会儿，锣声、鼓声、唢呐声也震天动地响起来，沉默的乡村欢腾了。

第二天大清早，合欢匆匆给谷旸烙了两张糖饼，扔在炕上，也顾不得叮嘱几句，就直奔公社去开庆祝大会。

下午，她游行回来，一进柴门，只见谷旸架着双拐，靠着紫丁香树，手托一只五彩缤纷的大风筝，仰望蓝天，满面泪水。

“你怎么下炕了呀？”合欢跑过去搀扶他。

“快，快把风筝放上天空去！”谷旸急不可待地说。

合欢接过谷旸精心制作的这只风筝，只见双翅上，一边写着对党的感激，一边写着对党的誓言。她赶忙扯开引线，在院子里欢笑着跑。风筝升起来了，升高了，直上万里无云的晴空。

谷旸架着双拐走过去，用剪刀剪断长长的引线。

风筝乘风而去，飞向北京，风筝啊，请你在中南海轻轻悄悄落下来。

7

大地春回，风和日丽；鹊桥村头路边，江畔河岸，杨柳一夜黄绿。欢呼春到人间的孩子，爬上柳树梢头，折下柔软的枝条，截取一段碧绿的表皮，削成短短的柳笛。然后，他们将这个简单的乐器含在嘴里，呜哇呜哇地吹着，村里村外跑，像是给每一家，每个人，天上的鸟儿，地下的虫儿，返青的小麦，萌芽的花草，传送春天的通知。

村庄上空，春风卷起团团柳絮，片片杨花，飘落在翻浆的大路小径上，飘进敞开柴门的院落。谁家黄泥墙头，探出一枝火焰般的红杏，照得几里外的行人都花了眼。家家户户，房梁柁头，筑起了一座座新泥燕窠，满村一片燕语呢喃。女萝江涨满了春潮，牛郎河、织女河和投梭河也荡漾着碧水春波。嫩绿的苇锥儿，钻出了水面，红皮水柳却生长得快，隐藏着蜷伏孵窝的野鸭子，长脚鹭鸶在水边悠闲地散步。

谷旸的腿伤已经痊愈，扔下了拐杖。他的腿脚刚能行动，就学着做饭，让合欢中午和晚上收工回来，进门就能吃上热饭热菜。合欢头一顿端起他那烧得夹生的小米饭，是拌着眼泪吃的；头一回吃他那煮成片儿汤的饺子，笑声像银铃一般清脆。

现在，天已近午，谷旸蒸得一锅杨芽馅儿的菜团子，做得一盆菠菜面条汤，切得一盘咸菜丝儿；然后，走到院里，背靠紫丁香树，沐浴着明媚的春光，等候合欢收工吃饭。他显得苍白清瘦，但是眼中有神采，眉梢带喜气，正像经历了严冬之后的花木，洋溢着勃勃的生机。

忽然，柳荫深处，传来汽车喇叭声，一辆小汽车向合欢家驶来。谷旸心中一动，扶着丁香树站起身。

“谷旸，谷旸！”汽车里，有人连声喊他。汽车刚在柴门外停住，一位花白了头的老干部就跳下车来。

“岳副主任！”谷旸惊喜地奔过去。

研究院政治部副主任老岳，这位在牛棚里关了十年的三八式老干部，把谷旸抱在怀里，喜泪如雨，说：“党中央发出指示，为在清明节到天安门广场悼念周总理而遭到迫害的同志平反昭雪。院党委决定，恢复你的党籍和公职，并向你表示衷心的慰问。”

“感谢党中央！”谷旸的眼泪扑簌簌淌下来，像两道春溪的流水。

这时，合欢收工回来，向岳副主任含笑点头，问谷旸道：“做什么吃的招待客人呢？”

“谷旸，你在农村结了婚！”岳副主任欢喜地拍着手，“这也是知识分子与工农相结合嘛，恭喜你！”

合欢的脸涨得通红，比黄泥墙头的红杏还红得鲜艳。她又羞又窘地给谷旸使眼色，谷旸却不加否认，以男主人的口气说：“家常便饭吧！

打一斤酒，多炒些鸡蛋。”

合欢怨怒地瞪了他一眼，跑进屋去。

岳副主任跟谷旸商量：“我想今天就把你带走，是不是匆忙？”

谷旸沉吟了一下，说：“请给我一天假，料理一下私事。”

“好，我在萝州市委招待所等你。”

吃过饭，岳副主任告辞了，谷旸一直送他出鹊桥，送到那棵擎天的老榆树下。

汽车带着一团尘烟疾驰而去，谷旸正要转身回村，尘烟中有人叫道：“谷旸！”

他站脚一看，只见柳莺背着一个鼓囊囊的挎包，向他跑来。

柳莺那艳丽的苹果脸儿瘦削枯黄了，秀美得好似象牙雕刻的鼻子长而又尖了，明媚精灵的凤眼暗淡呆滞了，薄薄的樱红小口褪色起皱了，一副萎靡不振的病态。

谷旸吃惊地望着她。

“怎么不理睬我这个远来朝拜的香客呀？”柳莺想开个俏皮的玩笑，但是却眼圈儿一红。

“有什么事儿吗？”

“我一直想来看你……”柳莺低着头，吭吭哧哧，“爸爸听说研究院来人给你落实政策，十分高兴，催我今天就到你这里来。他让我向你赔礼道歉，那时候，也是迫不得已呀！爸爸知道你在乡下营养不良，亲自到商店给你买了几瓶麦乳精，还有……”

“不要说下去了，柳莺！”谷旸打断她的话，“擎天大伯不在人间了，我无法向他请示，该怎么回答你。我只想请你转告卞长亨，过去是画虎画皮难画骨，知人知面不知心，如今可是都知道谁是什么变的了。十年来，萝州上下，男女老幼，亲眼见他把自个儿的良心一片一片喂狗了，把过去的战友一个一个出卖了；今天，难道他还想保住他那用人血染红的顶子吗？”

柳莺脸上一阵红一阵白，说：“我很对不起你……”

“我们之间并无个人恩怨。”谷旸又打断她的话，但是口气是温和的，“柳莺，新的历史时期开始了，不要再做一朵随波逐流的落花，不要再做一只随风飘舞的蝴蝶吧！”

“我该怎样开始新生活呢？”柳莺含泪问道。

“像她们那样，”谷旸指向春苗油绿的田野，合欢正和一群女社员在薅除杂草，“质朴，忠诚，脚踏实地，埋头苦干。”

8

夜深了，前来祝贺谷旸的乡亲父老们都走了，仍然不见合欢回家来。谷旸坐在窗前，小院里一片迷蒙的月光，窗外那棵紫丁香树，一粒粒蓓蕾正在绽开，在夜风中散发着淡淡的清香。谷旸的心，一阵一阵痉挛。他跟鹊桥村的水土和人民，就像母子连心。投梭河上的小桥，擎天的老榆树，这座红砖小房，那间瓜房似的防震棚，都令人恋恋不舍。他更想到合欢待他的情意。八九个月来，合欢那颗纯洁的心，忘我无我，给他以无量的温馨，无穷的热力。在那几乎完全绝望的日子里，两人同病相怜，相濡以沫；然而，今天合欢却跟他陡地十分疏远，他感到无比惆怅。

一颗流星，拖着长长的白光，划过宁静的夜空。一个飘忽摇曳的人影，走走停停，在月光下徘徊。

“合欢！”谷旸跳起来，开了门。

合欢扭头就跑。

谷旸追上去，连连呼唤：“合欢，合欢！站住。”

合欢停住脚步，转过脸来，跺着脚，低声叫道：“你这是干什么呀？叫人家看见听见，要说什么呢？”

谷旸看见，她的脸上闪着泪光。

两人默默地站在月光下，心都很乱，呼吸急促。一阵风来，合欢发觉，两个人影交织在一起，她慌忙跳进柳荫里。

“合欢！”谷旸闯上一步，莽莽撞撞地握住了合欢的手。

“哎呀，你！”合欢的手冰凉，挣脱着。

“这八九个月，你为我……”

“我不想听，我不想听！”

“我有一句话要跟你……”

“你不要说，你不要说！”

“咱们能不能……你愿意不愿意……”

“不能！我不愿意。”

“那么，你心上有了人了！”谷旸失望地松开了手，“告诉我是谁，我也就死心了。”

“除了你……”合欢沉重地叹了口气，“我心上还能有谁呢？”

“那你为什么不愿意？”

“我信不过你！”合欢仰起泪光晶莹的脸儿，“这些年，我见多了，地位一变，脸就变，心就变；不管是对党，对革命，对同志，对群众，还是对亲人。我害怕……到头来没有好结果。”

谷旸的头上，像是遭到巨大的轰击，整个身心都震动了。是的，“文化大革命”教育了人们，再也不相信那些装潢美丽的花言巧语，再也不相信那些悦耳动听的甜言蜜语，再也不相信那些大言不惭的夸夸其谈。人们听够了那些华而不实、厚颜无耻的大话、空话、假话！无论是政治上的忠贞，还是爱情上的忠贞，都不需要华辞丽藻的保证，而只看切切实实的行动。路遥知马力，日久见人心，谷旸啊！你又何必再向合欢多作表白呢？

“我愿等待，”谷旸庄严地说，“直到你信得过我。”

一九七八年十月作，十一月改。

原载一九七九年第二期《上海文学》

碧 桃

1

十八里一片绿荫如伞，牛车行走在女萝江畔的十八里柳巷中。十八里柳巷，杂花生树，群莺乱飞。

柳荫遮住了阳光，阴凉铺满了路上。牛车走得很慢，赶车的姑娘挥动着红皮柳枝，却舍不得抽打在小黑牛的背上。她叫碧桃，身穿一件半旧的浅花褂子，头戴一顶新买的竹篾斗笠，十分俏丽，又很本色。今天清早，她到公社交售一车西瓜，归来捎带了三位插队落户的客人。

这三位客人，一老一大一小。

年老的那一位，花白光头，满脸镌刻着饱经风霜的皱纹，闭目盘膝而坐，挺直魁梧的身躯，就像一尊云冈石窟的石像。坐在他对面的，是个书生气十足的青年人，肤色黧黑，深眼窝，一双目光忧郁的大眼睛，像是被笼罩着轻烟薄雾。他身穿蓝条子格短袖汗衫，手腕上戴一块金表，两条长腿不会盘膝，搭在车杠上，两眼痴呆呆凝望着天空中的白云和鸟影。而且，非常奇怪，此人的怀里，还抱着一个不到两周岁的小男孩儿。小男孩儿正睡得香甜，圆圆的苹果脸上，半开半合的小嘴儿像一颗含苞欲放的花蕾，睡梦中常常笑出声来。

碧桃一边赶车，一边不时回头看一眼那睡得正香甜的小男孩儿，她觉得这个小男孩儿可爱得诱人动心，很想亲一亲那圆圆的苹果脸儿，亲一亲那含苞欲放的小嘴儿。但是，一看那个石像一般的老头儿，还有那个郁郁寡欢的青年人，却叫人感到气闷，很不舒畅。忽然，她那弯弯的秀眉微微一皱，乌黑明亮的眼珠儿滴溜一转，抿嘴儿偷偷一乐，想出个恶作剧。

牛车走得四平八稳，轱辘辘的车轮声像是催眠曲。突然，碧桃将手中的红皮柳枝用手一挥，冷不防猛抽了小黑牛一下。小黑牛疼痛难忍，直起尾巴狂奔起来，牛车一阵颠簸，车上的乘客猝不及防，不禁东倒西歪。石像一般的老头儿睁开了眼睛，目光沉静而深邃，微然一笑。目光忧郁的青年人吃了一惊，愠怒地看了碧桃一眼；而怀中酣睡的小男孩儿，陡地被惊醒，哇地大哭起来。

碧桃慌了，连忙喝住小黑牛，顺手从一棵河柳上摘下一朵紫藤萝小花，在小男孩儿的眼前晃了晃，说："看，花儿！给你。"小男孩儿还是哭，她又摘下一朵，戴在自己的鬓角上，摇着头，扮着鬼脸儿，说："看，我戴花！"小男孩儿止住了哭，看了一会儿，却又哭起来。碧桃便摘了一朵又一朵，一朵一朵插满了头，小男孩儿破涕而笑了，伸出两只小手叫她抱。

"姑娘，我替你赶车吧！"石像一般的老头儿说。

碧桃瞪了他一眼，说："我这个小黑牛是个刺儿头，最爱欺负假行家。"

石像一般的老头儿笑了笑，问道："姑娘，你今年多大年纪？"

“二十一。”

“我四十二年前就给地主家当把式。”

“算我有眼不识泰山！”碧桃把手里的红皮柳枝递给他，跟他换了位，“请问贵称高名呀？”

“不敢！”老头儿吆喝一声，牛车乖乖地行动起来，“姓谷名铁铮，就请赏光叫我一声老谷吧。”

碧桃从那个目光忧郁的青年人怀里，抱过小男孩儿，笑问道：“你这位同志，我该怎么称呼呢？”

“戈弋。”目光忧郁的青年人端正了身子答道，“请不要称我同志，也管我叫老戈吧。”

碧桃见他一副呆气，忍不住扑哧一笑，说：“你满头没有一星霜花，怎么能管你叫老戈？你又不是四类分子，怎么不能称呼你同志？”

戈弋低下头去，沉默了。

小男孩儿抓挠着小手，去摘碧桃头上的野花。碧桃在他那圆圆的苹果脸上亲了一口，玩笑地问道：“老同志，你的小名叫什么呀？”

小男孩儿咿咿呀呀，只顾摘花。

碧桃问戈弋道：“你是他的爸爸吗？”

戈弋点点头。

“你给他起个什么名字？”

“他母亲给他起名叫沉香。”

“沉香的娘怎么没有来？”

“她……死了。”

碧桃一时怔住了。半晌，她才垂下眼睛，柔情的目光拂过沉香的脸儿，一股爱怜的冲动激荡着她的心房。她伸手折下一根柳条儿，弯成圆圈，然后一朵一朵地从头上摘下野花，编进柳圈里，戴在沉香的头上。

2

牛车走出柳巷，也就到了村头。

村口，耸立一座大红影壁，阴影下站立着一个年轻人。这个年轻人有一张白瓜子脸，脸上十几颗粉刺，双眼皮，笑眯眼，唇红齿白，有一股子女性美。他上身白汗衫，下身绿军裤，脚下黑凉鞋，腕子上还戴着一块手表，神态颇为文雅。望着从柳巷里出来的牛车，他挺了挺胸脯，拔了拔身子，整了整衣裳，姿态更加优美而庄重。

忽然，他那含情脉脉的笑眯眼眨巴了一下，发现赶车的不是碧桃，碧桃在车上哄孩子玩儿，笑得像两只黄鹂鸣翠柳，不禁皱了一下眉头，脸色不悦。

“碧桃！”他扬起戴着手表的胳臂。

碧桃只管给沉香头上插花，笑声更高。

戈弋给她递了个眼色，小声说：“那个人叫你。”

碧桃耸了一下鼻子说：“甭理他。”

年轻人风度翩翩走过来，抓住小黑牛的笼头，拦住了牛车。

碧桃慢腾腾掉过脸儿来，眯起眼睛，将他头上脚下看了又看，忍不住迸发出一串咯咯的笑声，说：“原来是魏文秀呀！你那手表金光闪闪，照花了我的眼，看不清你的真面目了。”

“嘴尖舌巧！”魏文秀的粉刺涨得通红，“我从县专案办公室回来，没顾得换衣裳，就来等你，等你们。”

碧桃含笑瞭他一眼说：“一定是又加了官，晋了爵，跟我人前显贵。”

“你要学得严肃一点儿！”魏文秀急不是，恼不是，“上级叫我兼任下放干部再教育领导小组组长，在他们俩进村之前，宣布几条纪律。”

“没我的事，我就不陪绑了。”碧桃下了车，抱着沉香就走。

“你也听一听，领会一下上级的精神！”魏文秀用又是命令又是乞求的口气，想留住碧桃。

“你训起话来，叫人脑瓜子生疼，我还是躲远远的清静清静吧！”碧桃头也不回，钻进柳棵子地去了。

仲夏时节的女萝江，碧水涨满了两岸，却又波平如镜。碧桃在一棵老龙腰河柳下坐下来，水面上映出她和头戴野花柳圈的沉香的投影，像是在她那丰满的胸怀上，开放着一簇鲜艳的花朵。沉香笑乏了，躺在她那温馨的怀抱里感到很舒适，又香甜地睡去。

碧桃热心肠儿，好心眼儿，谁家房漏了，人病了，她比本主还着急。连被风吹折的小树，雨打断的花枝，从泥窠里坠落下来跌伤的乳燕，她也要扶助和救护。因而，她也就更同情这个熟睡在她怀抱中的孩子，这个有一张圆圆的苹果脸，又有一张含苞欲放的小嘴的孤儿。

小白菜呀，地里黄呀
两三岁呀，没有娘呀

她用鼻音低低哼唱着这支哀伤的民歌，但是接下来的两句：“跟着爹爹，还好过呀；就怕爹爹，娶后娘呀！”她哽咽着唱不出来，唱不下去了。

她听见身后轻轻的脚步声，也看见了水面上反映的戈弋的身影，便问道：“训完啦？”

戈弋在两步之外站住，答道：“是的。”

“训了些什么呀？”碧桃回头瞟了一眼。

“好像跟报上的大批判文章差不多。”戈弋老老实实地回答。

碧桃哧地笑了说：“他那个小杂货铺，都是趸来的货。”

“把孩子给我吧！”戈弋说。

“怕我扔到江里吗？”碧桃回头刺了一眼。

戈弋接触到碧桃那温情谴责的目光，涨红了脸说：“魏同志命令我把孩子抱走。”

“甭理他！”碧桃转过身子，“沉香娘是哪一年死的？”

“去年夏天，”戈弋低下头，“整一年了。”

“得的什么病？”

“在干校生下这个孩子，得了产后病，医疗条件极差，病情越来越重，终于不治身死。”

“你怎么不好好照应她呢？”

“那时候我不在她身边。”

“你在哪儿？”

“牛棚里。”

“啊！”碧桃的心一紧，“你怎么不把孩子给他爷爷奶奶送去呢？”

“他的爷爷奶奶早就去世了。”

“那就送到他的姥姥姥爷那里去。”

“他们跟我划清界限了。”

“苦孩子！”碧桃心里发酸，眼里噙满了泪花，“天下为什么有这么多狠心人，不看僧面看佛面，孩子可有什么罪呢？”

“我倒并不怨恨他们狠心。”戈弋憨厚地说，“他们不心狠，就要受株连，所以也是迫不得已。”

碧桃冷笑一声，说：“什么迫不得已，分明是软了骨头，黑了心肠。”

“碧桃，碧桃！”魏文秀在柳棵子地外连连喊叫。

戈弋慌忙说：“把孩子给我吧，别给你惹麻烦。”

“我还没有心黑骨头软！”碧桃戗回他去。

“那么……劳累你，我走了！”戈弋道了一声谢，匆匆离去。

3

魏文秀一连叫了几声，碧桃也不理他，窝着火闯进柳棵子地，可是一见江边柳下碧桃那俏丽的面影，一股柔情蜜意爬上心头。

“碧桃，你怎么一声不吭？”他挨在碧桃身边坐下来。

碧桃霍地站起身，冷若冰霜，说：“你别吵醒了孩子！”

“你不该招揽这个孩子……”

“我愿意！”

“这是丧失立场的行为！”魏文秀苦着脸儿说，“你知道那个姓戈的是什么人吗？”

“中国人。”

“不是！”

“那他是哪国人？”

“华侨。”

“华侨不算中国人吗？”

“不算！”魏文秀肯定地说，“这些家伙经常给国外写信，胳臂肘儿朝外拐，里通外国。”

“姓谷的老头儿又是什么人呢？”碧桃感兴趣地问道。

“老牌反党分子！”魏文秀恶声恶气地说，“他混入革命队伍四十年，干了四十年的反革命勾当。五九年大反三面红旗，从专员降到粮食局副局长，三年困难时期又大搞反攻倒算，是个不可救药的走资派。”

“你从哪儿打听来他们的底细？”碧桃纳闷儿地问道。

魏文秀得意地一笑，说：“专案办公室把我找去，给我看了他们的档案，叫我严密监视他们的一举一动，发现问题，及时报告。”

“那你又有活儿干了！”碧桃笑道，“白天黑夜都得睁大你的眼睛，抻长你的耳朵。”

“还得请你帮我一臂之力，”魏文秀满脸乞怜的神情，“我打算把他们安排在瓜园，你替我监督他们劳动。”

“怎么监督？他们又不是四类分子。”

“他们比四类分子狡猾得多，危险得多，你得多长几个心眼儿。”

“我有一个心眼儿就够了。”

魏文秀对于碧桃的无知，真是哭笑不得，叹了口气说：“一个心眼儿就一个心眼儿吧！凡是他们说的话，你句句都不信，句句都向我汇报。”

“难道他们说人得吃饭，也不信吗？”

“也不信。”

“为什么？”

“人要分哪个阶级的人，饭要分哪个阶级的饭，吃要分哪个阶级来吃。”

“他们要说毛主席著作里的话呢？”

“更不能信！”

“为什么？”

“那是打着红旗反红旗。”

“他们要不说话呢？”

“你逗他们开口，引蛇出洞。”

“人家偏不搭理我，难道我还得找一把老虎钳子，撬开他们的嘴？”

“那你就偷听他们背地里都说些什么。”

“我干不了，这太下流啦！”

“这是革命的需要呀！”魏文秀苦苦哀求，“为了革命的需要，不得不……不能不左一点儿。”

“那我就左一下子试试。”

“好，往后别再招揽这个孩子。”

“不！孩子没罪；孩子不狡猾，孩子没危险。”

“那你就右了！”魏文秀急得两手搓出火星子，“你这是人性论。”

“右就右，我不能没人性。”碧桃在沉香那花蕾一般半开半合的嘴唇上，轻轻栽了一吻，“我心疼这个孩子。”

“真是一天不学走下坡，两天不学没法活！”魏文秀从口袋里掏出一册红塑料皮笔记本，“这是我的学习心得，你好好看一看。”

“我甭看就知道了。”

“你知道什么？”

“满篇满纸宁左勿右，没人性。”碧桃说罢，抱着沉香走出柳棵子地。

“等一等，等一等！”魏文秀紧紧追赶，“笔记本里还有一封……给你的情书。”

“我更不想看！”碧桃回头啐了一口，“你没人性，还能写出人话来吗？”

4

村南，一大片瓜田，满地四处蔓延的瓜秧，南风掀开层层的绿叶，露出满天繁星似的香瓜、甜瓜和面瓜，斗大的西瓜更是隐藏不住，它们像打麦场上的一个个青石磙子。瓜田四外，都是果树，杏子已经采摘上市，蜜桃正在熟红，苹果和鸭梨也已经拳头大小，瓜果的浓香弥漫在女萝江两岸。

瓜田很大，四角四座窝棚，中央一座两层的瓜楼。站在瓜楼上，东南西北尽收眼底，偷瓜摘果的人很难藏身。

大清早，碧桃带领谷铁铮和戈弋到瓜田上工。谷铁铮拿着他和戈弋两个人的瓜铲，戈弋一手抱着孩子，一手提着个大草篮子，大草篮子里装有暖壶、奶粉和代乳粉，真是稀奇古怪。一大群顽童，追在戈弋后面，挤眉弄眼，碧桃不得不常常转过身，将他们驱散。

来到瓜田，戈弋把沉香放在一座窝棚里，给他沏开了代乳粉，装满一奶瓶，让他躺在苇席上，抱着瓶子吃奶。

碧桃带着谷铁铮和戈弋上了垄。谷铁铮换了一身老农民的粗布裤褂，戴一顶半旧的斗笠，干起活儿来手脚利落，有板有眼，而且完全沉浸到劳动的愉快中，正像农民一样，劳动可以忘忧。他的速度一点儿也不比碧桃慢，但是他严格遵守农民的习惯，不能超越打头的一步，一直跟碧桃只差一肩。

"老谷大伯，看来你不是个假行家。"碧桃是个爱说笑的姑娘，忍受不了沉闷空气，跟专政对象谈起天来，"你家里是什么成分？"

"我的家庭是贫农，本人参加革命以前当长工。"

"那你为什么要当走资派呢？"

"不是我要当的，是他们封的。"

"戈弋是个什么干部？"碧桃又换了个话题。

戈弋干活，笨手笨脚，而且心神不定，常常停下手里的瓜铲，两眼直瞪瞪盯着地面，长久地陷入沉思；还常常站起身来，不放心地张望窝棚里的孩子。

"他原是工业局的技术室副主任，"谷铁铮向戈弋投去亲切的目光，"清华大学毕业，很有真才实学。"

“他家是什么成分？”

谷铁铮一笑，说：“他家在外国，我们没有到那里划定成分。”

“他为什么要里通外国？”

“归国华侨跟国外的亲属通信，我们是允许的。”

“哼，他的问题一定严重！”碧桃断定地说，“不然，他的岳父岳母为什么要跟他划清界限？”

谷铁铮冷笑道：“有些人动不动就划清界限，左得出奇，往往是由于自私、怯懦、卑鄙，或者甚至是为了掩盖自己那见不得人的真面目。”

碧桃沉思地连连点头，说：“我们那个魏文秀，就有这股子气味儿。”

“站起来！”猛然，魏文秀突如其来地一声咆哮。

碧桃急忙站起身，只见魏文秀气急败坏地冲入瓜田，粗脖子红脸地呵斥戈弋，戈弋蹲在垄里，一动不动。

“戈弋，快干活！”碧桃也不得不喊一声。

“碧桃，你失职！”魏文秀又跟碧桃端起架子，“戈弋磨洋工，你为什么不监督？”

碧桃却不吃他这一套，跳起脚说：“我忙着干活，又没多长一双后眼。”

“你可以不干活，也要负起监督的责任，政治工作高于一切嘛！”

“我不想挣亏心的工分！”碧桃酸辣辣地说，“我比不了你，溜溜达达，十分到家，游游逛逛，十分上账，不怕人家戳脊梁骨。”

魏文秀被噎得面红耳赤，半天才说：“到窝棚去，有几句话告诉你。”

碧桃把瓜铲扔在垄间，说：“老谷，戈弋，你们也歇息吧！要干都干，要歇都歇。”

碧桃来到窝棚，沉香吃饱了奶，正滚动着一个花皮大西瓜玩耍。碧桃抱起他来，笑问道：“我的小阶级敌人，你闷得慌了吧，等我捉一只翠鸟儿，跟你做伴。”

“碧桃，我要在你的背上猛击一掌！”魏文秀急赤白脸地说，“戈弋正阴谋叛国，你还要跟他讲人性，危险啊危险！”

“阴谋叛国？”碧桃大吃一惊，“你听谁说？”

“我半夜里到他们窗根下监听，”魏文秀压低嗓子，“姓戈的正写出国申请，他要带着这个小东西到外国去。姓谷的假装革命，跟他吵了起来。”

“这个人真可恨！”碧桃心底升起对戈弋的怒火，抱起沉香就去兴师问罪。

谷铁铮和戈弋在瓜田南头的一片柳棵子地里歇息。戈弋仰面朝天躺倒在绿茵茵的草地上，双手垫在脑后，眼角噙着两大颗泪，说：“老谷，请你相信我，我只要把孩子送到我祖父那里，马上就回来。等孩子长大了，我还要他也回国来。”

谷铁铮哼了一声。

“我愿剖腹明心！”戈弋大喊，“我不但在血统上是中华民族的子孙，而且我的父母曾为中华民族的解放献出了生命。一九五六年，我十八岁回国，就是要踏着他们的血迹，继承他们的遗志，为祖国的社会主义建设而献身。”

"你的父母？……"

"我的父亲在他二十一岁的时候，也就是一九三八年，告别父母，告别正在怀孕的妻子，从海外奔回祖国，参加抗日，先在延安抗大学习，后来牺牲在冀东战场上。日本投降以后，我母亲又远涉重洋，回国寻夫，她没有见到已经为国捐躯的父亲，参加了当时的新四军，后来也在淮海战役中牺牲了。五一年春，我们收到中央侨委寄来的烈属证，祖父把我抚养到十八岁，又打发我回归祖国。"

"你的祖父？……"

"我的祖父是个厨师，"戈弋充满思情和感念，"他是第一次世界大战被征召的华工，曾经结识青年时代到法国勤工俭学的周总理。"

谷铁铮沉默许久，才说："但是，我仍然反对你申请出国，而且对任何人都不再提起这件事。"

"可是，我这个小小的孩子怎么办呢？"戈弋热泪夺眶而出，"我的爱人死了，我的岳父岳母跟我划清了界限，我在国内没有任何亲属，我在接受劳改，我怎样来抚养他呢？"

"想办法！"谷铁铮激动地喊道，"这个孩子，应该喝社会主义中国的水，吃社会主义中国的粮长大！诞生在社会主义中国的孩子，却要送到外国去寄养，这是使我们的党蒙受耻辱，使我们的祖国蒙受耻辱，使我们的中华民族蒙受耻辱。"

"我有什么办法呢？"戈弋痛心地说，"我举目无亲，举目无亲啊！"

柳棵子地外，突然迸发出哭声，那是碧桃，跟着沉香也哭起来。

谷铁铮和戈弋惊慌地跑出柳棵子地，只见碧桃伫立在柳荫中，紧紧搂着沉香；沉香头上戴着刚刚编织的野花柳圈，碧桃的泪水湿了柳圈上的野花。

“戈……戈弋同志！”碧桃哭道，“你要是看得起我，信得过我，就让我替你拉扯这个孩子吧！”

5

每天大清早上工之前，戈弋抱着孩子，送到村西口的碧桃家去。

碧桃家三间房，三口人。她爹罗二叔在队里看场，晚上不住在家里，她娘罗二婶不到队里劳动，在家喂四口肥猪，养三十只鸡。老两口都是实心眼儿，热心肠儿，非常高兴照管小沉香。他们觉得，在这个冷清清的小院里，有个孩子叽叽喳喳叫，给他们那寂寞单调的生活，带来了春意盎然的情趣。

头一天送孩子来，戈弋掏出一张十元的票子，悄悄递给碧桃，难为情地说：“现在每月只发给我二十八块钱的生活费，这一点钱，给大娘……等将来补发工资，我再……”

“收起你的钱！”碧桃恼怒地红了脸，“小沉香不光是你的儿子，还是两位革命烈士的孙子，我们理当为他尽心。”

一个月过去了，一天清晨，碧桃正在等候戈弋送孩子来，却见送孩子来的是谷铁铮。沉香偎在谷铁铮怀里，一双圆溜溜的小眼睛，呆呆的，像一只受惊的雀儿。

“戈弋呢？”碧桃问道。

“你先把孩子抱进去，”谷铁铮低低地说，“这个孩子听得懂大人的话音了。”

碧桃把沉香交给她娘，连忙又走出来，问道：“戈弋出了什么事儿？”

“昨天深夜他被抓走了。”谷铁铮沉重地说。

“啊！”碧桃惊叫一声，“为什么？”

“说他阴谋叛国。”

“他不是撤回了出国申请，还写了检讨吗？”

“他们无法无天，哪里还讲道理？”

“把戈弋抓走，孩子知道吗？”碧桃心酸地问道。

“孩子惊醒了，哭起来，戈弋说：‘爸爸给你买新衣裳去。’我也哄他，他才不哭了。”

碧桃眼圈发红，说：“孩子没了娘，又离开了爹，可真苦啊！”

“我来带他！”谷铁铮说，“作为一个老共产党人，作为戈弋的难友，我都义不容辞，责无旁贷。”

“不，这个孩子归我！”碧桃争起来，“小沉香早就拴在我心上了。”

“谢谢你，好姑娘！”谷铁铮老泪婆娑，“那我就可以腾出身子，到北京走一趟，替戈弋申诉。”

“您去吧！”碧桃说，“我带好孩子，您救出孩子的爸爸。”

“可是，我得向魏文秀请假，他一定不准。”

“我放您走，魏文秀由我来对付。”

“那要连累你也担风险了。”

“脑袋掉了，不是才碗大的疤吗？”碧桃呜咽着说，“您快走，钻青纱帐，走出十里二十里，再搭汽车。”

谷铁铮又说：“戈弋临行前，留下了一块瑞士金表，交给我作为这个孩子的抚养费。我被停止组织生活已经五年，积存了六百块钱的党费，这笔钱也用来抚养小沉香吧！这些都交给你，请你节省着花。”

“我不要！”碧桃断然拒绝，“我挣的工分，养活一个孩子，不费难。”

“你必须收下！”谷铁铮的神情和语气，都十分严峻，“也许我和戈弋今生再也见不到这个孩子，我们总要对这个孩子尽到最后的义务。”

“那……我就保管这笔钱吧！”碧桃泪如雨下，打湿了她的胸襟。

从这天起，沉香就住在碧桃家了。这个两岁的孤儿，也许智力发育得过早，好像感觉到他所遭遇到的不幸了，不哭，也不笑，把头扎在碧桃怀里，小手抓着碧桃的胸襟，一动不动，一声不响。

碧桃住在西屋，新炕席，新被子，四壁粉刷得雪白。她念过初中，很喜欢看书，这两年当瓜田技术员，购买了不少有关瓜类栽培的书籍，临睡之前总要看几页。但是，今天晚上，她怕开灯招蚊子，给沉香洗了澡，就带着沉香上了炕，关了灯，躺下来，不看书了。

这是一个皎洁的月夜。绿纱窗外，明月当空，月光如水，凉风习习，田野上飘荡着五谷的芳香，江畔池边聒噪着阵阵蛙鸣。

碧桃辗转反侧，久久不能入睡。借着从绿纱窗照进来的月光，她撑起半边身子凝望着这个熟睡的孩子，是那么令人怜爱，她忍不住轻轻地吻了吻那柔嫩的脸蛋儿。孩子的身上，有一股沁人心脾的清香气息，激荡着她那处女的心房。

这是别人的孩子，一个非亲非故的男人的孩子，一个她从未见过面而又离开了人间的姐妹的孩子。现在，她把这个孩子收养在自己的身边了。她，一个未婚的姑娘，竟然肩负起母亲的责任，也许还要肩负起父亲的责任。这是一种什么样的情感，什么样的力量，支配着她的行动呢？

她不知什么时候蒙眬睡去，但是不知怎么又突然惊醒。睁眼一看，小沉香不知什么时候揭开她的背心，一只小手抓着她那处女的乳房，另一只乳房被小沉香含在嘴里。小沉香睡得很香，月光中小脸上浮漾着甜甜的微笑。她全身像着了火，脸上烧了起来，慌忙扒开沉香的小手，推开沉香的身子，把背心拉下来。

沉香哇的一声哭起来。

“好孩子，别哭，别哭！”她用一只胳臂拢住沉香，一只手轻柔地拍抚着。

但是，小沉香还是啼不住声，咬字不清地叫着：“爸……爸呀！”

东屋，母亲被吵醒了，说：“碧桃，你不会带孩子，抱过来让他跟我睡吧！”

“不……不……”

她的脸上和身子都不再发烧了，一点也不羞涩地揭开了背心，把一只乳房送到小沉香那花蕾一般的小嘴里，又牵过沉香的一只小手，让这只小手抓住她那另一只乳房。

沉香吮吸着，含泪入睡了。碧桃轻轻骂了声：“小孽障！”也含笑闭上了眼睛，两大颗晶莹的泪珠挂在了脸颊上。

6

谷铁铮到北京去，一去不复返。碧桃听到许多谣传，有的说谷铁铮也被抓了起来，有的说谷铁铮被送到边疆劳改，也有的说谷铁铮在游街示众的时候，突然心肌梗死，已经离开了人世。

至于戈弋，更是石沉大海，没人知道他的下落。

碧桃不再关心这两个人的命运。一个农村姑娘的心房，容量并不很大，小沉香已经把她的心房装满，她不想再给任何人保留一个角落，甚至没有闲暇和闲心想到爱情与婚姻。她一年到头过的是“早晨三点半，中午带顿饭，晚上黑了算”的日子，一天苦累回家，小沉香便是她最大的安慰，给她最大的快乐。

每天晚上，碧桃一家人吃完晚饭，就在东屋炕上，逗小沉香玩儿。自从有了这个孩子，这一家人的生活充满了喜气。

碧桃娘罗二婶快人快语，碧桃爹罗二叔沉默寡言，小沉香来到他家以后，不但罗二婶每天笑声朗朗，就连罗二叔也常常笑逐颜开。

碧桃正在外屋洗碗，罗二婶坐在炕沿上，罗二叔坐在条凳上，笑看小沉香在炕上蹒跚学步。

“奶……奶……”沉香扑到罗二婶怀里。

“唉！——”罗二婶高声答应，连连亲着沉香，“宝贝儿，跟奶奶一条心，咱们‘孤立’你爷爷。”

“爷……爷……”沉香却又从奶奶怀里挣脱出来，张着胳臂扑向罗二叔。

“好孙子！”罗二叔怕沉香跌下炕来，忙抢上去，抱住他，“跟爷爷好，爷爷再给你编一个大蝈蝈篓儿，插一个大鸟笼儿。”

原来，罗二叔十分心秀，这几个月，他一天比一天喜爱这个孩子，先是用麦秆给沉香编了一只奇形怪状的蝈蝈篓儿，里边放一大朵金黄色的倭瓜花，养两只肥大的翡翠蝈蝈儿，叫得十分清脆悦耳。前几天，他又捉了一只彩色羽毛的山雀，插了一个小巧玲珑的鸟笼，里边有三寸花木，山雀上蹿下跳，叽叽喳喳啼叫。小沉香常常跟蝈蝈儿咿咿呀呀谈天，又学着鸟叫跟山雀说话。

罗二叔也想亲一亲沉香，但是小沉香怕他那满脸松针一般的胡楂，吓得两只小手乱抓乱挠，惊慌地叫：“妈……妈妈！”

他在呼唤碧桃，碧桃在外屋说：“叫姑姑！”

沉香咕嘟着小嘴儿，舌头绕不过来，还是叫：“妈……妈……”

“我撕你的嘴！”碧桃一撩帘子跑进来，“那天当着大伙儿的面，他也管我叫妈妈，姐妹们一个个羞我，脸都臊破了。”

“这倒不必那么封建，”罗二婶笑着说，“苎萝山里，姑娘家都喜欢认个干儿子取吉利，为的是结婚以后，招儿引女，就像一花引来百花开。”

罗二叔连连摇头，说：“那是外乡远处的习俗，到底还是要有个分寸，免得别人在背后说长道短。”

全家欢乐了一阵，就早早睡下。碧桃抱沉香回到西屋，沉香不困，在碧桃怀里淘气，碧桃小声说：“叫我！”

“妈……妈……”

碧桃轻轻撕了一下他那花蕾小嘴儿，说：“叫姑姑。”

“妈……妈……”沉香还是改不过口。

“妈妈就妈妈吧！”碧桃笑着叹了口气，“我前世欠下了你这个小孽障的债。”可是，她的心却甜汪汪的，就像波动着春水的涟漪。

沉香睡着了，她却睡不着，不知为什么，她看着看着这个孩子。忽然从孩子的眉眼和脸庞上，幻化出了戈弋的面影。她从来没有真正想到过那个人，她跟那个人没有说过几句话，那个人在她的记忆里并没有留下深刻的印象，更没有留下美好的印象。然而，也许因为沉香像一根弦，牵着她的心，也牵着那个人，她今晚竟不由自主地惦念起那个举目无亲的归国华侨。他现在沦落到何处去了呢？他的命运为什么如此悲苦和不幸呢？父母双双为革命牺牲，妻子又在凄风苦雨中死去，岳父岳母心肠狠毒翻脸无情，而他自己也像一片落叶，被狂飙席卷而去。

她的心感到阵阵酸痛，眼前闪动那个年轻人带着沉重创伤的面影，挥不去，抹不掉，刻在心上了。

7

碧桃赶着牛车送果子，车上带着小沉香。归来，牛车又行走在江畔的柳巷里。已经是中秋时节，柳叶墨绿，金风飒飒，天空中飞掠着南行的雁阵。

触景生情，雁声唤起对于往事的回忆。她想起过去的时光，想起牛车上的三个乘客，现在只剩下一个小小的孩子了。小沉香这时坐在她的背后，一手拿着一块点心在吃，一手牢牢地抓住她那花布罩衫的后摆，这个孩子跟她真是片刻也离不开了。她买回了一卷新布，天气凉了，她要给沉香做棉衣，把这个孩子头上脚下打扮得齐齐整整，穿戴得暖暖和和。从今天晚上，她在沉香睡熟之后，就在灯下，伴着秋声，一针一线缝制新衣。

丁零零！一阵自行车铃声，打断了她的回忆和遐想，她回头一瞥，只见是魏文秀追赶牛车。

“碧桃，你好啊！”魏文秀一手扶把，一手打着招呼。

“学习完啦？”碧桃淡淡地问道。

两个月前，魏文秀被抽调到县里学习。

“出师啦！”魏文秀跳下自行车，推着车跟牛车并行，“我要调到公社工作去了。”

“当个什么官儿呀？”碧桃玩笑着问。

“暂时担任党委副书记，”魏文秀得意扬扬，“等熟悉一段工作以后，再当第一把手。”

“一步登天啦！”碧桃说，“你可要积德行善，给老百姓谋点福利呀。”

“我不会忘记你的。”魏文秀热辣辣而又甜腻腻地说，“我不能再看你珍珠土里埋，打算提拔你到公社当脱产干部。”

“你别打鸭子上架吧！”碧桃笑道，“我可不是官材。”

魏文秀哈哈大笑，说：“当干部并不神秘，记住‘紧跟’两个字就是了。”

“怎么紧跟？”

“我紧跟上边，你紧跟……”魏文秀两眼射出异样的光，诱惑地说，“我先在村里给你解决入党问题，再下调令。”

碧桃心跳起来，慌乱地说：“我怕不够格儿，让我再想想。”

“对，再想想，再想想！”魏文秀细声细气，“碧桃，这几年，你知道我对你的心意吗？”

“我……知道。”

“你对我怎么想呢？”

“我……没想过。”

“真是无情！”魏文秀悲哀地长吁短叹，“你怎么就不想一想呢？”

“我……没工夫想。”

“一点想法都没有吗？”

“也许……有一丁点儿。”

“快说说！”魏文秀兴奋了。

“我觉得……你对我挺好的。”

“就是，就是！”魏文秀鸡啄米似的点头，“我愿跟你有福同享。”

“可是，你对别人，不好。”

“我为什么要对别人好呢？”魏文秀忙又改口，“我对别人怎么不好，你尖锐批评，我虚心接受。”

“你好摆架子，张口就训人；你动不动就整人，社员们都怕你。”

“不整人，那不是阶级斗争熄灭论吗？社员们不怕你，怎么领导他们呀？”魏文秀不以为然，振振有词。

“这不对！”

“不对就不对，”魏文秀不愿发生争论，“我跟你可从没有摆过架子，更没有想整你，也不想叫你怕我。”

碧桃咯咯笑道：“我一不是地、富、反、坏、右，二不是叛徒、特务、走资派，你整我什么呀？”

“要整你并不难。”魏文秀乜斜着眼睛，半玩笑半认真地说。

碧桃仍然笑嘻嘻地说：“怎么整？我听听。”

“比如，”魏文秀向沉香恶眼一瞥，“你收养这个姓戈的孩子，只要一上纲上线，那就足够整你一顿的。”

碧桃血涌上脸，高高扬起眉毛，说：“那我得把这个孩子掐死，才算彻底革命？”

“那倒不必。”魏文秀阴险地冷笑，“你把他随便送给谁，就算划清界限了。不然，虽然有我替你美言，入党也很费劲，提拔到公社更难。”

“翻来覆去，你还是一肚子狼心狗肺呀！”碧桃叫起来，“这个孩子跟我骨肉相连，割不断，拆不散，你整吧！我不怕你。”

“碧桃，我这是为了你的前途……”

“我不想听你的花言巧语！”

碧桃扬起柳枝，小黑牛拉车跑起来。

“碧桃，站住！”魏文秀骑上车追，“我劝你悬崖勒马，别再迷恋那个叛国犯。”

碧桃勒住缰绳．气得浑身打战儿。她脸白如纸，说：“你血口喷人！”

“要想人不知，除非己莫为！”魏文秀追上来，狠毒地说，“纸包不住火，千层篱笆也得透风。你一心想给那个叛国犯当填房，才收养他的狗崽子。”

“你……你这个恶贼！”

碧桃满腔怒火，跳下车，挥舞手中的柳枝子，要跟魏文秀拼命，但是魏文秀车轮飞转，吹着口哨扬长而去。

8

沉沉浓雾，笼罩村庄，更重压在碧桃家的屋顶上。这一家人不见了笑脸，失去了笑声。

小沉香怯生生不敢看爷爷那冰冷的脸，不敢看奶奶那愁苦的脸，也不敢看碧桃妈妈那一天比一天黄瘦的脸。

“妈……妈……”沉香可怜巴巴地望着碧桃。

“住嘴！”碧桃头一回跟孩子风风火火地喊叫。

沉香大哭，扑向奶奶，奶奶掉过脸去；扑向爷爷，爷爷一跺脚站起身看场去了。

沉香吓得发呆，坐在炕上，大睁着泪光晶莹的眼睛。

咬着嘴唇坐在一边的碧桃，急忙抱起他回西屋，泪水哗哗流下来，连连亲着他，说：“孩子，妈妈刚才委屈你了，妈妈对不起你。”

沉香还是呆呆的，不声不响。

“沉香，饶了妈妈吧！”碧桃哀求着，“妈妈只有你这个亲人了，你不理妈妈，妈妈可怎么活呀？”

小沉香扑到她的怀里，脸贴着她的胸口，轻声啜泣起来。

终于，沉香含着乳头睡着了。往日，碧桃就要抽回乳头来；今夜，她却不忍，更不敢。她觉得，现在这个样子，她才是跟沉香连着身，又连着心。沉香离不开她，她更离不开沉香。

她侧着身子躺着，月光从窗外照在她那泪痕斑斑的惨白的脸上。

这些日子，流言一天比一天升级，不但谣传她过去常常在夜晚到江边的柳棵子地，跟戈弋幽会，戈弋送给她一块金表，还要带她到外国；而且又谣传她是戈弋叛国的同谋犯，公安局就要来抓她。一犬吠影，百犬吠声，谎言重复一百遍，也就成为事实，甚至连她自己也觉得脸上被烫上了耻辱的烙印，见人不敢抬头了。今天，一个更可怕的流言传播开来，说她跟戈弋已经怀了六个月的身孕，所以脸色蜡黄。

谣言杀人，这真是逼人去死呀！昔日女萝江，曾经吞没了多少被侮辱被损害的姑娘，难道今天它那一江碧水，又在等待碧桃去葬身吗？

碧桃打了个寒噤，将沉香搂得更紧，她要从小沉香的身上，汲取活下去的力量。

门吱扭开了，罗二婶悄悄走进来，坐在炕沿上，俯下身子，颤动着嘴唇说："儿呀，你跟那姓戈的果真有了……吗？说实话，娘好替你想条路。"

"娘呀，我的身子是清白的！"碧桃伸出她那发烫的手，把母亲那冰凉的手拉进被子里。

罗二婶抚摸着女儿那芳洁的身体，一块石头落了地。

"那么，你有心跟他……"

"我跟他没有一点瓜葛！"碧桃哭了，"我只是心疼这个孩子。后来，老谷大伯的话点亮了我心头的灯，这个孩子是中国人的血脉，要喝中国的水，吃中国的粮长大，我就横下一条心，一定要把他拉扯大。"

罗二婶长叹一声，说：“可是，魏文秀满天下臭雾，你跳到女萝江也洗不清。我看，你还是找主儿走吧，这个孩子我替你拉扯。”

“不，我不走！”碧桃沉重地摇头，“把这个孩子交给谁，我都不放心。”

“人嘴两扇皮，舌头不是东西，这抬不起头的日子你可怎么挨呀？”

“打明天起，我就直起腰杆子来！”

“那么你这辈子就指望那个姓戈的啦？”

“我为什么指望他呢？”碧桃苦笑了一下，“不过，我受了这一番磨难，才醒过梦来，戈弋是个好人，只有好人才遭罪呀！”

罗二婶拗不过女儿，只有一口接一口地叹气，她怕女儿有个三长两短，就没回东屋去，在女儿身边睡下了。

黎明，娘儿仨睡得正香，突然哗啦一声，篱笆院的荆条门被踹开了，咚咚咚一阵脚步声，哐啷啷！外屋门又被撞开了。

罗二婶跳下炕，一只脚刚迈出西屋门槛，罗二叔一个大巴掌扇过去，把罗二婶打了个旋转，抱住门框才没有栽倒。

“你们娘儿俩干出的好事！”罗二叔一个大巴掌扇过来，“趁我看场不在家，夜夜把那个姓戈的招引来，鸡叫三遍才回去。”

碧桃冲出屋门，抓住罗二叔的手腕子，问道：“爹，您又从哪儿听来的脏言恶语？带我找那个嚼舌根的狗贼去！”

“你……你……”罗二叔抖成一团儿，“我没你这个丢人现眼的女儿，你给我去死！”

“好！”碧桃一转身，走进屋去，抱起沉香，一阵风冲出家门。

“儿呀，你可不能寻短见哪！”罗二婶哭叫着追出去。

“我才不死，我偏活着！”碧桃站在大街上，不是向老爹，而是向那些鬼打墙的小人发出挑战的宣告，“连阴百日，也有天晴，冬长三月，早晚打春。我要眼睁睁看见善有善报，恶有恶报，才咽这口气。”

她，一个清白无辜的处女，没有出嫁的姑娘，身背不白之冤，头顶重重压力，被迫离开了自己的家，甘愿为他人而受难，义无反顾。

9

天若有情天亦老，更何况多情的人。

碧桃在耻辱、痛苦、忧伤悲愁中煎熬，度过了一年又一年，每一年过去，都给她的眼角上留下一道深深的鱼尾纹。

她和沉香栖身在一间风雨飘摇的寒窑小屋里。她起早贪黑，成年劳苦，忍辱含垢，坚强不屈，像一片浸透血汗的泥土，养育着沉香这棵小苗茁壮成长。当小沉香背起书包上学的时候，她送孩子到门口，望着沉香那欢蹦乱跳的身影远去了，忽然感到浑身疲乏无力，软绵绵坐在了地上，怎么挣扎也站不起来了。

母亲赶来，哭成了泪人。几年来，母亲常常瞒着父亲，偷偷来看她。有一回，母亲看到这间小屋又透风，又漏雨，便劝她说：“把那块金表卖了，再搭上那六百块钱，盖三间新房吧！”她惨然一笑，说：“给孩子留着吧，万一我没了这口气，孩子靠什么活呢？”父亲倔强，几年来不跟女儿和解，走碰头躲闪不开，便扬着脸过去，形同路人。开头碧桃怨恨老爹，后来，她渐渐醒悟，给她造成灾难的并不是老爹。老爹的心本来并不狠，是被骗和被逼得狠了心。

她病倒了，小沉香不肯去上学，一定要守护在她的身边。她气得强撑起身子，一巴掌打在沉香的脸上，大口大口地喘息着说："你……你不要强，不好好念书，我就不活了！"沉香吓得慌忙跪倒，说："妈妈，我再不敢气您了，我上学去。"

苦孩子，懂事早，沉香在人前管碧桃叫姑姑，背后仍然叫妈妈。他给妈妈掩上被子，手背抹着眼泪，一步三回头地走了。

女儿病重，罗二叔也着急起来，他表面上装聋作哑，黑夜躺在炕上却翻过来掉过去，唉声叹气，睡不着觉。但是，他又不肯屈尊去看望女儿，只是常常在女儿的寒窑小屋外面，远远地打转转，一看见人影，就急忙躲藏起来。

罗二叔看见沉香，愣怔了一下，忙又叫道："沉香！"

沉香一抬头，见是罗二叔，吓得撒腿就跑。在他那小小的心灵上，罗二叔给他留下的印象，是个凶狠残暴的老头子。

"沉香，好孩子，站住！"罗二叔连声叫，"爷爷不打你，爷爷有话要问你。"

沉香站住了，脸色苍白，小身子像风吹树叶一般簌簌发抖。

罗二叔走过来，搂住他，见他两眼哭得像两颗桃子，急问道："谁家的孩子欺负你啦？告诉爷爷，爷爷砸他家的锅去！"

沉香摇摇头，抽噎着说："我妈……姑姑吐血了。"

罗二叔咧嘴，呜呜哭了起来。

"爷爷，您饶了我妈……姑姑吧！"沉香哭着说。

"孩子，是爷爷有罪呀！"罗二叔涕泪交流，把一大包子点心和两包子红糖塞进沉香的书包里。“回去替爷爷求你妈……姑姑，宽恕我这个老畜生吧！”

说罢，罗二叔跌跌撞撞回家去，一进家门，只见罗二婶正在影壁前，大把大把地撒米喂鸡。罗二婶给女儿送去了岗尖岗尖的一篮子鸡蛋，补养身子；她也给这三十只母鸡多加细食，希望它们每天下三十个蛋。

“你……你……把她接回来吧！”罗二叔蹲在罗二婶面前，两手抱着头。

“我没她这个女儿！”罗二婶拉长了脸，拉长了声，“她丢了你们罗家十八代的人。”

“你这个狠心的娘儿们！”罗二叔跳了起来，大巴掌又向罗二婶扇过去。

罗二婶早有防备，连忙一闪身，罗二叔扑了个空，一头撞在了影壁上，前额磕了个大青包。

老头子再也顾不得尊严，亲自出马，把女儿从寒窑小屋背回家来。

10

善有善报，恶有恶报，国不该亡，人不该死。当碧桃能够挣扎着下炕，拄着一根柳木棍子走出房门的时候，她的眼睛一阵发花，原来已经春回大地，满眼是明媚的春光，田野上呈现着盎然的春意，院东南角的一枝红杏，探出了篱墙，她的脸上也不禁泛起明丽的春色。

啊，换了新天，换了人间。

门外，绿柳梢头，一只长尾巴喜鹊在春风中喳喳叫。

她看见，一个手提着鼓囊囊旅行袋的中年人，走一走，停一停，东张张西望望，奔她家门口而来。

这个人，好眼熟。她还没开口，中年人已经看见了她，欢呼一声："碧桃同志！"三步两步来到门口。

"你是……"碧桃眼睛一亮，"戈弋同志。"

"我们又见面了，真是恍如隔世啊！"戈弋扔下旅行袋，伸出双手。

碧桃一阵羞涩，脸红得像那一株红杏，心慌意乱地说："快……快到家里坐吧！"

家里只有她一个人。罗二叔一个人养活不了老少四口，罗二婶也到队里劳动，沉香上学去了。

"碧桃同志！"戈弋深深地鞠了一躬，"感谢你含辛茹苦，替我把沉香抚养起来。"

"我心甘情愿，别说'感谢'两字。"碧桃手忙脚乱地沏茶，却捏了一撮烟叶扔在茶壶里，"沉香念书很聪明，还要过一会儿才放学。"

"你在他身上花了大量的心血，"戈弋更加感动地说，"我不知该怎样报答你对他的恩情。"

碧桃在远远的炕沿上坐下来，岔开话题，问道："戈弋同志，这几年你在哪儿，怎么一点音信也没有呢？"

"我一直被关押在活棺材里。"戈弋深深地嘘了一口气，抑制着内心创伤的剧痛，"粉碎'四人帮'以后，对我的问题进行了复查，正式给我平了反。"

“老谷大伯到哪儿去了呢？”

“他跟我押在同一座监狱，可是几年中谁也没见过谁。他刚刚担任地委第一书记，工作繁忙，所以我没有招呼他，独自来了。”

碧桃沉默了半晌，才鼓起勇气问道：“你是来接沉香的吧？”

“是的，我日日夜夜想这个孩子，打算把他带在身边。”

碧桃点了点头，背过脸去，忍住泪，说：“你们父子也该团圆了。”她艰难地站起身，出去抱柴火做饭。

篱墙外，阵阵鸟啼声，小沉香笑嘻嘻放学回来了。一见碧桃正在抱柴火，他惊慌地喊道：“妈姑姑，快放下，我来抱，您回屋躺着去！”

妈姑姑，又是妈妈又是姑姑，这是多么亲昵的称呼，又是多么辛酸的称呼啊！

碧桃手里的柴火纷纷散落下来，眼泪扑簌簌淌了下来。

“沉香！”戈弋从屋里扑奔而出。

沉香大吃一惊，抓住妈姑姑的衣襟儿。

“快叫爸爸，你爸爸接……接你来了。”碧桃吃力地抬起一只手，想把沉香推到戈弋面前去。

但是沉香死死地抓住她的衣襟不放，脸紧紧地贴在她的身上。

“孩子，爸爸接你来啦！”戈弋泪雨纷飞，抚摸着沉香的头，“爸爸再也不离开你了。”

沉香不抬头，不吭声，不看他。

“姑姑为你劳累了好几年，再也不能让姑姑为你操劳，该爸爸俯首甘为孺子牛了。”戈弋俯下身去，想把沉香抱起来。

沉香却用力拨开他的手，说：“我哪儿也不去，我不离开妈姑姑，我要孝顺妈姑姑一辈子。”

“好，好！”戈弋含泪笑道，“你先跟爸爸去住几天，爸爸再把你送回来。”

“我不跟你走，我不认识你！”沉香像一只被猎人追逐的鸟儿，飞跑出小院，向村外跑去。

“沉香，沉香！”戈弋急忙追赶。

他追出村外，沉香无影无踪了，却见尘烟中一辆草绿色的越野吉普车，风驰电掣而来。

“戈弋！”汽车刹住，从车里跳出满白了头的谷铁铮，“你可真性急，怎么不等一等我？”

“我怕打扰你的工作，又想沉香想得心切。”戈弋神色凄凉，“可是一见面，小沉香不认我，不肯跟我走。”

“为什么不认你，不肯跟你走呢？”谷铁铮那犀利的目光，盯着戈弋的眼睛。

“他离不开碧桃同志。”

“人家母子连心，为什么你要给人家一刀两断呢？”谷铁铮的目光里充满了谴责。

戈弋沮丧地垂下了头，说：“看来，如果二者必居其一，我注定要被沉香抛弃了。”

“难道你们不能三位一体吗？”

“我不能！”戈弋低沉地说，“沉香的母亲为我而死，我不能对不起她。”

“沉香的母亲没有死，她已经在碧桃的身上复活！”谷铁铮激动得眼眶湿润，声音呜咽，“碧桃竭尽了沉香母亲的职责，她也应该享有沉香母亲的权利。”

戈弋还是摇头，说：“我老了，晚了。”

“浑话！”谷铁铮喝道，“我已经六十七岁，只觉得风华正茂，你才不过三十几岁的人，难道就青春不再了吗？”

戈弋羞愧地笑了，说：“请你去问碧桃吧！”

这时，碧桃挣挣扎扎地走出村口，站在堤坡的土牛上，拼出全身的气力向田野上呼唤：“沉——香！回来吧，回来吧……”

“妈妈，妈妈呀！”

沉香从一片柳棵子地里飞跑出来，像一支投梭投向土牛，跪倒在碧桃膝下。碧桃叫了一声：“我的孩子！”吐出一口鲜血，昏倒了。

戈弋向碧桃奔跑过去。

一九七九年五月

原载一九七九年第九期《北京文艺》原题《芳草满天涯》

二度梅

1

阳春三月，春风又绿运河岸，运河滩上满眼明媚的春光。

洛文从北京改正了五七年问题回来，一下长途汽车，就望见村口自家墙里墙外那几棵桃树，正开出一片锦绣春色。于是，他的脚下更急，穿过绿雾腾腾的柳林，绕过春草茂盛的池塘，大步朝自家门口奔去。

他的村庄名叫小龙门，坐落在北运河东岸的一片沙洲上，村庄四外丛生着水柳、蒲苇和野麻。北运河像一条粗大的绿藤，小龙门就像隐蔽在重重叠叠碧叶中的一颗香瓜。

洛文五岁丧母，十岁丧父，只有一个比他大十二岁的哥哥，还有一个比他大六岁的嫂子。

他从小十分聪慧，眉清目秀，一副喜相儿，爹娘都疼爱他，给他起名叫喜儿。娘死的时候，已经搭在高粱秆编的停尸床上，还拉着他的小手不放，眼含着慈心泪，久久咽不了气。爹在小龙门渡口摆船，一天到晚不在家，娘死了以后，就把他抱到摆渡口，带在身边。白天，他在河边的水柳丛中打鸟儿，野麻地里追蜻蜓，浅水沙岸上掏螃蟹，蒲苇深处摸泥鳅；夜晚，他跟爹睡在船上，柳梢一弯新月，河面闪烁着星光，凉风习习，禾香荡漾，蛙声阵阵，听爹讲古。

哥哥砘子，跟着本村一位温良顺大叔，到十八里外的一个地主家扛长工，一年到头，难得回家两趟。

就在娘死后的那年仲夏，一家逃荒的人，二老一小，从小龙门渡口过河；两个大人饿得骨瘦如柴，那个十一二岁的小姑娘，也是满面菜色。爹管了他们一顿小米饭炖鱼，还有一碗红高粱烧酒。洛文看着这一家人真是可怜，一扭头跑到渡口下游半里的瓜园，跟看瓜的老爷爷讨来一个花皮大西瓜，想给这二老一小解渴消暑。

可是，等他满头大汗，怀抱着花皮大西瓜回到渡口，那二老已经不见了，只剩下小姑娘孤单单一个人，怯生生坐在柳荫下，埋着头，咬着嘴唇，一对儿一对儿掉眼泪。

“爹，那二位大伯大娘呢？”洛文问道。

“他们又奔前赶路了。”爹一指柳荫下的小姑娘，“快去认过你翠菱姐姐。”

洛文吃惊地瞪圆了小眼睛，踮着脚尖走过去，蹲在了翠菱面前，左瞧右看，上下打量，直羞得翠菱的脸上像搽了胭脂，他这才把花皮大西瓜骨碌到翠菱的脚下，说：“姐姐，我给你们一家三口讨来一个西瓜，大伯大娘走了，你一个人吃吧！”

翠菱哇的一声哭了出来，起身就跑，喊叫着：“狠心的爹娘呀，你们站一站，等等我吧！”

爹三步两步赶到前头，张开胳臂拦住翠菱，沉着脸说：“丫头，你爹娘把你交给了我，从打此时此刻起，我就是你的爹了。一块饽饽掰两半，有喜儿吃的，就有你吃的。”

“你吃大半儿，我吃小半儿！”洛文也扯住翠菱的胳臂，“姐姐，你就跟我们一块过吧！”

翠菱望不见爹娘的影子，又见这父子俩待她一片真情，也就认了头，留下来。洛文拉着这个萍水相逢的姐姐，回到柳荫下，找来爹那把剃头刀，按住西瓜切成两半，果然挑了小半个。翠菱不依，他就跳下河去，吓得翠菱尖叫，他从水里一翻花，冒出了头，一边扮着鬼脸儿，一边捧着瓜吃。翠菱怎能忍心独吞那大半个，又拿起剃刀切成大小两半，把这一大半送到爹的嘴边。

多了个翠菱，爷儿仨不能睡在船上了。洛文家在村里有两间泥棚茅舍，夹了个柳篱小院，爹把他俩带回家去，打扫了一下挂满蛛网的屋子，糊上窗户，又修补了篱笆，新编了柴门，砌上锅灶。然后，把翠菱叫过来，说：“丫头，你是这个家的人了，又比喜儿大几岁，就是他的姐姐。爹整天忙在渡口，顾不上家，你要替我好生看管喜儿，他是我的命根子。”

翠菱点点头，说：“爹，您放心吧！我会疼他。”

爹长叹了口气，又说：“丫头，我虽比你原来的爹娘多这么两间遮风蔽雨的窝棚，可也是常年缺柴少米，烟囱上长青草，三天两日揭不开锅，叫你跟着我受罪了。”

翠菱含着眼泪，说：“爹，我自小吃糠咽菜长大的，没有受不了的罪。”

爹站起身，出去借来二斗高粱，一斗玉米，打了油盐酱醋，都交给了翠菱，叮嘱道：“丫头，这一点嚼裹儿，要吃到收秋，你得有点心算呀！”

翠菱说：“爹，我数着米粒儿下锅，细水长流。”

从这一天起，洛文就跟着翠菱住在家里，两人同睡在一条小炕上。洛文只有一床打满补丁的被子，大窟窿小眼就像一张渔网，遮盖不住两个人，好在正是数伏大热天，夜晚凉爽宜人，洛文赤条精光睡得更香。只是身上落满大花脚蚊子，叮得他满炕打滚儿，翠菱便整夜不睡，拿着一把破芭蕉扇，一直扇到天明。

过了半个月，爹又借了一笔钱，扯来两块布，求本村一位大全福人，给翠菱做了一件小花褂儿和一条青布裤，又打发人捎信儿，叫温良顺带着砘子回家一趟。

这天晚上，翠菱烧火，爹炒了一盘鸡蛋和一盘豆角，拌了一盘生腌黄瓜和一盘小葱豆腐，还打了一葫芦酒。饭桌放在炕上，温良顺大叔坐在正位，洛文依偎在温良顺大叔的怀里，爹亲自给温良顺大叔把盏，又命令砘子和翠菱每人给温良顺大叔满上一杯。酒过三巡，爹向温良顺大叔高高一拱手，然后掏出一张大红婚书，笑容满面地说：“良顺兄弟，我跟翠菱的生身父母一言为定，收她给我这个大小子当童养媳，今晚上就请你一出戏扮两个角儿，三媒六证都是你一个人。”

温良顺刚要开口，砘子一梗脖子，牛吼似的喊道：“我不要这个小黄毛丫头！”

砘子已经十八岁，强壮得像头牛，他想卖上二年苦力，积攒几石粮食，赶快娶妻生子，立业成家。看着翠菱黄皮寡瘦，就像一棵霜打的小草，没有六七年圆不了房，他等不了，所以不肯答应。

“你敢！”爹是个火性子，抄起桑木扁担，“我打折你的腿！”

砘子更是犟脾气，劈手把桑木扁担夺过来，抬起腿，嘎巴一声，在膝盖上一折两断，掉头就走。

“你……你别再进我的家门！”爹气得浑身哆嗦，“我……我把翠菱许配给喜儿。”

后来，爹给八路军当交通员。洛文十岁那年，一个月黑夜，八九个日伪特务摸到渡口，把爹绑架走了，尸骨无回。

从此，洛文和翠菱，两颗苦瓜一根藤，相依为命。翠菱剃了头，女扮男装，接过爹留下的船，接过爹留下的篙，带着洛文，又在渡口摆渡为生。积攒了几石粮食的砘子，打退了亲事，拜托温良顺大叔把粮食运回家来，送给这一对孤雏。

爹一死，渡口冷落车马稀，翠菱摆船，挣不出两人的吃喝。春天摘杨芽，采柳叶，捋榆钱，夏天打鱼、捞虾、剜野菜，秋天到收割过后的田野拾几把高粱，捡几捧豆粒，一年倒有三季像鸟儿觅食。数九隆冬，翠菱冒着刺骨的寒风到河滩拾柴火，手脚冻得裂开鱼嘴似的伤口；烧热了炕，她把洛文搂在怀里，裹紧那一床破渔网似的棉被，饿着肚子，熬过一个又一个漫长的黑夜。

直到土改，他们才吃上饱饭。每人三亩地，爹是烈士，土改工作团多分给洛文家三亩。这一来，算上砘子，三口人就有了十二亩地，砘子也就不扛长工了。

砘子已经二十四岁，还没有娶上媳妇。回到家，进门一见翠菱长成了大姑娘，就去找温良顺，说：“大叔，我要她了。”

温良顺来劝翠菱，翠菱哭了，说：“爹当着您的面，把我许配给喜儿了。”

温良顺笑道："那是你爹一时气恼，舌头跑出了牙关，溜出了嘴，不能当真。你跟砘子有大红婚书，才是板上钉钉。"

翠菱低下头去，手绞着衣襟儿，含着泪说："我跟喜儿……过惯了。"

温良顺摇头说："你今年十八了，喜儿才十二，只许男大女小天遮地，不许女大男小地包天。婚姻是终身大事，牵扯一辈子的吉凶祸福，不是儿戏。"

"可是喜儿将来……"

"我看那孩子命相主贵，将来念出了书，想娶媳妇，如花似玉的姑娘鸟投林，成群结队上门来。"

"水中捞月一场空呢？"

"还有我的青凤！"温良顺大声说，"我把青凤许配他。"

翠菱忍俊不禁，破涕而笑。青凤是温良顺的女儿，刚四岁，这一桩姻缘虽不算水中捞月，可也是镜里看花。

翠菱左思右想，只得点了头，可又哭着说："砘子哥得依我一件事。"

"你说吧！"

"就请大叔做证，给他们兄弟俩立下分家文书：把我爹那三亩地，写在喜儿名下，留给他念书上进。"

温良顺一拍胸脯，说："包在了我身上！"

砘子全凭温良顺做主，写下了分家文书就办喜事。只不过把两间泥棚茅舍刷了刷白，雪莲纸糊顶，门框上贴了喜联，窗户上粘了喜字；雇来一乘小小花轿，两支唢呐，两副笛子，放一挂爆竹。花轿行街，绕着小龙门转了一圈儿，然后抬回家来。小院当中，放一张八仙桌，点上红烛，烧起高香，翠菱和砘子双双拜过天地，大全福人把一根红线拴在他俩的手腕上，牵入洞房。

洛文搬到温良顺家借宿。

砘子有一身力气，翠菱有一双巧手，小日子步步登高。洛文发奋苦读，从小学到中学，从中学到大学，更是一帆风顺，前途似锦。

阳关大道，要是一直走下去有多好啊！谁想得到，会有后来那一场塌天大祸呢？

2

十年树木，百年树人。

三寸树苗，栽种在良田沃土上，沐浴着和风、细雨、阳光，吸收着大地的乳汁，茁壮成长，本固枝荣，眼看就要成材了；一场急风暴雨，一阵电火雷殛，烧焦和殛毁了眼看就要成材的十年之树。孤儿洛文，在农村念完小学，到县城念完中学，又考入北京的最高学府，成长为一个才华横溢的青年大学生，眼看就要毕业了；五七年一场反右斗争，他被划了右派不肯认罪，五八年处理，又拒不签字，于是党籍和学籍双开除，头戴一顶不可接触的贱民的帽子，遣送原籍，回到他的生身之地。

哥哥和嫂子一年到头起五更，爬半夜，像燕子衔泥，盖起三间新砖房，一座花门楼，打起一围黄泥墙，很像个小康人家了。

哥哥虽然不到四十岁，但是劳累过度，已经非常苍老，满脸刀刻似的皱纹，背也弯了。嫂子翠菱，刚刚三十出头，但是连生了五个孩子，头发蓬乱，面容枯槁，衣衫褴褛，更显得未老先衰。

一见洛文回来，哥哥只从鼻孔里哼了一声，并没有数落他一句。但是连日阴沉着脸，长吁短叹，见人不敢抬头。

翠菱一见洛文就哭了，狠咬着嘴唇才没哭出声来。她给洛文和面做饭，眼泪就像房檐滴水，淌在了面盆里。然后，她又给洛文打扫西屋。

洛文却端起饭菜，到他呱呱坠地的那两间泥棚茅舍去。发起家来的是哥哥和嫂子，他不想在新房占一席地。

他没有粉刷墙壁，更不想裱糊顶棚，只是扫了扫小炕，铺上一块席头，打开行李，安放了书籍，便开始了他此后那漫长岁月的第一天。

洛文虽然在首都的最高学府里念了三年，但是仍然保持着农村出身的本色，粗茶淡饭并不感到难咽，篷壁陋室也住得习惯。

入夜，一灯如豆，没有桌子，他就趴在炕沿上看书，写着笔记，身上叮了几只蚊子，也懒得赶走。

柳枝编成的屋门吱扭一响，猛然吹进一股风来。洛文抬头一看，翠菱脸色惨白，两眼哭得像熟透的桃子，僵直地站立门口，恶狠狠地瞪着他。

他收回自己的目光，又埋头看书写字。

翠菱突然抢上来，劈手夺过洛文的笔，又抓起书来在灯火上烧。

“你要干什么？”洛文扭住她的手腕子，书已被烧煳一角。

“你还看书，你还写字？”翠菱的身子抖索着，一阵气噎，“你……喝墨水……黑了心肠，反……反了党……”

“我没有反党！”洛文抗争地说。

“那为什么把你开除，戴帽子？”翠菱喊道，“共产党哪年哪月冤枉过好人？”

洛文低下头去，沉默不语。

“你说话呀！”

洛文一声不吭。

“你说话呀！”翠菱一把拧起洛文身上的肉，“说话呀！”

洛文还是不开口。

翠菱在洛文身上拧肿了好几块，洛文眉头也不皱一皱，眼睛也不眨一眨，翠菱哭着跑出了屋。

洛文看书写字到鸡叫，打了个盹儿，天不亮又醒来，拿起镰刀和铁锹，到温良顺家去了。

温良顺就住在他家百步之外，老伴前两年死了，父女二人过日子。

三间小土房，四方的柳篱小院。温良顺到井台挑水去了，他的女儿青凤正在院里的冷灶上做早饭。

青凤十六岁，已经长成一个俊俏的少女。她性情开朗，有一条响亮的嗓子，整天叽叽呱呱得像一只山喜鹊；嘴有点大，笑起来流水不断，声入清风，二三里外都听得见。洛文少年时代在她家借宿好几年，进城上学以后，每年寒暑假回村，天天都到她家来串门儿；大哥小妹，常常嬉笑打闹。

“凤妹子，大叔呢？”洛文一脚门里，一脚门外，轻轻问道。

“哟！”青凤从灶口跳了起来，脸上几道锅烟，一双丹凤眼闪烁着顽皮的目光，“文曲星从天上栽下来，叶落归根啦！”

要是在过去，洛文就要跟她逗几句嘴，但是目前的身份和心境，哪里有开玩笑的兴致？洛文便垂下眼睛说：“我今天想下地干活去，问一问能不能跟大叔一块儿干？”

“我爹的稻田正缺少劳力。”青凤走到洛文面前，一副淘气的神态，“我也在稻田里干活，你拜我为师，我把着手教你，用不了三年一节，管教你劳动大学毕业。”

“你……你怎么不上学了？”洛文问道。

“念多大书，担多大险！”青凤半真半假地拉着长声，“瞧着你栽下了十八重天，吓得我也不敢展翅摇翎往上飞了。干脆退了学，还是土里刨食吧！”

这时，温良顺挑着满漂漂两大筲水回来了。他已经花白了头，一见洛文便呵呵笑道：“昨晚上就听说你到了家，想去看你，正赶上夜班放水，分不开身。”

洛文面带愧色，说：“我想跟您一块儿干，您替我跟队长说一声。”

“我正招兵买马，收下你了。”

“那我就到地里等您。”洛文说着，转身要走。

“吃过饭咱们一块儿下地。”青凤跨步拦住了洛文，“我看你脸色青黄，一准是还没吃饭，饿得心慌。”

温良顺也放下水筲，横遮竖拦，说：“喝碗粥吧！我正有几句话问你。”

洛文只得留下来，青凤忙到菜园里摘黄瓜，又到案板上切菜，手忙脚快，饭菜上桌。洛文刚要动筷子，翠菱风风火火闯进来，一进门就指着洛文的鼻子嚷道：“你不在家里吃饭，出来讨吃呀？”

青凤不吃味儿了，一摔碗筷，说：“菱姐，谁说文哥来讨吃？是他赏我们的脸！”

翠菱不想招惹这个难缠的野丫头，把洛文拉拉扯扯拖回家去。

哥哥已经下地了，小饭桌放在葡萄架下，晾着一碗粥，两张白面饼，还有一盘切成月牙块儿，洒着油盐的煮鸡蛋。

“你到别人家讨饭，这不是存心叫我跟你哥哥没脸见人吗？”翠菱眼圈一红，又指鼻子剜眼地数落洛文，“吃过饭，歇几天，我跟你哥哥也没逼着你去挣分交饭钱呀！”

洛文心如刀割，说：“我吃不下。”

“人家的饭菜你怎么就吃着香呢？”翠菱满腔怨气，“我知道，别人对你笑脸相迎，你就忘了骨肉之情。”

洛文无可奈何地坐到桌前，翠菱听见上工的钟声，慌慌忙忙走了。洛文也就一口没吃，收拾饭菜端回屋，平分给几个黄口小雀儿似的侄子，又去找温良顺。

北运河两岸过去不种水稻，小龙门起个头，温良顺当把式，带着几个小姑娘，开出三十亩稻田。

稻田坐落在河边一片碱滩上，四外还是蒲苇水柳丛生的浅沼，没有开垦。三十亩稻田像大块方格绿毯，临河有一座看水窝棚，地头有一棵浓荫匝地的老龙腰河柳。

上下午都有个中歇，青凤跟她的女伴们四下去给家里的猪羊打青草，温良顺带着洛文到老龙腰河柳下乘凉。

洛文背靠老树，闭上眼睛。

温良顺点起一锅烟，深吸了两口，慢吞吞问道：“洛文，听说你犯下的是反党反社会主义的案子，可是真的？”

洛文的眼角淌下两大颗泪珠，呜咽着说：“党是我的娘，社会主义是我的家……”便泣不成声了。

温良顺喟然一声长叹，说：“孩子，大叔看着你呱呱落地，看着你小苗破土，看着你长大成人，大叔信得过你。你们学堂里的主事人，不该对你下这么大的绝情，发这么大的狠心，把你整治得这么苦呀！”

洛文扑到温良顺的怀抱里，放声大哭。

中午收工，青凤跟她的女伴们都回家做饭，温良顺又把洛文留下来，加个班，多记几分。

“凤妹子，你告诉我姐姐，打发孩子给我送点吃的。”洛文在青凤从他身边走过时，低声说。

“放心吧！饿不死你。”青凤一阵风跑走了，笑声还久久在田野上回荡。

青凤真是来去一阵风，不到一个小时，一手提着一只猫耳绿罐，一手提着一只柳条小篮，飞走着送饭来，放在老龙腰河柳荫下。

温良顺把铁锨插在稻畦里，蹲下身在垄沟的流水中洗手，高声问道：“凤子，给我们什么吃呀？”

“看！”青凤从猫耳绿罐里挑起一筷水面，雪白、绵长、细如游丝。

洛文沾满两手泥，站在田埂上问道：“凤妹子，我姐姐还没做得饭吗？”

青凤远远地白了他一眼，冷笑道：“你这个人房顶开门，眼里没有左邻右舍。”

“洛文，一块儿吃吧！”温良顺喊道，“凤子，够我们爷儿俩吃的吗？”

“薛仁贵一顿饭能吃九牛二虎，谁知道文哥有多大肚量呢？”

说着，青凤已经捞得岗尖岗尖两大海碗游丝水面，洒上芝麻酱，从柳条篮里端出一盘切成细丝的嫩黄瓜。

洛文跟着温良顺走过来，席地而坐，不好意思地说：“叨扰了。”

“少说废话！”青凤沉下脸，“我不爱听。”

洛文拌着面，惊奇地说：“凤妹子，你真是好手艺。”

“也是废话！”青凤扑哧笑了。

温良顺一边吃一边说：“虽是废话，可听着入耳。”

青凤咯咯笑道：“谁不喜欢戴高帽儿呀！”

温良顺并非故意，顺口说：“你文哥头上这顶帽子，你喜欢戴吗？”

洛文的脸上掠过一片阴云，青凤却两眼直盯盯望着他，说：“文哥，真要是把你的帽子换到我头上，我也心甘情愿。”

温良顺这才发觉自己刚才走了嘴，心情一阵沉重，长叹一声说：“咱们运河滩本来人穷地薄，小龙门更是不占风水，眼巴巴几十个村庄出了你这一个大学生，却又没等收成就下了冰雹。”他感到心里堵得慌，吃不下去了。

洛文那十岁的大侄儿，也提着猫耳绿罐和柳条篮送饭来了。

“叔！”侄儿把猫耳绿罐和柳条篮放在洛文面前，也是水捞面，鸡蛋炸酱，还有两条整个儿的黄瓜，“我妈怕您饿得等不及了，面条没切细，黄瓜没切丝儿。”

洛文知道哥哥嫂子过日子节省，平时都是粗茶淡饭，便问道：“家里吃什么？”

“菜团子……”侄儿忙捂住嘴，“妈不让跟您说。”

洛文一阵心酸，忍住泪说：“叔在你温爷爷这里吃饱了，拿回家去跟你几个弟弟分着吃吧！”

孩子一个月里难吃几回白面，高高兴兴地提着猫耳绿罐和柳条篮，回家去了。

吃过饭，温良顺叫洛文歇个晌。洛文也真觉得困乏了，就到不远处，当年他爹摆船的老渡口，在柳荫下铺上青草，蒙眬睡去。

他正梦见老爹在河上撑船，小翠菱孤单单一个人蹲在柳荫下，忽然被摇醒了。睁眼一看，只见翠菱泪流满面，抽抽泣泣地说：“你……不肯吃我做的饭了，你……跟我变心了。”

“姐姐！”洛文坐了起来，给翠菱擦泪，“咱俩在一根苦藤上长大，两个人一条命，怎么能变心呢？”

“可是你为什么跟党变了心呢？”翠菱又气恨起来，“没有共产党，咱们这两颗苦瓜长得大吗？咱们家能有今天吗？”

“我跟党更没有变心！”洛文又躺下去，二目一闭，翻了个身，不吭声了。

但是，翠菱却没有走，她啜泣了一会儿，伸出手抚摸着洛文身上被她拧伤的紫瘢，颤声问道：“还疼吗？”

“不疼！”洛文闷声闷气地答道。

“我的心可都碎了呀！”翠菱趴在洛文身上，痛哭失声。

度过了低沉阴郁的最初几天，好像云开雾散了。洛文白天在稻田劳动，晚上回家埋头自学。他身世凄苦，又是这个小村头一名进京上大学的子弟，乡亲父老都很喜爱他，看重他，所以他虽然身败名裂而归，却没有人歧视他，难为他；相反，全村老小对于他的遭遇，都充满同情和惋惜。因此，他像被放逐到乐园里，平静安宁地几历寒暑，学问上也有很大长进。

然而，树欲静而风不止，急风暴雨又从城市追到农村来了。

3

工作队长名叫宁廷佐，是一个重要部门的人事保卫处处长。

他四十多岁，有一张冷冷的刀条子脸，戴一副金丝眼镜，镜片后面闪烁着凌厉的目光，头上已经发秃，老是戴一顶压到眉梢的鸭舌帽。他的架子很大，官气十足，但是却穿一身打满补丁的制服，令人难测高深，捉摸不透。

进村一个月，谁也没听见他开一开金口。他白天极少出头露面，一到夜晚却四处活动，悄悄地进这一家，出那一户，扎根串联。然后回到住处，关窗闭户，房上站岗，四处放哨，给小龙门的每一家和每个人排队，划分三六九等。

小龙门本来是个鸡鸣犬吠、欢声笑语的村庄，可是自从宁廷佐率领工作队进村以来，一下子变得静悄悄，无声无息了。

洛文家几辈子都是贫农，却被划在等外。

骨干分子开会，单线联系，一个通知一个，有时是递个眼色，有时是打个手势，有时是努一努嘴儿，有时是咬咬耳朵，喊喊喳喳。

洛文的哥哥砘子，脾气也像个不通灵性的石砘，骨干不骨干，开会不开会，都不放在心上。他就知道多干活多挣分，将来给每个儿子盖上三间新房，花千八百块钱娶上媳妇，才是他的心愿。累得精疲力竭，晚上四脚八叉躺在炕上，沉酣大睡，便是他的最大享乐。

翠菱跟他不一样。自从合作化以来，翠菱就当妇女队长。最近几年，虽然由于洛文出了事，连累了她，只能当副队长了，可是队里的大事小情都少不了她，她一直是小龙门的场面人物。如今，她不但遭到冷遇，而且被当成圈外人看待，这使她发了毛，六神不安，心慌无主。

“你说，工作队开会怎不找咱家呢？”

一天，吃过晚饭，在院里乘凉，翠菱浑身燥热，哗哗地扇着扇子，问丈夫道。

“不找你开会还不好呀？”砘子憨笑道，“有那工夫，多干点儿家里活，多睡会儿觉。”

“你是个榆木疙瘩！”翠菱骂了一声，站起身出去了。

她到温良顺家串门儿，很晚才回来，砘子还在院里剁猪菜，她像是感到十分宽慰似的说：“工作队也没找过温家爷儿俩开会。”

但是，过了两天，洛文打夜班，到稻田浇水，他跟温良顺和青凤在上半夜。看水窝棚里，只有温良顺，不见青凤。

“洛文，青凤呢？”温良顺却问他。

“我怎么知道呢？”洛文莫名其妙。

月光下，他跟温良顺已经浇完了大半块地，才看见青凤那飘忽的身影，一溜小跑而来。

“青凤，你干什么去了，这么晚才上工？”温良顺声音里含怒地问道。

“开会去啦！”青凤也没好声气地回答。

“开什么会？”温良顺又追问一句。

青凤只回答两个字：“保密！”就向洛文那一边匆匆走去。

洛文还乡六年，风吹日晒，每天都滚一身泥巴，把他摔打得像个强壮的农民了。他皮肤黧黑，两手老茧，只在眼角眉梢，一瞬之间的神态中，还保存着尚未褪尽的书生气息。

六年来他一直劳动在稻田，不但已经是一个头等的劳动力。而且因为他有文化，买了几本水稻栽培的书，因地制宜，进行科学种田，小龙门的水稻产量一直居于全县首位。但是，身为贱民，劳而无功，荣誉落在了党支部头上。青凤愤愤不平地说：“你出力，他们出名，这不公道。”他微微一笑，说：“我同样也得到了荣誉。”青凤哼道：“党支部得奖旗，你能沾什么光？”他严肃起来，说：“我并没有开除我的党籍。”

此时，他上身穿一件蛛网似的背心，下身的裤子挽到膝盖，光着两只泥脚，在田埂上跑来跑去。

青凤走到洛文身边，只见洛文面容清瘦，神情萧索，一副疲惫和忧郁的气色。她知道，工作队进村以来这些日子，洛文就像头顶着乌云，心上压着磨扇，看不见笑脸，听不见笑声了。

“文哥，你累了吧？”青凤轻声说，“躺一会儿去，我一个人干。”

“不……”洛文的脸色凄苦，“我不愿躺下。”

浮云掩月，月色朦胧，流水潺潺，夜风中流荡着稻香水气。青凤虽然看不清洛文那凄苦的脸色，但是听见他那凄凉的声音，只觉得心头阵阵痉挛，肺腑隐隐作痛，想哭一场。

这两年，青凤变化很大，像一朵盛开的野花，一年比一年好看，好看得连自个儿都害羞了。她的丹凤眼春水盈盈，艳丽的脸儿像搽上了凤仙花汁，丰满秀拔的身子比别的女伴引人注目；羞得她想打扮又不敢打扮，野丫头不野了。已经有七八个媒人登门，给她介绍对象。每一回，她都先跟洛文商量；每一回，洛文都是一句话："婚姻要自主。"于是，一回又一回，她不是不见面，就是见了面也不中意。而在每一回谢绝之后，她就羞答答地跟洛文说："我把那个人打发走了。"洛文便问道："人品不好吗？"她摇摇头，说："只是不对我的心思。"洛文也还是一句话："那就等一个更好的吧！"她问："更好的在哪里呢？"洛文笑道："有缘千里来相会，无缘对面不相逢。"她又问："等到何年何月哪一天呢？"洛文仍然笑道："踏破铁靴无觅处，得来全不费功夫。"她多么想从心房里喊出口来："远在天边，近在眼前，我等的就是你呀！"可是，一见洛文就像那拨不响的琴弦敲不响的钟，气不打一处来，总要有几天不理睬他，冷若冰霜地给他几天脸子看。

这时，一道畦埂跑了水，洛文和青凤一齐奔过去，两锨齐下，堵住了缺口。洛文刚要离开，青凤叫住他："文哥，等一等！今晚上工作队找我们全体团员开会了。"

"啊！"

"宁队长宣布，泄密要开除团籍。"

"那就不要对我讲。"

"可是……可是……我要是不告诉你，那就对你亏了心。"

"我不怪你，也怪不得你。"

说罢，洛文想走，青凤却牢牢抓住他的胳臂不放，哭声说："我要告诉你！宁队长叫我们揭发你回村六年的罪行。”

洛文的身子一震，苦笑了一下，说：“我早料到了。”

“他叫我们每个人都得想出几条来，不说不散会。”

“欲加之罪，何患无辞，何必强人所难？”

“我实话实说，你平日从不多言多语，种稻子是个高手把式，提高了产量。他气得像漏风的冷灶烧青柴，七窍八孔都出烟。”

“凤妹子，你真傻！”洛文跺着脚，连连叫苦，“你为我说几句公道话，救不了我，倒害了你，何苦呢？”

“宁队长说你文化高，比地、富、反、坏更危险，更凶恶，要列为重点斗争对象，难道我能忍心再给你添油加醋？”青凤心疼地流下了眼泪。

“你马上回去揭发我！”洛文厉声命令。

“我揭发你什么呢？”

“比如，不肯低头认罪。”

“你怎么不低头认罪啦？”

“我跟你说过，我没有反党。”

“你就是没有反党。”

“我还坚持自己是共产党员。”

“我看你比那些靠整人入党，靠耍嘴皮子入党的人，更配当共产党员。”

“凤妹子！”洛文痛苦地喊道，“不要管我，救出你来要紧！”

“我的良心还不想喂狗！”青凤把洛文一搡，奔她爹那一边走去。

下半夜换了班，洛文两腿像灌了铅，脚步沉重地走回家去。推开院门，就听见北房东屋里，哥哥在呜呜哭，翠菱在低低啜泣。他知道，为了他，哥哥和翠菱正受到越来越沉重的压力，身似油煎，心如汤煮。他感到深深的负疚，走进他那两间泥棚茅舍，只觉得浑身一阵虚弱，栽倒在小炕上，一动不能动了。

精心布置，巧妙安排，工作队召开了贫下中农大会。

会上，工作队长宁廷佐宣布洛文五七年的罪状。宁廷佐的面孔、心肠和声音，都占一个冷字。冷冰冰的面孔令人望而生畏，冷冰冰的心肠寒气逼人，而冷冰冰的声音更令人不寒而栗。他那宣布洛文罪状的腔调，就像在公审大会上，宣读死刑判决书。

“冤哪！”突然，老贫农温良顺大叫一声。

会场乱了。

宁廷佐那一双冷眼，射出两道寒光，问道：“你为谁喊冤？”

“我为洛文喊冤！”温良顺走到台前，向宁廷佐张着两手，“原来洛文为这个戴帽子呀！这顶帽子应该给我戴上。”

“你……你这是什么意思？”宁廷佐那铁板一块的面孔上，露出了惊慌和恼怒的神色。

“都是我的罪过呀！温良顺老泪滚滚而下，“那年洛文从大学放假回来，我向他吐了一肚子苦水，叫他反映到上边去，谁想竟害得他遭了大罪。求求你，把他那顶帽子给我戴上，放他给人民效力去。”

“胡言乱语，破坏运动！”宁廷佐气得连连拍打桌子，“你身为贫下中农，却为阶级敌人张目，显然已经变质，也要立案审查！”他喝令两个民兵，把温良顺架出会场去。

“冤哪！”温良顺打着千斤坠儿，跳脚大哭，“我冤哪，洛文更冤哪！”

温良顺从八岁给地主家放牛，到解放那年五十岁，扛了四十二年长工，土改分了房，有了地，农业合作化高潮中带头入了社。他看见一些社干部作威作福，无法无天，心疼得像刀剜，气恨得炸了肺。一天夜晚，几个社干部正大摆酒筵，刚刚端起酒盅，拿起筷子，他像一阵旋风闯进来，掀翻了筵席；四喜丸子满地打滚儿，红烧鲤鱼地上乱蹦，炖熟的鸭子飞出了窗口。当时那几个社干部就揪住了他，一根麻绳捆了他个五花大绑，寒鸭浮水吊在房柁上，天明才放回家去。温良顺一口气窝在了五脏六腑，病倒在炕上。上大学的洛文放假回家过春节，温良顺向他哭诉了满腹苦情，求他申冤。洛文又了解到许多其他情况，整理成一份调查报告，复写了几份，分别投寄有关部门和报社。那时候正大鸣大放，他的调查报告作为读者来信，刊登在一家大报的头版上，引起很大震动。不想，没过多久，他的这封读者来信竟被指为大毒草，断送了他那最可宝贵的政治生命和青春年华。他还乡六年来，跟温良顺一同劳动在稻花飘香的畦田里，一同歇息在地边的老龙腰河柳浓荫下，吃喝不分，亲如父子；说不完，道不尽，却一直闭口不谈他的划右原因，温良顺也怕触痛他的伤口，不敢开口问他这个情由。因此，今天工作队长宁廷佐当众宣布洛文的罪状，温良顺恍然大悟，就像万箭穿心，怎能不挺身而出，为洛文鸣冤叫屈？

温良顺被架出会场，马上开始斗争洛文的大会。散会以后，宁廷佐又对洛文进行了两个小时的训话，直训得洛文像被扒下了一层皮，才放他回家。

这是一个漆黑的夜晚，天边掠过一道道闪电，响着滚滚的雷声，洛文饿得肚子发空，拖着疲乏的身子和软弱无力的双腿，回到家门口。黑暗中他绊了个跟头，原来他的被褥、包裹和书籍都被扔出门外，哥哥和翠菱不许他进门了。

他不感到愤怒，也不想破门而入。眼前黑乎乎的门板上，好像出现了哥哥那可怜巴巴和翠菱那憔悴枯黄的面影。这几天，胆小怯懦的哥哥，脸上的皱纹一天比一天更深了，腰一天比一天更伛偻了，目光一天比一天更愁苦了。工作队三番五次找他谈话，勒逼他揭发弟弟现行的反党反社会主义活动，立功受奖；他都低着头，拱着肩，缩着脖子，面如死灰，任凭工作队喊哑了嗓子，只是闷声不响。今天召开斗争大会之前，哥哥忽然下令，全家吃一顿包饺子，翠菱还炒了四样菜，打了一壶酒。原来，这是散伙饭。

一阵悲凉，袭上洛文心头。不能怪哥哥胆小怯懦，也不能怪翠菱无情无义，哥哥和翠菱一生安分守己，却平白无故受他的株连，是很不幸，很冤枉的。更何况他还有一个比一个幼小的侄儿，怎能让孩子们做自己的殉葬品？

无家可归，洛文抱着头坐在路边的饮马石槽上，背靠着拴马的伞柳，陷入痛苦的深渊。一道亮闪划破夜空，铜钱大的雨点在雷鸣中飘洒下来，他仍然一动不动，像是失去了知觉。

4

“洛文哥，快到我家去！”

雷雨中，一阵奔跑的脚步声，青凤连连喊叫他。

青凤摸着黑，收拾散乱在地上的被褥、包裹和书籍，又喊了一声：“洛文哥，到我家去！”便在雷电交加中先跑走了。

绵密的雨，穿过伞柳，浇透了洛文的身体，他还是一动不动，变成了石头。

“洛文哥，到我家去吧！”

突然，他那被冷雨浇得麻木僵硬、冻在了饮马石槽上的身子，被青凤那两只强有力的胳膊搬动起来，又牵起他的一只冰冷的手奔跑。在泥泞的道路上，他们摔了一个又一个流星赶月的跟头。

青凤把洛文搡进柴门，又推进屋去。

温良顺扑下炕来，不顾洛文满身泥水，紧紧抱住他，老泪纵横地哭道：“孩子，是我害了你！我对不起你，对不起你爹。”

青凤端进一壶酒，眼里噙满泪花，说：“文哥，喝口酒吧！散散寒气。”

温良顺给洛文脱下沾满泥水的衣裳，又给他披上一条棉被。

一口酒下肚，一股暖流直通周身上下，麻木、僵硬，失去了知觉的洛文，从凝固的眼睛里，淌下了滔滔热泪。

青凤又给洛文做得一碗热汤面，漂满金黄的蛋花，翠绿的黄瓜片，香气扑鼻。温良顺从女儿手里接过碗来，捧给洛文，说：“孩子，你哥哥嫂子跟你一刀两断了，我这儿就是你的家！”

“文哥，你就在我们家住下来吧！”青凤在外房给洛文洗着泥水衣裳，“住在我的屋里。”

“你到哪儿去住呢？”

“我跟我爹住一屋。”

"那怎么行呢？还是我跟大叔一屋住。"

"你要看书写字，一个人住一屋方便。"

"我哪儿还有看书写字的兴致呀？"洛文悲哀而又委屈地说，"就因为我会看书，会写字，才把我看得比地、富、反、坏更危险，更凶恶。"

"那是他们昧着天良说话！"温良顺拍得炕沿山响，"共产党栽培你念书，你在共产党的学堂里念书，念的是共产党的书，怎么会念出比地、富、反、坏还危险，还凶恶？"

青凤满面怒气，却眼中含泪说："文哥，人活一口气，树活一层皮；你要是不想上进走下坡，我头一个看不起你！"

"是呀！"洛文沉重地叹了一口气，"我不能自己把自己开除出党。"

"说书唱戏，那些成气候的人，哪一个不是熬过了三灾八难？"温良顺那苍凉的声音，充满柔情，"孩子！别眼观三指远，国家早晚有想起你们这些人的时候。"

吃过饭，洛文被送进青凤的屋子。

这是一间农村姑娘的闺房。雪白的蒲苇新席，浅绿的冷布窗纱，炕上地下，一尘不染，满屋子淡淡的清香气息。温良顺只有这个女儿，女儿是他的命根子，从青凤二十岁起，他就年年给女儿预备嫁妆。两口黄杨木箱子，杜梨雕花的墙柜，还有一套新式的桌椅，都罩上荷花小鸟的塑料布。

青凤把洛文的书籍放在桌上，笑吟吟地说："我这套桌椅给你使用，你得多看几本书，多写几万字。"

“我还是趴炕沿吧！”洛文感到于心不忍，“这是你的陪嫁，别给你弄脏了，碰坏了。”

青凤陡地涨红了脸，嗔怒地说：“你把我当成了小心眼儿！”

“不是那个意思，不是那个意思……”

“我送给你了！”青凤霍地揭开塑料布，露出崭新的油漆桌面，又从头上拔下发夹，在漆面上划出洛文的名字。

“你……你真！”洛文不知说什么好了。

看书可以忘忧，写字更能消愁。洛文在大学上的是数学系，别人眼里感到枯燥乏味的公式和数字，在他眼前却织成满天彩虹和云锦，呈现出山外有山的一峰又一峰。于是，心中的烦恼，窗外的雷雨，都被他忘怀了。

不知过了多久，他的肩上忽然被人拍了一掌，惊回头，只见青凤披着衣裳，掩着怀，悄悄站在他的身后。

“睡吧！”青凤小声说，“工作队不是命令你起早去义务劳动吗？”

“啊！我忘了。”

雨小起来，鸡啼声声。洛文熄了灯，上炕躺下来。

又不知过了许久，青凤站立在他枕前的炕沿下，摇醒了他，说：“起来吧！去晚了要加倍罚你。”

雨过天晴，骄阳似火，洛文从早到晚都在河边挖河泥，完成八方，才许收工。中午洛文也不敢休息，一气之下卧病在家的温良顺，拄着一根柳木棍子，给他送饭。入夜，他还差一方多；牛马回棚，猪羊进栏，鸟雀投林，他可回不了家。

几里长的一道河湾，只有他一个人，四下一片沉寂。一团团大花脚蚊子从蒲苇丛中飞出来，列成战阵，向他袭击，更逼得他挥动铁锨，不敢有片刻喘息。

“文哥，我来了！”一颗流星，拖着一道长长的白光，牵来了青凤那轻盈的身影，“你吃口饽饽，歇一歇，我替你挖。”

洛文已经支撑不住自己，手拄着铁锨也拔不出陷入淤泥的双腿；青凤搭过来一把手，才把他扯上岸。

青凤递给他两个馒头，他踉踉跄跄走进一片白沙柳棵子地，全身像散了架，仰面朝天躺下来，手拿着馒头却没有力气张嘴来吃；呼吸着满地浓郁醉人的青草气味，进入了半昏迷半入睡状态。

醒来，已经月到中天，身上盖着青凤的花褂子，花褂子散发着甜甜酸酸的汗味儿。他很想鲤鱼打挺，一跃而起，但是四肢酸痛，只得挣扎着爬起来，摇摇晃晃站起身。

河边，青凤一锨一锨地甩着河泥，还轻柔地哼着小曲儿，已经堆起了三方。

“凤妹子，别挖了！”洛文走过去，把花褂子挂在一条柳枝上，背转脸去说。

青凤笑道：“我再给你挖一方，明天你就轻闲了。”

“白费力！”洛文说，“多挖只算态度好，不顶明天的数儿。”

“原来他们记的是亏心账！”青凤把铁锨一扔，跳出了泥塘。

“你饿了吧？”洛文还像一根木桩子似的脸朝外站着，“那两个馒头我还没吃，咱俩平分秋色。”

只听扑通一声，青凤跳下了河，洛文急转身，河上有一只戏水的天鹅。

忽然，芙蓉出水，青凤跳上岸，一阵凉飕飕的河风吹来，她尖叫道："文哥，快把我的褂子送过来。"

洛文赶忙跑着送过去，来到青凤面前，皱着眉头笑道："你真是野性不改。"

青凤不慌不忙地把一只胳臂伸进袖子里，突然，趁洛文又背过了脸，冷不防把他往河里一推："放着河水不洗船，你也下去吧！"洛文失足下水，她发出一阵听出二三里的笑声。

笑声招来了鬼祟。

一道白森森的手电光像一支利箭射过来，宁廷佐幽灵一般出现在河边的高岗上，左右各有一名荷枪的民兵护驾。

"你们在这儿干什么？"宁廷佐的声音，阴阳怪气。

洛文慌忙上岸，答道："挖河泥。"

"青凤同志，你呢？"

青凤高高一扬脸儿，说："我监督他劳动。"

"把洛文带到我的住处去！"宁廷佐向那两个荷枪的民兵打了个手势，"青凤同志，我们一路走。"

"走就走吧！"青凤满不在乎地说。

两个民兵押送洛文在前，宁廷佐和青凤走在后面。

"青凤同志，我前几天对你，昨天晚上对温良顺大叔，态度不十分好，我向你们父女俩检讨。"

宁廷佐那冷冰冰的声音，一变而为热乎乎的了。

青凤对于宁廷佐本来充满敌意，一听他低声下气，反倒觉得过意不去，忙说："一个巴掌拍不响，我们爷儿俩也都是爆竹飞花的脾气，沾火就着。"

宁廷佐又以更为亲切的口气说："温大叔在解放前扛了四十多年长工，直到土改才有了土地，所以他是农村无产者；在阶级身份和政治待遇上，应该比贫农和下中农要高。"

青凤笑道："都是受苦人，还分什么高低上下？"

"不！"宁廷佐庄严地说，"没有区别，就没政策，那就要混淆了阶级路线，国变色，党变修。"

青凤问道："高低上下怎么区别呢？"

"根据本人的经济地位和政治态度。"宁廷佐打着白森森的手电光，给这个无知的野姑娘照路，"在农村的人民内部，要划分雇农、贫农、下中农、中农和上中农五种成分，雇农居于领导地位，最革命；温大叔是真金足赤的雇农，应该担任领导工作，也应该在运动中表现出最富有斗争精神。"

"您……您还是……另找能人吧！"青凤笑得喘不上气，"他就知道脸朝黄土背朝天，闷头干活；一不能说会道，二不识文断字，三没有七弯八转的心眼儿，当不了干部。"

"我本来要提名选他当贫协主席。"宁廷佐深感遗憾，"那怎么办呢？"

"选别人就是了！"青凤爽快地说，"想当官儿的有的是，官材好找。"

"不，不……"宁廷佐慢悠悠地摇着头，沉吟半晌，忽然金丝眼镜一亮，"既然温大叔当不了，那就你来当。"

青凤带着笑声尖叫起来："我这个奶毛没褪尽的丫头片子，更当不起。”

“世上无难事，只怕有心人。”宁廷佐婉言相劝，娓娓动听，“只要你立场坚定，旗帜鲜明，敢于斗争，善于斗争，那就没有担当不起的工作。”

但是，青凤仍然咬定说：“鱼儿上不了树，鸡毛飞不上天，我天生的不是官材。”

“啊！我猜中了，你是不是想出外当工人？”宁廷佐从喉头发出一阵酸溜溜的笑声，“今后工厂到农村招工，也要首先优待运动中的积极分子。”

青凤怨声怨气地叹息：“我这个人哪，就是少长了一条巧嘴八哥儿的舌头，不会积极。”

“青凤同志，千万不要忘记阶级斗争！”宁廷佐的口气冷下来，已经流露出不耐烦的心情，“现在，南有美帝，北有苏修，蒋介石叫嚣反攻大陆；国内的地、富、反、坏、右，蠢蠢欲动，妄图与帝、修、反里应外合，想叫我们广大贫下中农再吃二遍苦，再受二茬罪。”

青凤惊恐地瞪大了眼睛，说：“哎呀！我真是有眼无珠，怎就看不出来？”

“你们父女都被蒙蔽了！”宁廷佐痛心地说，“阶级敌人装扮得文质彬彬，表现得温柔多情，再加上开口甜言，闭口蜜语，于是你们父女就把一条冻僵的毒蛇收藏在怀里。”

青凤的心怦怦乱跳，问道：“你……你指的是谁？”

“洛文！”宁廷佐恶狠狠地说，“你们父女必须猛醒，控诉他的罪行，跟他势不两立。”

白森森的手电光中，青凤只见宁廷佐那冷冰冰的刀条子脸，像涂上一层可怕的铁青色，她尖叫一声，惊弓之鸟似的逃走了。

回到家，她的心里像十五个吊桶打水，七上八下。温良顺在炕上，也坐卧不安。

黎明前，忽然大雨滂沱，温良顺猛地照炕席上擂了一拳，喊了声："杀人不过头点地，不能软刀子割人！"说着，跳下炕。

"爹，您干什么去？"青凤惊问道。

"我去找姓宁的！"温良顺从墙上摘下斗笠，"让他把我跟洛文一块儿整死。"

门开了，全身泥水浆汤的洛文走进来，面无血色，嘴唇发紫。

"文哥！"青凤扯下吊竿上的手巾，心疼地给洛文擦脸，从头上擦到脚下，"你先回屋躺一躺，我马上给你做饭。"

洛文痴呆呆地说："不躺了，我要搬走。"

温良顺两眼冒火地问道："是姓宁的下令吗？"

洛文点了一下头，说："村北那块拉了秧的瓜田里，瓜楼空下来，我搬到那儿去住。"

"不搬！"青凤叫道。

"我不放你走，不放你走！"温良顺高喊着，"是我害了你，我要一辈子还这个债。"

"我不能再糟害你们了！"洛文痛苦地哀求说，"我不怕头上再加一顶坏分子的帽子，可是损坏了凤妹子的清白名誉，我良心不安。"

"人正不怕影儿斜！"青凤又羞又恼，满面通红，"他们含血喷人，嘴上长疔，不得好死。"

温良顺一跺脚，左手拉着洛文，右手搭在青凤肩上，说："洛文，我把青凤给你了！你们俩要是乐意，就成夫妻，不乐意就做兄妹。”

“不，不，不！”洛文慌张地说，“凤妹子不能跟着我一辈子受苦受难。”

“我心甘情愿。”青凤脸儿苍白，嘴唇哆嗦着，“一言为定，你说话吧！”

“青风，你不要一时感情冲动，还是三思而后行。”洛文凄然惨笑，“我在大学里，有过一个……未婚妻。我出了事，她原来也发誓跟我同生死，共患难；后来，压力太大，挺不住了，又不得不分离，两人都很痛苦。”

青凤一听，柳眉倒竖，伸手抄过一把剪子，对准胸口，说：“我划开心来给你看。”

洛文急忙抓住她的手腕，泪如雨下，说：“那就委屈你一辈子了！”

“你眼里没有我！”青凤哭道，“这几年你难道看不出来，我等的就是你。”

“这也是天遂人愿！”温良顺喜泪交流，“洛文，翠菱不会忘记，你十二岁那年，我就把青凤许配给了你。”

5

没有一个宾客，没有一桌酒席，没有放一挂鞭炮，没有挂一盏红灯，冷冷清清的婚礼。

宁廷佐下令，不许大队开发介绍信，洛文和青凤登不了记。但是，温良顺犯起犟脾气，十八匹马也拉不回头；青凤更是铁了心，刀搁在脖子上也不改口。国庆十五周年那天晚上，皓月当空，桂子飘香，温良顺关上门，给洛文和青凤办了喜事。

洞房里装满了皎洁的月光，青凤没有点起红烛，也不要灯火。

住在一起了，青凤感到心慌意乱，洛文也感到很难为情。两人坐在炕沿上，相隔咫尺，谁先开口？

一阵夜风，吹来一匹轻纱似的浮云，遮掩了窗外的明月，屋里幽暗下来。

青凤悄悄挨近了洛文一点儿，洛文却依然像一座木雕泥塑。

她眨了眨眼，幽暗中偷偷伸过手去，轻轻掐了洛文一下。

洛文惊醒了，对青凤羞涩地一笑，青凤双手一蒙脸，投入洛文的怀抱。

“睡吧！”洛文小声说，“明天我还要起早。”

青凤却仰起脸儿，问道：“我有几句话，不知道你愿听不愿听？”

洛文抱着她，说：“你的话，我能不愿听吗？”

青凤的目光一闪一闪的，说：“咱俩棒打不散，今晚上才落到了一棵树上，有多少人瞪圆了乌烂眼儿，想等着看咱俩炸窝。咱俩得横下一条要强的心，争这口气，有个马勺碰锅沿，响声也不要传到墙外去。”

洛文笑了笑，说：“你放心，我不跟你拌嘴，也不跟你吵架。”

“我这个人，是一支钻天爆竹。”青凤咯咯笑道，“爆竹响的时候，你先忍一忍，让一让我；等响过了，烟消火散了，任你打我罚我，我都乖乖地听你发落。”

“傻话！”洛文无限柔情地抚摸着她那丰满的身子，“我动手打你，还有人性吗？”

“再有……”青凤瞟了洛文一眼，又把脸深深埋在洛文的怀里，“等咱俩有了孩子，男孩儿得姓温，我们温家不能断了根。”

洛文激动地说：“我也愿改你的姓，何况孩子？”

“家务活，不许你干；柴、米、油、盐，也不许你管。”

“柴、米、油、盐，我不管，家务活我怎么能袖手旁观呢？”

“不够我一个人干的，何必你插手？”

“你做饭，我烧火吧？”

“不用你！你烧火费柴火。”

“我管喂猪。”

“你喂猪猪不上膘。”

“我喂鸡。”

“你喂鸡鸡不下蛋。”

“难道你叫我衣来伸手，饭来张口吗？”

“我就是要你衣来伸手，饭来张口。”青凤柔声细气地说，“收了工，吃完饭，我把你锁在屋里，看书写字，天天长学问。”

“凤……”洛文肺腑感动，“我累赘你一辈子，还能忍心叫你给我当牛作马吗？”

“好人哪，我的好人哪！”青凤又哭又笑，“要是能拿我这条命换回你过去的好光景，我也乐意啊！”

一年过去，青凤怀了孕。十月分娩，正赶上大浩劫的第一个多事之秋，一对双生的儿女，在血雨腥风中落生了。

望着妻子那疲惫而又甜蜜的脸儿，望着这两个哭声一刚一柔的小生命，洛文爱怜地说：“你们为什么不一前一后来呢？看把你们的娘累得像晒蔫了的花儿。”

“这才叫双喜临门，两全其美呀！”青凤得意地说，“你这个当爹的也出点力，快给儿子、女儿取个又吉利又悦耳的名字吧。”

洛文沉吟片刻，说：“儿子叫小莽，女儿叫小卷。”

“小莽，小卷……”青凤微微皱了皱眉，“有点绕口，也不响亮。”

洛文忙说：“有一种草，草名卷施，又叫宿莽，拔心不死。李白有两句诗，‘卷施心独苦，抽却死还生’，象征爱情的忠贞。”

青凤眉开眼笑了，说：“原来有这么多的学问，那就叫吧！”

“何止象征爱情的忠贞呢？”洛文意犹未尽，感慨地说，“心独苦，死还生，也可以象征对党的忠贞，对革命的忠贞。”

小莽和小卷的哭声像二部合唱，欢迎父亲给他们命名。

青凤慌忙说：“扶我坐起来，我给小莽和小卷喂奶。”

洛文让青凤靠在他的身上，青凤解开小衫，袒露出两只白兰香瓜似的乳房，左臂抱着儿子，右臂搂住女儿，看小莽和小卷那两张花蕾小嘴儿，含着紫桑葚似的乳头，贪婪地吮吸洁白的乳汁，苍白消瘦的脸上浮漾起心醉的微笑。

血雨腥风笼罩着运河，一位呼风唤雨的大人物的孙女，带领她手下的一支人马，从北京杀向农村，要将黑五类斩草除根，一夜之间，血洗了距离小龙门三十里的一个村庄。早晨，温良顺和洛文刚到河边稻田，只见满河漂浮着一具具男人、女人、小孩儿的尸首，令人毛骨悚然，目不忍睹。

“洛文，只怕要大祸临头，难免一场血光之灾。”温良顺心惊肉跳地说，“你还是带着青凤和两个孩子，躲一躲吧！”

“躲到哪儿去呢？”洛文心乱如麻，只感到上天无路，入地无门。

“就像当年鬼子大扫荡，躲到青纱帐去。”温良顺唉声叹气，“太平年月大开杀戒，不叫人好好过日子，造孽呀！”

中午收工回家，洛文走进屋去，只见青凤坐在炕上，背靠窗台，玻璃窗外是一铺葡萄架，绿荫中洒下金色的阳光；青凤的怀里，奶着两个孩子，一边哼着低柔的催眠曲，一边自己也在打瞌睡。

快满月了，小莽虎头虎脑，小卷俊眉秀眼，都长得水灵灵可爱。青凤一个月没下地，不被风吹日晒，身子更丰腴起来，娇艳的脸颊上有两块蝴蝶斑，反而越发显得俏丽。洛文凝望着这母子三人，映衬窗外的景色，眼前就像是一幅令人赏心悦目的名画。

青凤只不过睡意蒙眬，洛文一进屋，她就知觉了；但是，她仍然假意打盹儿，眯起眼睛偷觑丈夫的神色。

这一个月，洛文虽然笨手笨脚，却是很知道体贴她的。孩子落生的头三天，她下不了炕，洛文不但给她端饭、打水、梳头、擦身子，而且还要给孩子洗尿布，她享受到丈夫的服侍，心里像喝了蜜，可又心疼这个苦人儿，所以一出三天就自己动手，不许洛文再管了。

这时，洛文痴呆呆地凝望着她们母子，她从洛文的目光里，感到了丈夫对自己的爱恋，也感到了丈夫对儿女的喜爱，她的心甜得都醉了。

她终于忍不住扑哧笑了出来，撒娇地问道：“看够了吗？”

不想，洛文却黯然神伤地说：“两个无罪的孩子，也要受我的连累了。”

青凤那喜洋洋的心情被扫了兴，噘起嘴说：“这是打哪儿刮来一股冷风，叫人丧气！”

洛文忧心忡忡地说：“从北京下来一支红卫兵，昨天黑夜杀了人，河上漂着死尸。”

“杀的是什么人？”青凤大惊失色。

“黑五类。”洛文低沉地说，“像我，你和这两个孩子，他们都要杀的。”

“胡说八道！”青凤吵嚷起来，“我是雇农的女儿，我家几辈子都是雇农，你是贫农的儿子，你家祖宗三代都是贫农，咱们的孩子是贫雇农的后代；根是红的，苗是红的，枝是红的，叶是红的，开花结果也是红的。”

“你忘了我头上有一顶右字号的帽子！”洛文苦笑着说，“咱俩还是带着孩子到青纱帐里躲一躲。”

“不！”青凤怒气冲冲，浑身像起了火，“哪个狗东西敢闯进门来，我跟他拼了。”

洛文知道，青凤正在大发她的爆竹脾气，也就不再强劝了。

下午，风声更紧。京津公路，运河两岸，脖子上挂着黑牌子的男人，剃了阴阳头的女人，从北京被赶下来，沿途不断遭到袭击，倒卧在血泊中，尸横路畔。

晚上，洛文愁眉苦脸地一进家门，只见青凤正在院子里焦急地打转转。

还没等洛文开口，青凤就神色张皇地说：“快躲起来吧！也把你那些书带着。听说不光杀人，还要烧书。”

于是，黑灯瞎火，还没有出满月的青凤，头上蒙着一条冬天的围巾，身穿棉裤棉袄，怀抱小莽和小卷，洛文身背一捆被褥，手提一口袋书籍；深一脚浅一脚，仓皇逃进了青纱帐，隐藏在茂草丛生的一座坟圈子里。

果然，半夜三更，女司令和她的人马乘坐八辆摩托车，高唱造反有理的战歌，冲入小龙门。他们手上早有一张黑名单，一进村就直奔温家。八辆摩托车的八盏车灯，直射出八道强光，女司令和她的人马，砸门的砸门，跳墙的跳墙。

“黑五类，滚出来！”女司令尖叫。

她的眉眼和脸形，酷似她的爷爷；而她的发式和打扮，腔调和神气，又跟她的旗手一模一样。

三间小屋，无声无息。

“妈的！屋里有人没有？”

女司令的两名男卫士，粗着嗓子叫骂。

“找谁呀？”室内，这才有个苍老的回声。

“黑五类！”

“你们找错门了！”老人慢声慢气地说，“这一户人家，住的是贫雇农。”

“你姓什么，叫什么？报上名来！”女司令喝道。

“我姓温，叫良顺，扛了四十二年长工……”

“找的正是你！”女司令下令，“进屋搜捕。”

几名男女冲锋队员冲进屋去，七手八脚拖出了温良顺，按倒在地，踏上十几只脚。

“咱们先礼后兵。”女司令叉着两腿，双手叉腰，“洛文跟他的黑婆娘，还有他的狗崽子，藏到哪儿去啦？”

“毛主席，救命啊！”温良顺凄厉地呼喊。

女司令恼火了，又一声令下：“用刑！”

于是，十几条鞭子、皮带、藤竿，嗖嗖带风，呼呼作响，狠抽猛打在温良顺那瘦骨嶙峋的身上。

“毛主席，你的小将打你的受苦人啦！”温良顺直着脖子惨叫。

但是，叫天天不应，唤地地不灵。温良顺血肉横飞，气息奄奄了。

“停！”女司令一挥手，“老东西，交出洛文一家人，宽大处理。”

温良顺想抬起头来，但是颈骨已经被打断了，他拼出最后一口气，从嘴里喷出一团血沫子，满啐在女司令的脸上：“你……这个……你们……这一群……小畜生！”

“消灭他！”女司令满脸血污，歇斯底里大发作。

这时，一辆广播车开路，后面跟随着四辆卡车和一辆大轿子车，沿运河大堤，赶奔小龙门而来。

“小将们！我们奉周总理的指示，要求你们立即停止在农村的行动，并把你们接回北京……”

在这个月黑杀人夜，从广播车的扩音器里，传送出救命的福音。

“撤！”女司令切齿有声，“又是他不准革命。”

说罢，她跳上首车，八辆摩托车夺路而走。逃到小龙门村外，从一条小河的土桥上疾驰而过，女司令翻车落水，人马乱成一团。广播车、卡车和大轿车赶到，把腰断腿折的女司令打捞上岸，连同她的人马装上了车，满载而归。

天刚大亮，小龙门还家家关门闭户，鸦雀无声，死一般寂静，直到日上三竿，才好像从噩梦中醒来。胆子大的人，蹑手蹑脚走出屋，站在墙根下，侧耳倾听墙外的动静；然后，踮着脚尖，打开一道门缝，探头探脑四下观望；又过了一会儿，街上才有三人一堆，五人一伙，交头接耳，嘁嘁喳喳，一个个都是满面惊魂未定的神色。

“温良顺爷爷死啦！”

突然，一个爬到温家墙头摘枣吃的小男孩儿，惊叫一声，从墙头栽落下来……

此后，洛文和青凤这一对患难知己，历尽三灾八难，同心共命，度过了漫长而艰辛的岁月，终于熬到了云开雾散，迎来了出头之日。

6

洛文到北京改正五七年问题，住在母校那风景幽美的校园里，每天都有拄着手杖的老教授，两鬓蒙霜的老同学，以及一群群陌生而又热情的青年大学生，前来看望他，慰问他。北京春暖，他那冰冻三尺的心田，像严冬过后绽开了春蕾。

然而，心田解了冻，却又同时揭开了三尺冰下的一个深深的伤口。

那个人，早已经在他的记忆中埋葬了。二十一年前的痛苦往事，毕竟时过境迁，年深日久，一年比一年遥远，一年比一年淡薄，一年比一年模糊。往事如烟，他不再想起那个人，把那个人忘却了。

当他接到母校的电报，动身赴京前夕，青凤和他同床共枕，春夜中喁喁细语时，忽然问道："你到了北京，见得到那个人吗？"他竟一时蒙住了，反问道："哪个人？"

"那个人！"

"那个人是谁？"

"明知故问！"青凤伸出手指，轻轻点了一下他的额角，"就是我给她当了替身的那个人。"

"啊！她……"洛文恍然大悟，原来青凤问的是他大学生时代的未婚妻黄梅雨，尴尬地一笑，"多亏你还记得这个人。"

"你真把她忘得一干二净了吗？"青凤撇了一下嘴。

洛文点点头，说："连影子也回想不起来了。"

是的，在他们那难忘的洞房花烛夜，青凤也曾问过他："你还想那个人吗？"

他摇摇头，说："从今天起，我要忘了她。"

"你恨她吗？"

"有一点儿。"

"为什么有一点儿？"

"还有一点儿可怜她。"

"为什么可怜她？"

"她是一朵温室里的花，禁不住风吹雨打。"

这一段对话，也已经是十五年前的往事了。此后，在他们那相濡以沫的共同生活中．已经用不着，顾不上，想不起黄梅雨这个名字了。

今夜，不知青凤为什么又旧事重提。

"你到了北京，见得到黄梅雨吗？"青凤又问道。

洛文想了想，说："我看，碰不见。"

"她不在北京吗？"

"风吹柳絮，浪打浮萍，谁知道她现在在哪儿。"

"万一要是窄路相逢呢？"

"那就相逢吧！"

"你搭理她吗？"

"搭理她。"

"你不是有点儿恨她吗？"

"如今不恨了。"

"为什么？"

"共产党员不应计较个人私怨，更何况她是个弱女子，怪不得她。"

"那么……你们也许……"青凤双手捧住洛文的脸，直盯着他的眼睛，"又会想起往日的恩爱吧？"

"胡思乱想！"洛文脸一沉，"你是不放心我吗？"

"我信得过你。"青凤苦着脸儿，"就怕她这个水性杨花的女人勾引你。"

"你错了！"洛文正色地说，"她虽然意志脆弱，但是品质并不恶劣，她绝不会产生拆散咱们这一窝四口的念头。"

"你替她搽胭脂抹粉哩！"青凤冷笑一声。

洛文严肃地说："我们跟她在个人感情上可以并不投合，但是全面评价她这个人，却不能不公平，这就叫实事求是。"

青凤的丹凤眼熠熠发光，说："只要她不勾引你，我愿把你还给她。”

“越发荒腔走板了！”洛文半玩笑半正经地说，“我又不是你从她手里借来的镰刀、锄头、杈把、扫帚，用完了要物归原主。”

青凤咯咯笑出了眼泪，说：“你是一只失了群的孤雁，落了地的凤凰；不是我借来的，是我捡来的。”

洛文来到母校，没有向任何人打听黄梅雨的下落，也没有任何人向他提起黄梅雨的去向，所以他想也没想过跟黄梅雨久别重逢。

但是，与母校阔别二十一年，旧地重游，不能不触景生情，睹物思人。每天，他沿着纵横交错的林荫甬路，在校园中四处漫步；他走过当年上课的教学楼，吃饭的大饭厅，埋头自习的图书馆，居住三年的宿舍楼，打过球的体育馆，跑过步的操场，荡过舟的荷塘，也看望了校门外那个夫妻小吃店的旧址……每到一处，他都像走回年华似锦的青春岁月，勾起了对于一桩桩往事的回忆。重游旧地，旧梦重温，不是往事如烟，而是往事如昨。

于是，桩桩往事，历历在目。黄梅雨的身姿和面影，翩若惊鸿，一下子十分清晰地出现在眼前。

洛文这才发觉，虽然流年似水，风狂雨虐，然而当年梅雨的风姿，仍旧镌刻和保存在他的心上，没有褪色，没有残缺。那时候，梅雨来自红豆南国，体态娇小窈窕，走起路来像风摆杨柳，浓密而鬈曲的头发梳成两条乌黑油亮的大辫子，却又在并拢的辫根上拴个蝴蝶结。她喜欢穿最新式的连衣裙和白高跟鞋，也喜欢穿南国村姑的肥大黑绸裤，紧身小衫，打赤脚，家常布鞋。她有一张秀丽的瓜子脸，一双弯弯的蛾眉，两颗明亮的眸子，鼻子很美，红润的嘴唇就像刚咬破了樱桃。

他们同学三年，热恋三年，从校园到校外乡村的小河边，被他们走出了一条游丝般的小路；曲径通幽，在小河边的绿林深处，青草地上留下了他们起坐枕卧的痕影。

三年里，梅雨在科学研究上甘当洛文的配角，日常生活中也甘当洛文的内助。从找资料、编卡片、抄稿子，到买饭票、洗衣服、拆被子，一切烦琐的杂务，梅雨都包了下来，不肯分散洛文的一点时间和精力。洛文从大学二年级，在数学杂志上发表了两篇很有分量的论文，其中一篇还获得了一九五六年的科学奖金。

再有一年就毕业了，梅雨的父母催促她赶快跟洛文订婚，以免夜长梦多，失之交臂。

五七年暑假，大学的反右斗争暂告一个段落，梅雨带着洛文到她家去。

梅雨家住在南方的一个大城市，她的父亲已经六十多岁，是一位老留学生，得过硕士学位，在海关上当官，五五年肃反运动中受到审查，一直病休在家。梅雨的母亲是女秘书出身，比她父亲小二十岁，被她父亲金屋藏娇；解放以后又走出家庭，参加工作，在一家进出口公司当翻译。梅雨的父亲年老多病，又背着历史包袱，所以落落寡合，一副潦倒没落的模样。但是，梅雨的母亲却不甘寂寞；她为人十分精明，口齿伶俐，眉目传神，擅长交际，爱出风头。她四十老几了，但是打扮入时，又恰到好处；花枝招展而不俗气，银装素裹很有魅力，不知道的只当她跟梅雨是一对姊妹花。

梅雨的母亲听说女儿跟洛文相爱，真是喜出望外。洛文是全国最高学府的一名高才生，还是共产党员；女儿嫁给这样一个前途不可限量的青年人，不但自己一生幸福，而且全家也跟着在政治上沾光，可算是一桩一举两得的美满良缘。

梅雨家在郊外海滨的山坡上，有几间田园风味的竹篱茅舍，四外一片草坪花园，原是她家的消夏别墅。洛文和梅雨来到的第三天，梅雨的母亲一手操持，在消夏别墅的草坪花园中灯红酒绿，宴请宾朋，为这一对美满幸福的恋人举行订婚喜筵。梅雨的父亲自五五年以后就不愿抛头露面，告病没有出席。

日落黄昏，酒足饭饱，主客皆大欢喜。等客人们走光了，梅雨的母亲心满意足，一手牵着心爱的女儿，一手挽住乘龙快婿，喜泪盈眶地说："明年你们一毕业，马上就要奔赴工作岗位，不一定能回家探亲了，所以今天的订婚喜筵，也可以算是我们两个老人为你们举行的结婚典礼。"她把梅雨和洛文强留在别墅，自己回城去了。

梅雨的母亲走到半山坡上，忽然又招手喊叫女儿送一送她。梅雨追赶到一棵繁花茂树下，母亲在女儿的耳边喊喊喳喳，神色紧张地叮咛着。

"妈妈……"梅雨的脸被晚霞映照得绯红，"那……多不好意思……"

"傻孩子，听妈妈的话。"母亲拉长了脸，"爱情变化无常，只有如此……"

良辰美景，海阔天空，鸟语花香，形影不离。洛文和梅雨度过了蜜月一般的暑假，打算回校之后，就办理结婚登记，明年毕业，分配一起，建立家庭。

谁料想到，天有不测之风云，反右斗争扩大化。开学之后几天，洛文只因把老贫农温良顺的呼声带到了北京，还算不上为民请命，就被划了右派。

当天晚上，他们偷偷相会在校外乡村的小河边，洛文气得咬破了嘴唇，梅雨吓得嘤嘤啜泣，直坐到深夜。梅雨紧紧依偎在洛文的怀里，哭得真像江南五月的黄梅雨，口中喃喃不止：“我怕，我怕……”

“我害了你！”洛文痛心地说，“为了避免同归于尽，必须结束咱们的爱情。”

“不，不！我不……”梅雨那一双冰冰凉小手，捂住洛文的嘴，“我要跟你……患难……与共，生……死……与……共。”

“未来的日子难熬啊！”洛文沉重地摇着头，“我不想上学了，回家乡种地去……”

“为什么要回农村呢？”梅雨打断他的话，“咱们回到爸爸妈妈身边，总还有一点家庭快乐。”

“你太天真了！”洛文苦笑了一下，“那就给你爸爸妈妈写封信，听听他们的意见。”

七斗八斗，洛文顽固不化，梅雨头上的压力，也重如泰山了。他们已经受到严密的监视，不能再单独相会了。

有一天，他们从饭厅出来，看看前后没有本班同学，梅雨向洛文投去哀伤的目光，乞求地说：“洛文，低头吧！”

“你赶快下定决心，不要为我殉葬！”洛文紧紧握了一下梅雨的手，快步离去。

“我……我……我不……”梅雨望着洛文的背影，饮泣吞声。

教学大楼前面，出现了警告梅雨的大字报，右派帽子的阴影，也在她的头上荡来荡去。这时，她又接到母亲的来信，信上写道："为了你一生的幸福，为了你父亲晚年的安宁，为了我免遭池鱼之祸，你跟洛文一刀两断吧！"又是一天，她跟洛文偶然相遇，摩肩而过的时候，她把母亲的来信匆匆塞到洛文手里，哽咽着说了一句："求求你……"

"不要管我，救出你自己吧！"洛文用下达最后命令的口气说。

"我……我……"梅雨强忍悲哭，跑走了。

几天之后，梅雨贴出了大字报，又在小会上发了言。但是，她的大字报又受到其他大字报的抨击，指斥她犹抱琵琶半遮面，向她大喝一声悬崖勒马；她的发言也遭到其他发言的批驳，说她对洛文看似无情却有情，劝告她苦海无边，回头是岸。

四面楚歌，梅雨垮了，揭露了洛文只向她一个人倾诉过的思想观点。

于是，她被指定为批判大会的重点发言人。

但是，当她走上讲台的时候，看见洛文那毫无怨气的脸色，充满怜悯之情的目光，忽然一阵天旋地转，眼前一团漆黑，惨叫一声，晕倒在台上，不省人事了。

她的病情很重，休了学，从此落花流水，沧海桑田，二十二年无音信，死生茫茫两不知……

现在，在恍如隔世的二十二年后，洛文重游旧地而追忆往事，重温旧梦而怀想梅雨，似锦年华已经一去不复返了。他不禁百感交集，悲从中来，心上的伤口又出了血，隐隐作痛。

于是，他不再四处漫步，只到荷花塘里，跟二十二年后的青年大学生们一起浮水，纵情欢笑，驱散萦怀的旧梦，融解过去的痛苦。往者已矣，来者可追，以前种种譬如昨日死，以后种种譬如今日生吧！

然而，等他一个人静下来的时候，他却又一天比一天更思念他的家乡和亲人，思念在漫长的艰难岁月中跟他同心共命的妻子和儿女。所以，结论下来，他签了字，就急如星火地离开母校，一刻也不想再逗留。

归心似箭，眼看到家，他就要向青凤当面报喜了。

7

洛文一口气奔到家门外，只见满院春光，那几棵桃树沐浴着春风，香气四溢；几架黄瓜，已经长出毛茸茸的嫩叶，开出了水灵灵的小花。玻璃窗挂着窗帘，屋里静悄悄。他知道，两个孩子还没有放学，青凤很晚才能收工；只有从桃树上飞下的几只彩蝶，欢迎他的归来。

二十一年的农村生活，养成了手脚闲不住的习惯，洛文想挑几担水，浇一浇黄瓜。水筲扣在窗根下，扁担搭在水筲上。他走过去，拿起扁担，翻过水筲，哗啦一响，静悄悄的屋里忽然有人问道："谁呀？"

南方口音，是个女人。

洛文大吃一惊。窗帘掀开一角，露出一张清瘦的脸儿，叫了一声："洛文！"跟着，跑出一个两鬓洒满霜花的中年妇女，却又石像一般僵立在屋门口。

"你……你是……"洛文睁大了眼睛，扔下了手中的扁担和水筲，"梅雨！"

但是，站立在洛文面前的这个梅雨，跟二十一年前已经大不一样，判若两人了。

洛文凝望着眼前这个两鬓洒满霜花的梅雨，只见她穿一件北方农村中年妇女的蓝布罩衫，昔日那俏丽的瓜子脸布满了皱纹，两颗暗淡了的眸子充满悲愁，那像刚刚咬破了樱桃的红润嘴唇，已经失去了血色。整个面貌，令人一望而知，内外伤痕累累。

想不到梅雨竟变成了这个样子！人，是要老的；岁月给每个人的容貌上，都要刻下年轮的痕迹，然而梅雨那判若两人的变化，却是令人难以想象的。洛文的心隐隐刺痛，眼前一片模糊，于是梅雨的形象被推入远镜头，若隐若现着一个袅袅娜娜的南国少女。

他们是同班同学。洛文来自北方农村，土气十足，梅雨来自南国滨海的大城市，出身于生活富裕的家庭，傲慢而又娇气。洛文跟梅雨一见面，就觉得格格不入。

梅雨一进大学，就以她那亭亭玉立的风韵而引人注目。她虽然满面得意神气，却又旁若无人，正眼也不看那些向她投来爱慕眼光的大学生。

洛文觉得，梅雨应该去当电影明星，念数学系是误入歧途。果然，开学不到半个月，梅雨就成了众矢之的，情书像雪片般飞来，不少还是挂号信，洛文就越发对她反感。梅雨也像是一只骄傲的孔雀，洛文看不起她，她更翘起鼻子，不睬洛文。他俩来自天南地北，好像前世冤家。

谁想，如此僵局，突然急转直下。

洛文是他们那个地区的三届高中数学竞赛冠军，一心想在大学四年里，取得更高的成就。所以，他不是钻图书馆，就是到校外乡村的河畔林间，做他的功课。有一回，他又跑出校园，来到一条绿水小河边，藏进柳棵子地的浓荫里，趴在阴凉阴凉的白沙上，演算几道难题。他最喜爱这一片小天地的景色，因为他觉得有点像他的家乡的风光，倍感亲切。

清风徐来，鸟语花香，洛文全神贯注，沉浸到脱离红尘的数学境界中去了。但是，他也是个很会调整脑力的人，有张有弛，弦不绷得过紧。他自立守则，算出三道难题，至少休息十五分钟。他不会唱歌，但是很会学鸟叫，又喜欢翻筋斗，竖蜻蜓。这一回，正当他拿下一道难度极大的习题，感到心满意足，一口气连翻了七八个流星筋斗的时候，忽然从远远的林荫深处，飘来一阵袅袅的歌声：

夕阳辉耀着山头的塔影，
月色映照着河边的流萤……

洛文连忙停止了他那原始社会的狂欢方式，直立站着，倾耳聆听。

春风吹遍了坦平的原野，
群山结成了坚固的围屏……

不知不觉，洛文被这美妙的歌声吸引和感动了，竟情不自禁地低声学唱起来。

歌声时远时近，时高时低，回旋缭绕在这片小天地间，鸟语沉寂了，花香更浓了。洛文被歌声迷醉，竟不由自主地移动双腿，走出柳棵子地，寻觅歌声起处，想看一眼唱出这美妙歌声的歌人。

林荫中，闪动着一个娇小窈窕的身影；风摆杨柳，树隙间掠过一片北方农村少女花布小衫的彩色。歌声引人入胜，洛文竟忘记了男女有别，就像打破砂锅问到底，一定要找到数学难题的精确答案，他一定要一睹这位歌人的庐山真面目。

他追踪着歌声，歌声却像一缕轻烟薄雾，飘荡到林荫的更深处；他也就在林荫中穿行，常常被蔓延的藤萝绊倒。但是，他锲而不舍，穷追不放，终于把歌声撵到了这片树林最偏僻最幽静的角落。

歌声戛然而止，换成了一串清脆的笑声；歌人转过脸儿来，原来是梅雨穿起北方农村少女的衣裳，故意跟洛文恶作剧。

从这一天起，这一对前世的冤家，变成了一对如火如荼的恋人。

然而，有情人未成眷属，冤家变成了恋人，恋人又变成了冤家。当年天南地北相聚，二十一年来又你东我西分离，虽然噩梦醒来是早晨，但是已经青春不再了。

“你……你怎么找到这里来？”洛文惊奇地问道。

“我是奉命前来组稿的。”梅雨吃力地牵动一下嘴角，挤出一丝苦笑，“我刚调到《数学学报》当编辑，正看到你从这里寄去的一篇论文，编委会公认水平很高，主编决定把你的所有著作都垄断下来。我争取到这趟出差，按图索骥，来到府上已经一个星期了。”

洛文抱歉地说：“昨天我才在结论上签字，办完一切手续，劳你久等了。”

“结论很好吗？”梅雨问道。

“一会儿请你看一看副本，我觉得非常实事求是。”洛文的心情又不平静起来，“啊，党委要求我开列一份被我株连的人的名单，我写上了你的名字。听说下一步的工作，就是要推倒强加在你们这些受害者头上的罪名。”

“我并不是你的受害者。”梅雨那布满皱纹的脸上，呈现出内心痛苦的神色，“是我……害了你。”

洛文摆了一下手，不愿重理这笔旧账，走进屋去。梅雨给洛文打来洗脸水，洛文却站在临窗的小方桌前愣住了。原来梅雨以她那娟秀工整的字体，一页一页地誊写他那满纸涂鸦的手稿。

“哎呀，怎么敢有劳你这位远来的贵客呢？”洛文慌忙将他的手稿收拾起来。

梅雨把他的手按住，说：“你忘了，当年你的处女作，就是我抄的，现在你……跟我客气起来了。”梅雨的眼圈一红，转过了脸去。

洛文抽回了手，为了掩饰内心的骚动，赶忙去洗脸。又怕太冷落了，惹起梅雨的更大伤感，便笑着说：“回首往事，仍如带露折花。让我们从当年的起跑线上，开始第二个青春。”

“但是我不能够！”梅雨沉痛地说，“对于我，往事只剩下从寒塘拾起的几片残叶。”

梅雨和洛文都曾在本科之外，喜爱文学；他们引用鲁迅先生的诗文，表达自己的心情。

“看来，这二十多年你也吃了不少苦。”洛文注视着梅雨，轻声问。

“我抛弃了你，也并没有救出我自己！”梅雨再也控制不住悲痛，哭了起来。

洛文的心被扰乱了，他在屋里烦躁地来回走动，最后猛地站住了脚，大声说："梅雨，不要哭了！我怕眼泪。"

梅雨的哭泣，抽抽噎噎地止住了，哀伤地说："我本来不想在你面前流泪的，可是……我已经……不会笑了。"

洛文拧了一条湿毛巾给她，问道："你休学以后，在家里养了多少日子的病？"

梅雨擦不尽眼中泪，说："回到家里，昏昏迷迷在床上躺了几个月。心死了，没有知觉，没有感觉，只剩下一个活尸一样的躯壳。"

洛文不安地问道："后来呢？……"

"妈妈和爸爸陪我到那个消夏别墅疗养，半夜我醒来，下着大雨，我从窗口爬了出去，爬下了山坡……"

"到哪儿去？"

"我想……投海……"

"怎么忽然想起自杀？"

"我想起……你和我……那一段暑期生活，一切……都完了……"

"谁把你救了起来？"

"我爬到半路，没有气力了……妈妈和爸爸追了出来，把我搀架回去。他们跪在我的面前，求我不要抛弃他们……我便苟活下来。"

"你爸爸和妈妈现在……还好吗？"

"爸爸在'文化大革命'前就去世了，妈妈已经退休，现在给我管家。"

洛文想打破这低沉得令人窒息的气氛，换了个话题，问道："你是哪一年恢复健康的？"

梅雨木呆呆地说："我在床上躺了两年，才能下地走路，照了照镜子，人已经变了形，连我都认不出这个面目全非的人，竟是我自己。”

“那么，是五九年复学的？”

“我没有勇气再回北京，北上的路引起我的伤感，所以不想复学了。但是妈妈哭得死去活来，一定要我拿到一张大学毕业证书，我又屈服了她的意愿。”

洛文算了算，说：“数学系后来改为五年制，你是六一年毕业的。”

“六一年毕业的。”

“毕业后分配到哪儿工作？”

“我背着个五七年的中右结论，身患浮肿病，被分配到西北边疆的一个小县城，在中学教书。”

“后来又怎么调回了呢？”

“妈妈为了把我从那个遥远的地方调回来，也为了给我和全家取得最大的政治安全系数，六三年为我找到一个有点地位的男人。”

洛文的心咚地跳了一下，问道：“他是搞什么工作的？”

“是一个搞人事保卫工作的领导干部，比我大十几岁。他的前妻因为作风不正，被他发觉，自杀了，我给他做填房。”

“他待你好吗？”

“我们只共同生活了三年，他又一直在农村搞四清运动，所以互相之间很客气，不冷不热。”

“怎么只共同生活了三年呢？”

“‘文化大革命’一开始，他就首当其冲，被打成叛徒，死在了乱棒之下。我也被指为漏网右派，比当年整你还凶。”

“你的爱人叫什么名字，平反昭雪了吗？”洛文难过地问道。

“他叫宁廷佐……”

“啊！”洛文惊呼起来。

“你知道他？”

“他曾经在我们村当过工作队长。”

“怪不得他不告诉我搞四清运动的具体地点！”梅雨如梦方醒，“他在跟我结婚之前，看过我的档案，知道我跟你过去的关系。”

洛文苦涩地笑了笑，说：“我现在也才明白，为什么他对我产生浓厚的兴趣。”

“一定整过你吧？”梅雨惶恐地说，“五七年他很左，把许多好同志错划成右派。”

“谁都不要再计较个人恩怨了！”洛文诚恳地说，“他促成了我跟青凤结合在一起，做了一件好事。”

“你的妻子是个美好的人。”梅雨感动地说，“我原来很怕她啐我的脸，谁知她一听我报上姓名，说明来意，欢天喜地管我叫梅姐，又亲又热一片真情。”

洛文充满爱恋和陶醉地说：“她这个人的最可贵之处，就是心好。”

“你的两个孩子也很可爱。”

“可爱之处像他们的娘。”洛文问道，“你有孩子吗？”

“有一个女儿叫小馨，跟你的孩子同一年生，大几个月。”

洛文笑道：“那我就不必奉送你一个了。”

正说着，门外传来蹦蹦跳跳的脚步声。

“小莽放学了！”梅雨像熟悉自己的孩子，“我最喜欢他。”

洛文摇摇头，说：“他没有小卷可爱。”

“为什么？”

“太像我。”

孩子们走进了家门，女儿说：“哥，咱俩浇黄瓜吧！等爸爸回来，吃上头一茬的嫩黄瓜。”

“浇黄瓜不用你！”儿子说，“你赶快纳鞋底，等爸爸回来，穿上你做的新鞋。”

洛文肺腑一阵大恸，冲出屋门，把儿子和女儿搂抱在怀里。

8

已经傍晚，霞光笼罩着小院，左邻右舍升起了晚饭的炊烟。

梅雨忙到门外抱柴火，洛文拦挡她说：“你不会，等青凤回来做吧！”

梅雨轻轻推开他，说：“我在五七干校上了五年烹饪系，煎、炒、烹、炸无不精通。不过，最拿手的是蒸窝头，大锅熬菜。”

“可是柴灶做饭，不同煤灶。”

“我还在农村插队落户三年哩！”

洛文不敢阻挠了。这些年，烧火做饭青凤都不许他沾手，一收工青凤就撵他到屋里搞他的学问，所以只会吃饭，不会做饭，也就不必在梅雨面前冒充行家了。

梅雨也真是内行，有板有眼，手忙脚不乱。熬了一锅小米稀粥，又在锅边贴了几个玉米饼子，盖上锅盖，捂上锅布，就到案板上切咸菜丝儿，很像个农家主妇。

这时，胡同里一阵叽叽呱呱的说笑声，笑声是那么清亮，那么爽朗，那么欢畅。洛文撇下客人，三步两步迎到门口。

已经三十六七岁的青凤，虽然生过两个孩子，每日家里家外劳苦，却并不见老。她头戴一顶斗笠，手拿一把铁锨，光着脚，挽着裤腿，汗湿的旧花褂子箍住了她那丰满好看的腰身，被阳光晒得黧黑的面庞上，一双丹凤眼春水汪汪，笑起来露出雪白的牙齿。她从上到下，从内心到外表，充溢着饱满的生命力。

青凤一眼看见了洛文，喊嚷起来："哎呀，该死的！你还没忘了我们娘儿仨呀？再不回来，我可就要到北京去大海捞针啦！"说罢，跑上前来，重重地举起拳头，在洛文的肩上轻轻地捣了一下。然后，借着一片残留的霞光，眯起眼睛，退后一步，从头上到脚下，细细致致打量了洛文有一分钟，拍着手笑道："真是北京城的水清，才一个多月的光景，你又变成了当年那个白面书生，不知道的还当你是小莽和小卷的大哥哩！"

"岂有此理！"洛文不好意思地皱起眉头。

"让梅姐说句公道话！"青凤跟洛文肩并着肩，走进院子，"您看，我们俩谁年轻？"

梅雨笑道："当然是你，人面桃花。"

"晒焦了的桃花！"青凤咯咯笑着跑进屋。

洛文想跟进去，说："我的提包里，有一件浅格碎花的确良衬衫，是特意给你买的。娶了你十几年，老是欠着你的彩礼，这一回算清账了。”

青凤哐啷关上门，说：“别进来！大喜的日子，我得打扮打扮。”

听得见，她在屋里搬动大盆，又掀开缸盖，用大葫芦瓢舀水，然后就稀里哗啦洗起来。过了一会儿，便叮叮当当翻箱倒柜找衣裳，又向窗外喊道：“小卷，拢梳呢？”

女儿答道：“靠山镜前的拜匣里。”

差不多梳洗打扮了一个小时，青凤才从屋里走出来，身穿洛文新买来的浅格碎花的确良衬衫，眉梢挂着喜色，凤眼含着春光，径直走到洛文面前，仰起脸儿柔声问道：“我年轻了点儿吗？”

“娶了你十几年，我还没有仔细看过你。”洛文本来想开个轻松的玩笑，不料突然一阵心酸，喉咙哽咽了，“你……真好看。”

青凤一下子扑到洛文怀里，失声大哭起来：“我真……没想到熬出了头！”

儿子替妈妈害臊，跺着脚说：“妈，您乐疯了吧？当着梅妈妈的面，也不……”

梅雨向小莽和小卷打了个手势，一手牵着一个，悄悄走出了小院。

洛文把青凤扶进屋里，坐在炕沿上，青凤枕在洛文肩头，哭得像个泪人儿。

“青凤，这些年你为我受了多少罪！”洛文掏出手帕，连连给青凤拭泪，“以后，就好了。”

“我不怕苦，也受得了罪。”青凤啜泣着，“我是替你难受。”

“一切都过去了，向前看吧！”洛文说，“这二十余年，对于一个共产党员是千锤百炼，也许这一来会更纯粹了一些。”

“你好了起来，我就放心了！”青凤劳乏地长嘘了一口气，“你走吧！”

“走到哪儿去？”

“梅姐说，他们的编辑部想要你。”

洛文摇头笑道：“穷家难舍，热土难离，我哪儿也不想去了。”

“我把你还给梅姐，让梅姐把你带走。”青凤从洛文的怀抱中挣脱出来，面容一瞬凄然，马上又正色起来，“艰难的日子里，我能替你担几分罪，减几分苦；可是到了今天，要搞你的学问了，我这个头顶高粱花儿的女人插不上手，帮不了忙，梅姐比我强百倍，跟你正相当。”

“满脑瓜子的莫名其妙！”洛文沉下脸来，“我跟梅雨的爱情，已经是二十多年前泼在地上的水，还能收得回来吗？”

“原来你是想唱《马前泼水》，羞辱梅姐呀！”青凤扯直嗓子叫起来，“那时候，她才二十出头，小小的人儿，单薄的身子，经得住那么大的压力，受得住那么重的折磨吗？”

洛文低下头去，说：“她受的苦，比我不少；心灵上的创伤，甚至比我更重。”

“所以你该回到她身边去。”青凤含泪问道，“没有你，她可怎么过呢？”

“浑话！你……你给我住嘴！”洛文气得脸色苍白如纸，嘴唇也紫了，“我们是患难夫妻，生死之交，一儿一女使我们血肉相连。没有你，没有你跟孩子们，我怎么过呢？”

青凤凭着十几年共同生活的经验，知道洛文陷入最悲哀最愤怒的状态，怒气攻心了，吓得她赶紧搂住丈夫，求饶地说：“该死的，别生气，你怎么就不明白我的心呢？”

“我的心，你明白吗？”洛文悲叹一声，泪水从眼角淌下来。

“我明白，我明白！”青凤把脸紧紧贴在丈夫的胸窝上，“亲人，我知道你待我多么好，所以吃苦也是甜的，受罪也是心甘的。”

“那就少在我的耳边聒噪！”洛文把青凤推开，走出屋去。

梅雨也正牵着小莽和小卷回来，笑吟吟地说：“你们这里的风土真美，我明天得赶快回去，不然就要扎了根，不想走了。”

“那么，你一定会理解我为什么不愿离开家乡了。”洛文的目光，坚定而柔和，“我从北京回来，到县委组织部报到，县委书记找我谈话。不久将成立县科学技术协会，想把我放在那里，一边工作，一边进行研究，我答应了。我只想踏踏实实做一点事，努力取得一点具体的成果，给未来的天才做一片泥土。”

“你是对的。”梅雨笑笑，“我做你的泥土。”

“你还是做青凤的姐姐吧！”洛文若有所思地说，“她的娘家没人了，逢年过节，你抓点工夫来看看她。”

“只要你们不嫌弃我……”梅雨想哭，又强忍住了，“我失去了一个人，却得到了一家人，后半生是很幸运的。”

小莽放好饭桌，小卷给三位长辈端上饭菜。吃过晚饭，青凤向小莽和小卷一挥手，说：“今晚上不必你爸爸批准，我放你们的假，到大队部去看电视。”打发走两个孩子，青凤又对洛文说，“你也该串串门儿，走一走，别让人家戳脊梁骨，刚改变了身份，眼睛就长到了脑瓜顶上。”洛文知道，青凤这是调虎离山计，她跟梅雨要倾诉衷肠，说知心话，不让他听。于是，他默默地站起身，走出家门口。

他没有去串门儿，而是到离他家不远的池塘边，躺在绿茵如毯的草地上，冷静地沉思。

暮春之夜，风很轻柔，空气温馨，月牙儿低低垂挂在天角林梢，池塘春水如镜，闪烁着亮晶晶的繁星。田野上的小苗正悄悄生长，村里村外的花树趁夜间竟相开放，连他身边的野花，也绽开了米粒大的花蕾，开出了点点小花，装点这天上人间的春景。洛文仰望长空，一手扪着滚烫的心口，一手抚摸身边的大地，眼角噙着两颗热泪，回想自己的遭遇。在党和人民的栽培下，他曾一帆风顺地成长和前进；但是，革命的道路并不笔直，因而他遭遇了坎坷。然而比起整个革命事业的损失，他所付出的代价是微不足道的。革命的路很长，个人的生命有限，拨乱反正，百废待举，不应把有限的生命沉湎于悲怀过去，而应全力以赴，奋然前行，以加倍的工作，弥补空白，建造未来。

于是，他挺身而起，急步走回家去，他要把青凤和梅雨从个人感情的旋涡中拉上岸来。

他走进门口，就看见窗帘上映出青凤和梅雨紧紧拥抱的身影。他连忙停步桃树下，不想惊动她们。

“梅姐，你比我苦，你不能再苦了！”青凤像个小孩子，吸溜吸溜地抽噎着。

“我所受的苦，是我应得的报应。”梅雨的声音，十分孱弱，“洛文为正义而蒙冤，我背叛神圣的誓言，我……我是对不起他的，有罪的。”

“梅姐，不能怪你，你别再折磨自己了！”青凤哭着哀求，“他这些年，并不像你想得那么苦，我没让他饿着，没让他冻着……”

“妹妹，想到你，我更羞愧，更悔恨呀！”梅雨说，“你承担了本来应该由我承担的苦罪，我在你面前也是有罪的。”

“不许你这样说，不许你这样说！”青凤急得喊叫，“鸳鸯棒打才两离分，怎能算是你的罪过呢？”

“谢谢你对我的宽恕！”梅雨紧搂着青凤，像是合成了一体，“你对我的宽恕要比洛文的宽恕更使我感到欣慰。”

“要不，你还是把他带走吧！”青凤又说。

“我不想要你的他，我想要你的儿子。”梅雨轻声柔气地说，“让我把小莽带到城里的重点学校上学，把他培养得比他爸爸成就还大。”

“大的都舍得给你，小的还有什么舍不得？带走吧！”青凤咯咯大笑着。

“我还希望将来……”梅雨似乎羞涩得难以开口，“小莽和我的小馨能够结合在一起。”

“这更是求之不得哩！”青凤拍着手说，“可是……可是……儿女们的亲事，咱们当爹娘的怎么能包办呢？那不是封建吗？洛文是不会同意的。他常跟我说，要彻底破除封建家长制；中国就吃了封建家长制的亏，受了封建家长制的害。”

“这只是我的心愿，不必跟洛文讲。”

“咱俩合伙儿把这个书呆子蒙在鼓里！”青凤哧哧笑，像个恶作剧的顽童。

桃树下洛文也笑了，两行热泪洒在胸前。

他不想进屋了，挥掉泪水，转身出门，到哥哥家去。

9

兄弟是一奶同胞，两家只百步之隔；但是，骨肉被一刀两断，相隔像海角天涯。洛文不进哥哥的门，不从哥哥门前过，已经十五年了。

哥哥和翠菱，也不进洛文的门，不从洛文门前过。他们在田野河边，村头渡口，偶然跟洛文相遇，也慌忙低下头，垂下眼，不敢打个照面，匆匆一闪而过。他们心中有愧。

但是，青凤却每天要从哥哥和翠菱门外走三遭，指桑骂槐，下一阵雹子，哥哥和翠菱大气也不敢吭。有时，两口子上工，刚从柴门里迈出一只脚，一见青凤走来，慌忙退缩回去，想等青凤走过去再出来。青凤却故意在饮马石槽的伞柳下一坐，堵住门口骂一阵，急得哥哥和翠菱在院里打转转，就是不敢出门。

洛文过意不去，劝青凤道："人家骂不还口，你也就收场吧！"

"我还没有出尽这口恶气！"青凤愤愤地说，"直骂得他们人病猪瘟，房倒屋塌；我清气上升，浊气下降，才算罢休。"

"这要骂到哪一天呀？"

"三万六千天，百年之后。"

洛文起急地说："他们到底是我的哥哥嫂子，你口上留情吧！"

青凤的爆竹脾气炸响了，喊嚷道："你扮你的红脸，我扮我的黑脸，各拉各的弦儿，各唱各的曲儿。"

洛文不敢惹起她火冒三丈，无可奈何地叹了口气："你怎么就不通情达理呢？"

青凤虽然嘴硬，可是第二天从哥哥和翠菱门外路过，就闭口不骂了；又过了几天，她也跟洛文一样，绕道而行。

把洛文扫地出门，哥哥和翠菱的身份，还是黑不黑，红不红。虽然加入了贫协，可是翠菱的妇女队副队长却被免去了。少了洛文这个整劳力，收入减少了三分之一，两口大人五个孩子，日子更紧了。上初中的大侄儿，念高小的二侄儿，不得不退了学，一个给队里赶小驴车，一个给队里放牛，小小的年纪就得自个儿挣饭吃。

翠菱虽然小心眼儿，可是还算得上性情爽利；一心进步，不惜割断她跟洛文从苦难中结下的姐弟深情，到头来仍然被人歧视，只有打掉了牙咽下肚子里。她当妇女队长，颇有点爱社如家，谁想不明不白地罢了她的官，真是伤透了她的心。于是，她心灰意冷，再不多管闲事，只想经营自己的小日子了。勤劳是农民的本性，而妇女比男人更能吃苦耐劳；翠菱每天除了到队里劳动，给全家七口人做三顿饭，还要早晨起五更，中午不歇晌，晚上到半夜，手脚不拾闲。运河上游有一座军马场，每年夏天收青草，一百斤两块钱，翠菱一个夏天打草一万斤。

她一年难得笑几声，满脸苦相，老得更快了。

有一回，洛文又是上半夜到河边稻田浇水，换班以后，回家很急。穿过河滩，忽然发现在迷茫的月色中，有个小小的人影，想从地上背起一个谷垛似的大草捆，一声长一声短地呻吟，草捆却纹丝不动。洛文忙跑过去，啊！背草捆的人原来是翠菱。

翠菱蓬头散发，脸瘦得塌了腮，两只眼窝像两个深坑。她光着上身，一条条肋骨就像洗衣裳的搓板，草捆的绳套深深杀进肩胛骨，草捆的分量要超过她的体重两三倍。

"姐姐！"洛文心酸落泪了，"我给你背回家去。"

翠菱却低眉垂眼不吭声，咬紧牙关，跪下身子，两只手掌撑住地面，拼出全身气力，骨节咯吱吱响，竟然直起半个腰。洛文两手趁势用力一抄，翠菱直起了身子，却又一阵气虚，身子打晃。洛文抱住了她，哭道："姐姐，苦死了你！"

翠菱淌下了满头汗水和两大串眼泪，喘息着说："姐姐……黑了心，下到……阴曹地府，咱爹饶不了我。"她的身子发烧，像在梦呓。

"姐姐，我从六岁跟你过日子，你把我从小拉扯大，恩重如山呀！"

"我这辈子亏待了你，下辈子再从头赎罪吧！"

洛文搀扶着翠菱回村。半路上，忽然远远看见青凤的身影迎面而来，洛文怕她跟翠菱发生争吵，只得连忙离开翠菱，迎了上去。

原来青凤半夜睡醒一觉，不见洛文换班回来，放心不下，穿起衣裳，扣上屋门，手提一杆三股叉，前来寻找洛文了。

"你在帮谁背草捆？"青凤问道。

洛文扯了个谎，一只胳臂搂住青凤的腰，拥着她回家去。青凤怀疑地回头看了一眼，翠菱已经拐上一条林间小路不见了。

大侄儿长成了五大三粗的汉子，报名参军，一连三年都选不上，哥哥和翠菱只得给儿子盖房，盖完了房再娶媳妇。

洛文的老爹留下两间泥棚屋，门前房后和宅边院旁还有二三十棵树。当年温良顺给哥哥和洛文立下分家文书，按翠菱的意思，这两间泥棚屋和二三十棵树都写在了洛文名下。眼下翠菱要给儿子盖房，柁木檩架都很昂贵，她便请出一位乡亲长辈，跟洛文求情，还是一分为二。洛文没有不答应的，这位乡亲长辈就给翠菱回了话。

第二天，哥哥和翠菱带着几个儿子，正要动手刨倒饮马石槽的伞柳，忽听青凤一声大喊：“住手！”手持放射着寒光的三股叉，就像插翅虎下山，带着呼呼的风声冲来。

哥哥和翠菱带着几个儿子，望影而逃。

那位乡亲长辈又出面找上门来，堆着笑脸跟青凤说：“这是洛文亲口许下的。”

青凤虎起脸说：“我们家的灶王爷靠边站，灶王奶奶才是一家之主。”

这位乡亲长辈碰了一鼻子灰，又到稻田的看水窝棚去找洛文。

洛文听完一笑，说：“她这个人是刀子嘴豆腐心，吃软不吃硬。您叫我姐姐打发孩子来央求她，她心里一痛快，答应得比我还响脆。”

果然，当天吃晚饭的时候，青凤还余怒未息，大骂哥哥和翠菱是黑心贼。这时，大侄儿手背抹着眼泪，一步一步怯生生地走进来，扑通跪在青凤面前，吭吭哧哧地说：“婶娘，您……老人家……开恩吧！”

“你给我站起来！”青凤一拍桌子，盘碗叮当响，“五尺多高的汉子一折两断，你那丧尽天良的爹娘不怕丢人，我跟你叔还嫌晦气哩！”

大侄儿五大三粗，声音却像蚊子哼哼：“您老人家……不让刨树，盖不上房，您就……娶不上侄儿媳妇了。”

“那要怪你小子无能！”青凤挖苦地说，“你要是文有文才，武有武艺，花枝儿似的姑娘挤破了门。”

大侄儿哭丧着脸说：“侄儿要是有我叔那么高的文化，那么大的学问，也就不必盖房了。”

“放你娘的屁！”青凤骂了这一句，却又咯咯笑成一串，“你嘴尖舌巧，拿我取乐儿。”

大侄儿吓得连说：“侄儿不敢……不敢……”

青凤收住笑声，把脸一沉，说：“这二三十棵树不姓温，让刨不让刨，问你叔，我不管。”

大侄儿急得抓耳挠腮，说：“我叔靠边站，您才是一家之主呀！”

“混账！”青凤又恼了，“谁像你那个窝囊废的爹，喝一口凉水也得看你娘的眼色。我这个家里，你叔是金口玉言。”

“刨去吧！”洛文挥了挥手，“也不能你一个人独占，你那四个弟弟以后还要盖房，应该平均分配。”

大侄儿千恩万谢而去。

哥哥和翠菱给两个儿子盖上房，娶了媳妇，已经累得只剩一把骨柴，气息奄奄了。幸亏打倒了“四人帮”，时来运转，三儿子到公社的厂子当了工人，自由恋爱，将来男到女家，四儿子考上了县里的师范学校，五儿子参了军；翠菱又被大队党支部请出来，担任幼儿园的园长，哥哥长年看管果树，老来享了福。

哥哥和翠菱又请那位乡亲长辈打圆场，想跟洛文和青凤重新和好。洛文当然满心乐意，青凤却大哭大闹：“我们不想沾他们的光，他们也别背我们的黑锅！”那位乡亲长辈又乘兴而来，败兴而归。

洛文明白青凤的心理，只因他的五七年问题还没有落实政策，青凤不想在哥哥和翠菱面前矮一头。

现在，他改正了五七年问题，两家和好，骨肉团聚，已经瓜熟蒂落，水到渠成了。

洛文向百步之外的哥哥家走去，没走多远，小莽像一只鸟儿似的飞跑而来，喊叫道：“爸爸，您到哪儿去？”

“电视放完了吗？”洛文问：“你妹妹呢？”

小莽笑嘻嘻地说：“我跟小卷没去看电视，给我大伯大娘报喜去了。”

“你大伯大娘高兴吗？”

“大伯大娘抱头大哭，大伯还叫我和小卷打他的嘴巴。”

洛文忙喝道：“你们怎么能打自己的大伯呢？”

“我们不敢！”小莽说，“大伯又脱下他的褂子，叫我们打龙袍，我跟小卷才一个人轻轻拍了一下。”

洛文胸膛一阵鼓荡，说：“小莽，你再回去告诉大伯大娘，我跟你妈马上去看望他们。”

“这叫我左右为难了！”小莽说，“大伯大娘带着全家人，要到咱家来，给您贺喜，给我妈赔罪，我是跑回来打前站的。”

洛文怕青凤不给哥哥和翠菱脸面，急匆匆回家去安排。刚到门口，青凤和梅雨正手拉手走出来。

梅雨一见洛文，点手叫道：“你来得好，跟我们一起去。”

青凤笑眯着眼睛说：“梅姐明天要走，叫我带她到爹的坟上去祭祭。”

“等一等。”洛文走到青凤身边，看着青凤的脸色，“哥哥和嫂子带着全家来给你赔罪，你要人敬我一尺，我敬人一丈。”

“这不是折我的寿吗？”青凤叫起来，“叫他们一家老小也到我爹的坟上去吧！他们两口子……更欠……我爹的情，更要报我爹的恩。”

想起老爹，正是伤心处，又抱着梅雨哭起来。

这时，哥哥和翠菱带着儿子儿媳妇，还有两个小孙子和小孙女儿，踏着月色走来。

天上月圆，地上花好，人间喜临门。

一九八〇年七月重写于北京

原载一九八〇年第四期《芙蓉》

蛾　眉

1

这个村庄叫细柳营，村东北运河，村西京津公路，方圆左右一片肥田沃土，可就是守着青山没柴烧，怀抱金盆讨饭吃，跟“穷”字结下了不解之缘。

河边绿柳垂杨，杂花生树，远瞧近看，风景如画。然而，绿柳垂杨中掩映着的一户人家，三间泥棚茅舍，半围坍倒篱墙，二里外就望得见三丈高的穷气，却又大煞风景。

这一户人家只有父子两口人。老爹唐二古怪，六十多岁了，原是百里闻名的瓜把式；自从一声令下，只许种粮，不许种瓜，被迫改行，下放大田，年老力衰，每天只挣六工分。儿子唐春早，念过高中，一心想上大学，成名成家，虽然也有两膀子力气，可是按照大寨评工记分标准，只算个等外劳动力。工值很低，挣工分又少，父子俩一年到头脱皮掉肉，汗珠子摔八瓣儿，年下分红刚够嚼裹儿，分文拿不回家。

这一方，上京下卫，小伙子娶媳妇难，难于上青天。花枝一般俊俏的姑娘，好比彩云追月，鸟飞高枝，不是心向北京，就是眼望天津；

剩下不那么水灵秀气的柴火妞儿，开口一要彩礼，也要把人吓出一溜筋斗。

遂令此地父母心，不重生男重生女。

但是，唐二古怪却另有如意算盘。他躺在炕头上加减乘除，不栽梧桐树，招不了凤凰来，要想娶个儿媳妇，至少得盖五间砖瓦房，还得再花千八百块彩礼。他们父子俩每年挣五千工分，十分为一工，每工三毛三分钱，紧打窄算，勒住脖子扎上嘴，不吃不喝二十年，才能把一座金身玉体搭进家来。不过，他看见，凡是手里端着一只铁饭碗，嘴里吃着商品粮的人，哪怕是三寸丁谷树皮，猪不吃狗不啃的角色，屈尊下驾到农村娶媳妇，不但用不着重金礼聘，而且还能倒赚一笔奁资。于是，他恍然大悟，要想娶儿媳妇省钱不费力，必须得让儿子捞到一只铁饭碗；而要想把铁饭碗捞到手，只有靠念书，书中自有颜如玉嘛！

唐春早心灵内秀，敏而好学，学而不厌。唐二古怪打定了主意，吩咐儿子在收工之后，埋头读书，不可一心二用。他拼出这一把老骨头，搜肠刮肚，省吃俭用，荞麦皮里榨油，也要供养儿子学富五车。

可惜，他错翻了。世道变了，万般皆上品，唯有读书低，交白卷才能金榜题名。而且，唐二古怪呆头呆脑，是个没嘴的葫芦撞不响的钟，人穷却又气粗，倔强得像一条宁折不弯的桑木扁担。一不会拍马屁，二不懂走后门，所以上学招工，年年都没有唐春早的份儿。

寒来暑往，年复一年，眼看唐春早二十三岁了，前景还是一片黑灯瞎火；男大当婚，唐二古怪心中暗暗着急，沉不住气了。

谁想，车到山前必有路。七四年青黄不接的麦收前，本村有个外号叫马国丈的能人，从四川贩来六七个农村姑娘，按人论等，按等论价，唐二古怪急忙跑去打听行市。

这个马国丈，原名马国章，奸、懒、馋、滑、坏，一身占全五个字；不必提名道姓，打个嚏喷，顶风臭十里。

可是，这年月正气头朝下，邪气脚朝天；一人得道，鸡犬飞升。马国章有个把兄弟，铁嘴钢牙，七十二变，打、砸、抢起家，学大寨镀金，在县里掌了印把子，马国章也跟着时来运转。一阔心就变，这位把兄弟走马上任，就跟原来的黄脸婆离了婚。马国章手疾眼快，连忙把自己那含苞待放的十八岁的女儿，梳妆打扮，送上门去做填房。于是，盟兄变成了岳父，马国章变成了马国丈。

富贵多病，马国丈小病大嚷，无病呻吟，拿着县革委会的证明信，走遍五湖四海求医，专干些不伶俐的勾当。从四川贩来六七个农村姑娘，只不过是做一桩顺手牵羊的生意。

马国丈家住在细柳营村西口，京津公路旁的一块风水宝地上。青堂瓦舍，高墙大院，雕花门楼，忠字匾额，白天车如流水马如龙，夜晚日光灯照如白昼；这一切都来自乘龙快婿的探囊取物，四面八方的顺水人情，没费他吹灰之力。

唐二古怪走进国丈府大门，六七个四川农村姑娘只剩下一个了。原因是这个公社有个晚婚规定，男二十五，女二十三，才许登记；马国丈贩来的六七个四川农村姑娘中，二十五岁的一名，二十四岁的两名，二十三岁的三名，领回去马上成亲，所以身价甚高；只有一名二十岁，要白吃三年饭，虽然一连削价，还是无人问津。

这个二十岁的姑娘，正坐在马国丈的西厢下，左手拿着块玉米饼子，右手拿着个咸菜疙瘩，面前一碗清水汤；吃一口，抽泣一声，眼泪像下小雨，点点滴滴洒满了汤碗，喝下的是自己的泪。

大玻璃窗的正房北屋里，马国丈的老婆正扯断了脖子，喊破了喉咙，跟马国丈吵骂。

“你吃多了荤油糊住了心，喝多了猫儿溺昏花了眼，收留这个赔钱货，磨扇压手搡不出门，难道你想打个佛龛把她供起来？”

马国丈被骂得狗血喷头，唉声叹气，不敢还口。忽然，院里脚步声，他偷眼一觑，见是唐二古怪，转悲为喜，龇牙乐了。

“姜太公钓鱼，愿者早晚来上钩！”

他满脸奸笑迎出去。

2

唐二古怪写下欠洋八百元的文书，以他的三间泥棚茅舍和房前屋后九棵树做抵押，按上指纹手印，接过了这个姑娘的户口卡片。

姑娘名叫凌蛾眉，家庭出身是贫农，本人高中毕业，学生成分。但是，在备注一栏里，还有两行小字，写的是她父亲是个被镇压的反革命分子，因而她的身份应是可教育好的子女。

蛾眉生得身姿娇小，面黄肌瘦，乌黑的眼睛噙满泪花，像是野葡萄挂满露珠，闪烁着惊魂不定的神色。

唐二古怪正要把她领走，马国丈的老婆在屋里断喝一声：“等一等！进屋来换上她本人的衣裳。”

蛾眉进屋去，拉上窗帘，脱下上身的的确良花汗衫，下身的三合一涤纶裤，脚穿的白塑料凉鞋；换上一件油渍渍的男人制服褂子，一条打满补丁的粗布裤子，光脚穿着稻草鞋走出来。

“你们为什么扒下她的衣裳？”唐二古怪瞪起眼睛问道。

“那是我临时借给她穿的行头。”马国丈拉长了下巴，“处理品，便宜货，没有包装。”

唐二古怪把蛾眉领回家，唐春早也刚收工回来，正光着膀子在柳荫下乘凉。这个小伙子书生气十足，一见老爹领来一个年轻姑娘，慌忙扯下挂在柳枝上的衣裳，穿在水淋淋的身上。

“春早，爹给你搞了个对象！”唐二古怪笑眯着眼睛，得意地说。

唐春早羞得满面通红，看也不敢看蛾眉一眼，嘟哝着说：“您怎不跟我商量商量，也不知人家……是不是自愿？”

“她是自卖自身，也就讲不得什么愿意不愿意！”唐二古怪沉下脸，灶王爷的模样儿，一家之主的神气，“你二十三，她整二十，不够公社晚婚的尺寸，登不了记；反正千里姻缘一线牵，月下老儿已经把你们拴成一对了，今晚上就入洞房。”

吃过晚饭，天大黑了，唐二古怪关上柴门，像把一对鸟儿关进竹笼，他把唐春早和蛾眉锁进西屋。

蛾眉面无血色，背靠着墙，可怜巴巴地坐在炕沿上，不敢抬头。唐春早两眼直勾勾地盯着她，一副木呆呆的神情。

两人都很害羞，谁也不开口。

忽然，唐春早闷声闷气地说了一句：“你先睡吧！”便转过身，在临窗的桌前坐下，拉开抽屉，拿出书，读起来。

这一句话，一个动作，蛾眉感到很惊奇，忍不住悄悄瞟了他一眼。

唐春早好像有所觉察，不是芒刺在背，也是如坐针毡，在椅子上不安地扭来扭去，踏不下心，书在面前，一个字儿也没有映入眼帘。

“关灯睡觉吧！”东屋，唐二古怪吼道，“明天公社在咱们的大寨田开现场会，还要起五更。”

唐春早听得懂老爹的弦外之音，万般无奈地熄了灯，可是仍然一动不动地坐在椅子上。

“大哥，睡吧！”蛾眉柔声细气地劝道。

唐春早猛一掉脸，只见在青幽幽的月光中，蛾眉像一朵雾中的小花，隐隐约约，朦朦胧胧，引人心动。温情和欲望，在他的胸膛中一阵阵鼓荡，春潮涨满了全身。

他霍地从椅子上站起来，向蛾眉身边走去，蛾眉低叫一声，紧贴住墙壁，像是要把她那娇小的身子嵌进墙去。

唐春早粗手笨脚地把她放倒在炕上，她直挺地仰躺着，不反抗，也不挣扎。

唐春早解开了她的上衣，她的双手蒙住了脸，轻轻啜泣。唐春早柔情如缕地抚摸着她，她放声大哭了。

“大哥，开恩吧！”蛾眉凄厉地哀叫，“我……不愿意……”

唐春早像被狠抽了一鞭子，发昏的头脑清醒过来，羞愧交加，撞出屋门。

唐二古怪从东屋扑出来，张开胳膊拦住他的去路。

“爹！我不能欺侮这个无依无靠的姑娘……”唐春早痛心地喊道。

蛾眉也从西屋追出来，跪倒在唐二古怪的膝下，哭道：“大伯，收下我给您当干女儿吧！女儿是为了替父申冤，葬母还债，才走这一步的。”

人心都是肉长的，唐二古怪本来就是个软心肠的人，他从地上搀起了蛾眉，颤声问道：“孩子，你家里遭了什么凶险，爹娘是怎么死的？”

蛾眉一字一泪地说：“我们那个地方，本是天府之国的聚宝盆，接连打了八九年的派仗，草盛苗稀荒了地，官儿们一边年年上报大丰收，一边给社员开介绍信，出外逃荒讨饭。我爹爹本是个不爱多言多语，树叶落下来也怕砸破脑壳的人，只因为饿得肚子咕咕叫，说了几句气话：‘这个‘文化大革命’不是请客吃饭，再革下去，男女老幼都饿死，黑五类绝了种，红五类也断了根。’就被打成犯下‘恶攻罪’的现行反革命分子，抓了起来，评法批儒吃紧，判处死刑枪毙了……”

“轻声！”唐二古怪蹑手蹑脚走到屋门口，侧着耳朵听了听，扒开门缝看了看，才又踮着脚尖走回来，“你老爹的这些气话，可不许在外人面前学舌呀！别人的话你学舌，也一律同罪。”

“你母亲是怎么死的呢？”唐春早又问道。

“她带着我的两个弟弟，到百里以外的火车站讨饭，听说我爹冤屈而死，就一头撞了火车，粉身碎骨了。”

“两个弟弟呢？”

“我赶到火车站收尸，正遇上马国丈收购青年女子，我就把自己卖了五十斤粮票，三十元现金，交给了两个弟弟：十五元还旧债，十五元买粮食，算是尽到我这个做姐姐的最后一份心意了。”

“你这才是跳出苦井，又掉进火坑呀！”唐春早哀叹地说，“你是尊贵的人，怎么能像鸡、犬、牛、羊一样出卖自己呢？”

蛾眉哭着说：“我只想来到北方，能到北京告御状。”

“告不得，告不得！”唐二古怪货郎鼓似的连连摇头，“赶上了这个天狗吃日头的年月，小人得势，奸臣当道，哪座庙没有屈死的鬼？包龙图进了牛棚，你到哪个衙门递状纸？”

“我……走投无路，进退……两难呀！”蛾眉哭成了泪人儿。

“你进了我家的门，就是我家的人！”唐二古怪一拍瘦骨嶙峋的胸膛，“三张嘴吃两口人的饭，饿不死就等得来天睁眼。”

蛾眉留在了细柳营，是唐二古怪的干女儿，还是唐春早的未婚妻？身份不明，也报不上户口。

3

报不上户口，就不能到队里干活；不能到队里干活，就不能挣工分；不能挣工分，也就不能分口粮，只得三张嘴吃两口人的饭。

数着米粒下锅，只吃七成饱，一到来年青黄不接时节，仍然要闹饥荒。地上刚返青，唐二古怪就剜野菜，兜回家去，野菜合汤煮。

“阿爹，这……能吃吗？”蛾眉皱着眉头问道。

“怎么不能吃呢？”唐二古怪嘻嘻哈哈地说，“神农尝百草，长生永不老。”

“您老人家还是不要吃吧！”蛾眉央求地说。

“你爹我天上不吃风筝，地上不吃板凳！”唐二古怪叫起来，“一方水土养一方人，我自幼是吃运河滩的野菜长大的，练就了一挂铜肠铁胃。”

“是我累赘了你们爷儿俩，苦了您老人家……”蛾眉神色凄然地说。

唐二古怪喟然长叹，忧心忡忡地说：“这个大革命再闹腾个没完，等着瞧吧！明年家家揭不开锅，灶膛里长青草，烟囱上搭鸟窝。”

但是，苦中也有乐。这座泥棚茅舍，自从住上蛾眉，就有了活力，有了喜色，有了笑声，三丈高的穷气也矮下了二尺。

有了蛾眉管家，缝缝补补，洗洗涮涮，唐春早和唐二古怪父子俩，头上脚下都干净利落。洒扫庭除，小院子镜面似的，坍倒的篱墙编笆打桩，旧貌换新颜。房前屋后，种瓜点豆，饭桌子不必再蘸盐花，啃咸菜了。有蛾眉做饭，农忙时节累得散了架，进门就吃现成的，还能躺在炕上喘口气。养了十几只鸡，鸡窝是银行，天天捡几个蛋，打油买醋，手上见着了零钱。喂了一口肥猪，够分量卖个大数目，还马国丈的债。另外，又喂养了两只羊，过年吃一只，卖一只，羊皮剥下来垫在炕头上，给唐二古怪当褥子，隆冬腊月不腰疼。运河滩上水草丰茂，打草晾晒，完秋供销社收购，蛾眉的干草有几垛。

蛾眉住在西屋，唐春早搬到他爹的东屋去，两人井水不犯河水。不过，平日也有说有笑，只是不许动手动脚。

天一黑唐二古怪就睡觉，脑袋一挨枕头就鼾声如雷，所以唐春早每天晚上还得到西屋去读书。开头，蛾眉便躲出去，避免两人接近。后来，一口锅里舀饭也日久天长了，就渐渐消除了戒心。唐春早读书的时候，蛾眉就远远地坐在墙角落，偷一片灯光，飞针走线，可是一声不吭。

唐春早对于自己的才学，十分自负，他在细柳营的男女青年中，还没有棋逢对手，甚感寂寞。一天，他忽然想起，蛾眉也是个高中毕业生；然而，看蛾眉那样子，对于他的读书，视而不见，充耳不闻，一点不感兴趣，倒像个目不识丁的文盲。于是，便想测一测她的高低虚实，故意逗她说："蛾眉，拳不离手，曲不离口，你也跟我一块儿来复习功课呀！"

蛾眉无动于衷地摇了摇头，说："书读得越多越蠢，我还是从生活中学点聪明吧！"

唐春早只当她腹无实学，找出这个金口玉言，掩饰自己，便又紧逼一步，叹了口气，话中带刺儿，说："女学生从小学到初中，大多数能压男学生一头；可是，升入高中以后，女大十八变，心眼多，走神思，又爱面子，大多数都要走下坡路，男学生就占了上风。"

蛾眉陡地红了脸，冷冷地一笑，但是又话到嘴边留半句，哼了一声，说："我就是走下坡路的典型！"

第二天，蛾眉一反常态，没有外出打草拾柴。

晚上，唐春早又到西屋复习数学，从抽屉里拿出习题手册，打开一看，大吃一惊：在最近几天的作业上，每页都有娟秀工整的小字细心评阅，正误精确严密，不禁目瞪口呆。

他如梦方醒，大喊道："蛾眉，是你给我批改的吧？"

"我怎么敢？"蛾眉脸上像下了霜，"我这个走下坡的……"

"别拿我的话堵我的嘴，拿我的手打我的脸吧！"唐春早打断她的话，"你得收下我这个学生，当我的家庭教师。"

"折煞了我！"蛾眉仍然是一副冷冰冰的神色，"我不配。"

"答应我，答应我！"唐春早走上前去，抱住蛾眉的肩膀摇晃她。

蛾眉被他揉搓得心神把握不定了，脸红了红，啐了一口，说："依你！……可就是这一桩。”

从此，夜深人静，他们便同桌切磋学问，白窗纸上，映现着他们那耳鬓厮磨的身影。

细柳营的工值，一年不如一年，唐二古怪和唐春早父子俩，年年竹篮打水，两手空空。倒是蛾眉养鸡、喂猪、打草，每年收入二三百元，偿还马国丈的阎王债。

唐春早过意不去，于心不安，跟唐二古怪说：“爹，给蛾眉留下一百元，她在家乡还有两个弟弟，寄回去给那两个孩子买口粮。”

“欠下这笔债，好比蛇缠腰，早还早脱身呀！”唐二古怪面有难色，不过还是点出十张十元的票子，递给了蛾眉。

蛾眉接过钱，眼圈一红，说：“我那两个弟弟，还不知到哪一方讨饭，是死是活；我想拿这笔钱当路费，回家乡看看。”

“你不能走！”唐二古怪急了，一声断喝，“你还没有跟春早结婚，不许回娘家。”

蛾眉眼泪汪汪地说：“我还回来的。”

“我不答应！”唐二古怪一甩袖子，回到东屋，跳上炕，倒下身，呼呼刮风一般生气。

“蛾眉，别难过。”唐春早轻声柔语，“我劝服老人家，放你走。”

蛾眉也回到西屋，关上门，淅淅沥沥哭得像六月连阴雨。

夹缝中的唐春早，心情非常痛苦，在小院里徘徊到半夜，才进屋睡觉。

“让那孩子走一趟娘家吧！”唐二古怪已经风停了，气消了，“蛾眉这两年也真是忠心保主，咱们不能亏待她。”

唐春早赶忙说：“她说一定回来，您要信得过她。”

“她敢不回来！”似睡非睡中，唐二古怪狡黠地咯咯发笑，“她的命根子——户口卡片，攥在我手里。”

唐春早在黑暗中眼珠一转，低低地说：“您收藏在哪儿？可别叫她发现了。”

“房后……老枣树下……一口坛子里。”唐二古怪呢呢喃喃，坠入黑甜乡了。

黎明时分，有人敲西屋的后窗，蛾眉惊醒了，披上衣裳一听，唐春早在窗下轻轻唤她。

她迟迟疑疑地打开窗户，问道，“你……”

“给你户口卡片！”唐春早伸进一只胳臂，“你回到家乡，日子比这边好过，就不必回来了。”

“我不走了！”蛾眉从窗口扑出半个身子，搂紧唐春早的脖颈，“我……离不开……你了。”眼泪像清晨的露珠儿，洒满唐春早的头。

4

八百元失而复得，唐家盖起了三间青砖房，房顶还铺上了红泥瓦，这是因为十年浩劫到了头，光明赶走了黑暗，马国丈坐了牢，法院勒令马家，退赔那六七个被贩卖来的四川农村姑娘的身价。

新房坐落在花红柳绿中，墙里开花墙外香，绿柳浓荫中冒出冲天的喜气。

唐二古怪心满意足，笑不拢嘴，绕着新房转来转去，不敢进屋子。他到河边洗净了两只泥脚，还是怕踩脏了方砖地面，唐春早和蛾眉一人扯住他一只胳臂，拖进了新房。

蛾眉收到了弟弟从四川家乡的来信，那边的日子比细柳营还强。

“你拿主意吧！”唐二古怪低声下气地说，“人往高处走，鸟奔高枝飞，我跟春早欠下你还不清、报不尽的情分，也不敢开口要你回来。”

“阿爹，您好糊涂！”蛾眉哭笑着，“我在运河滩上扎了根儿，鞭打也不走，棒打不分离。”

“那……那……”唐二古怪吞吞吐吐，吭吭哧哧，“你……你跟……春早……”

“我们马上就登记！”蛾眉清亮地笑道，“咱们不摆酒席，不请宾客，不声不响办喜事。”

“不忙，不忙。”唐春早搓着两只手，一副窘态，“咱俩还没有自由恋爱呢！”

“书呆子，你真不开窍！”蛾眉狠狠地戳了他额角一指头，“自由恋爱并不像小说里、电影上描写得那么疯疯癫癫，要死要活，叫人头发昏，脑发涨，眼花缭乱。”

“我怕……不够格儿……”唐春早痴痴呆呆，“委屈了你。”

“你少给我头上扣炭篓子！”蛾眉叫道，“阿爹，他变心了！”

“我打折这个小畜生的腿！”唐二古怪举起一根顶门杠。

蛾眉拉起唐春早就跑，到公社登记，领取结婚证书去了。

他们走到公社门口，只见人山人海，围观一张告示。唐春早挤进人群，踮起脚看，原来是全国大学招考的布告，忙又挤了出来。

“咱们别结婚了！”唐春早兴奋得满面通红，激动得两眼放光，“集中精力，抓紧时间，复习功课，报考大学。”

“也好。”蛾眉沉吟了一会儿，“你报名，我不考，帮你复习。”

“有难同当，有福同享！”唐春早和蛾眉原路而回，“咱俩要双双报考，双双考中。”

“你真是个不开窍的书呆子！”蛾眉苦笑了一下，“我不跟你登记，就报不上户口；报不上户口，就不能在北京地区报名。”

“啊！”唐春早站住了脚，愣怔了半晌，“你赶快回四川家乡吧，咱俩得争分夺秒。”

“我……离不开你，还是不考吧！”

“那我也不考，咱俩同归于尽！”

唐春早是个一条道走到黑的脾气，蛾眉虽然比他聪明伶俐，却拗不过他的认死理儿，只得顺从了他。

临别之夜，他们在西屋最后一次温习功课。但是，蛾眉神不守舍，心乱如麻，目光散乱；心头和眼底，笼罩着浓雾一般的离愁，看不见书中的字，算不出一道题。

“你累了。”唐春早收拾桌子上的书籍和纸笔，“睡吧！明天还要起早上路。”

“等一等！”蛾眉两手紧抓住唐春早不放，生怕失去他。

“还有什么话要叮嘱我吗？”唐春早问道。

“我要跟你约定……”蛾眉哽咽着说，“你考上了，我考不上，我不……拦你……爱别人；你考不上，我考上了，我仍然属于你。”

“这也是我的誓言！”唐春早眼也不眨地说。

他们拥抱在一起，这还是他们共同生活了几年的第一次。

“今晚……”蛾眉脸色苍白如纸，声音颤弱，“你跟我……睡在一起吧。”

“干什么？”唐春早摸不着头脑。

“我要给你留下一个纪念……”

“什么……纪念……”

“我要把……身子给了你。”

“不！”

“我不能让你枉担了虚名。”蛾眉激情地亲吻着唐春早那淳朴天真的脸儿，“我把身子给了你，别人就不能打我的主意了。”

“不能！”唐春早惊慌而又执拗地躲闪着她，“我要保持你的清白之身；不能对不起你，更不能对不起……将来你可能爱上的那个人。”

他把蛾眉推倒在炕上，破门而出。

蛾眉走了，唐春早送她到车站。一路上他们默默无语，分手时也没有洒泪而别。

他们都考中了，一个在北京，一个在四川，山重水复几千里。

要知后事如何？聚在瓜棚柳下聊闲篇的人们，都不敢断定。

且等几年后见分晓吧！

一九八〇年十二月

原载一九八一年第一期《长春》

图书在版编目(CIP)数据

二度梅 / 刘绍棠著. — 北京 : 北京十月文艺出版社，2018.5

(刘绍棠文集)

ISBN 978-7-5302-1778-8

Ⅰ.①二… Ⅱ.①刘… Ⅲ.①中篇小说—小说集—中国—当代 ②短篇小说—小说集—中国—当代— Ⅳ.①I247.7

中国版本图书馆 CIP 数据核字(2017)第 321751 号

二度梅
ERDUMEI
刘绍棠 著

出　版 北京出版集团公司
北京十月文艺出版社
地　址 北京北三环中路6号
邮　编 100120
网　址 www.bph.com.cn
发　行 新经典发行有限公司
电话(010)68423599
经　销 新华书店
印　刷 固安县铭成印刷有限公司
版　次 2018年5月第1版
2018年5月第1次印刷
开　本 880毫米×1230毫米 1/32
印　张 9.25
字　数 210千字
书　号 ISBN 978-7-5302-1778-8
定　价 32.00元
质量监督电话 010-58572393
如有印装质量问题，由本社负责调换。